JN027428

真田の
具足師
武川佑
PHP

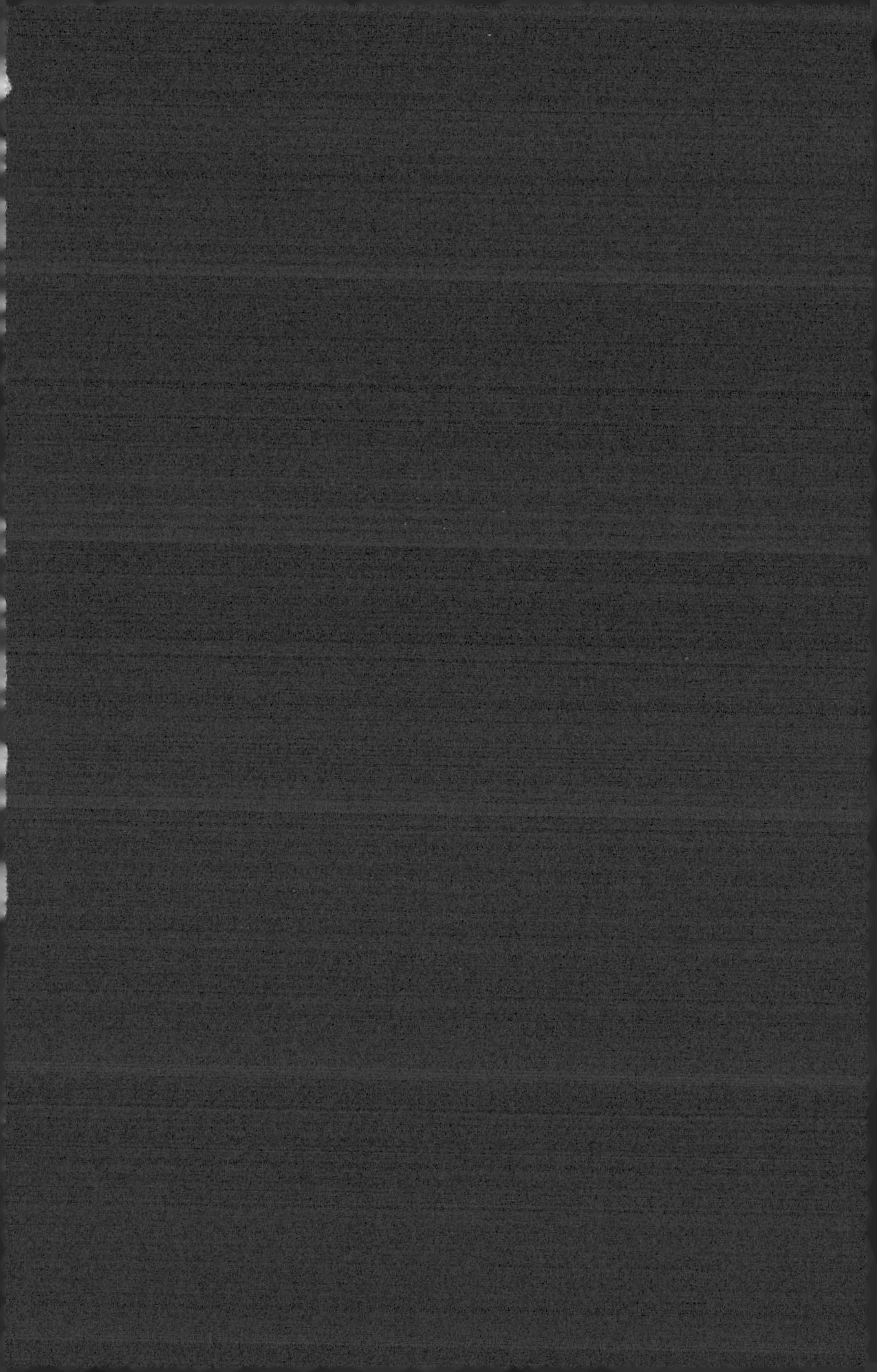

目次

おもな登場人物

［岩井屋］

岩井与左衛門……奈良の具足師（甲冑師）の家に生まれる。長男だが勘当され、家を出て上田へ。

八左衛門……与左衛門の母違いの弟で岩井屋を継ぐ。

源太夫……与左衛門、八左衛門の父。

与七郎……与左衛門の叔父。京に見世を構える。

［真田家］

真田昌幸……武田信玄に一目置かれていた信濃の国衆。安房守。武藤家時代の名は喜兵衛。

源三郎信幸……真田家の嫡男。沼田城主。伊豆守。

源次郎信繁……真田家の次男。左衛門佐。

禰津昌綱……真田家の家老。弟に幸直。

矢沢頼綱……真田家の分家筋。沼田を守る老将。

矢沢頼幸……頼綱の息子で三十郎とも。

清音……信幸の妻。昌幸の兄・信綱の娘。

［徳川家］

徳川家康……三河・遠江・駿河などを治める大名。三河守。

酒井忠次……徳川家の筆頭家老。

本多忠勝……岡崎松平家時代からの直臣。平八郎とも。

井伊直政……赤備えで有名な徳川の将。

［上田の岩井屋をめぐる人々］

乃々……甲賀の忍び。家康の命で与左衛門と夫婦という名目で上田に潜入。

赤児……両親が処刑され、孤児になったが、あるきっかけで与左衛門の弟子になる。

喜三次……鍛冶師。与左衛門・乃々の家主。

猿森……砦衆。具足仕立方棟梁。

犬飼……砦衆。具足鉄方棟梁（鍛冶師）。

桶側胴の構造

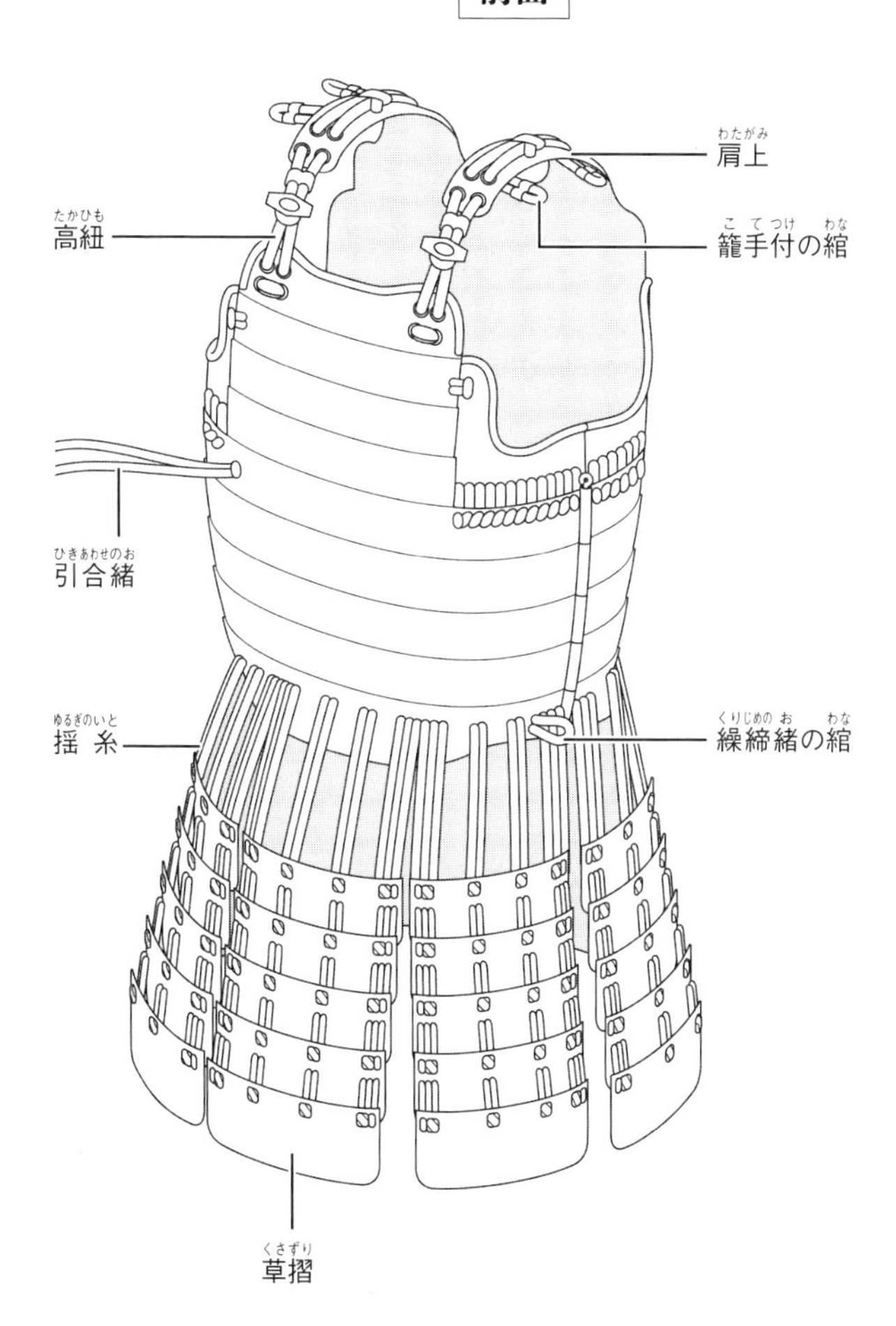

出典：『イラストでわかる　日本の甲冑』（渡辺信吾〈ウエイド〉著、日本甲冑武具研究保存会監修、マール社）より

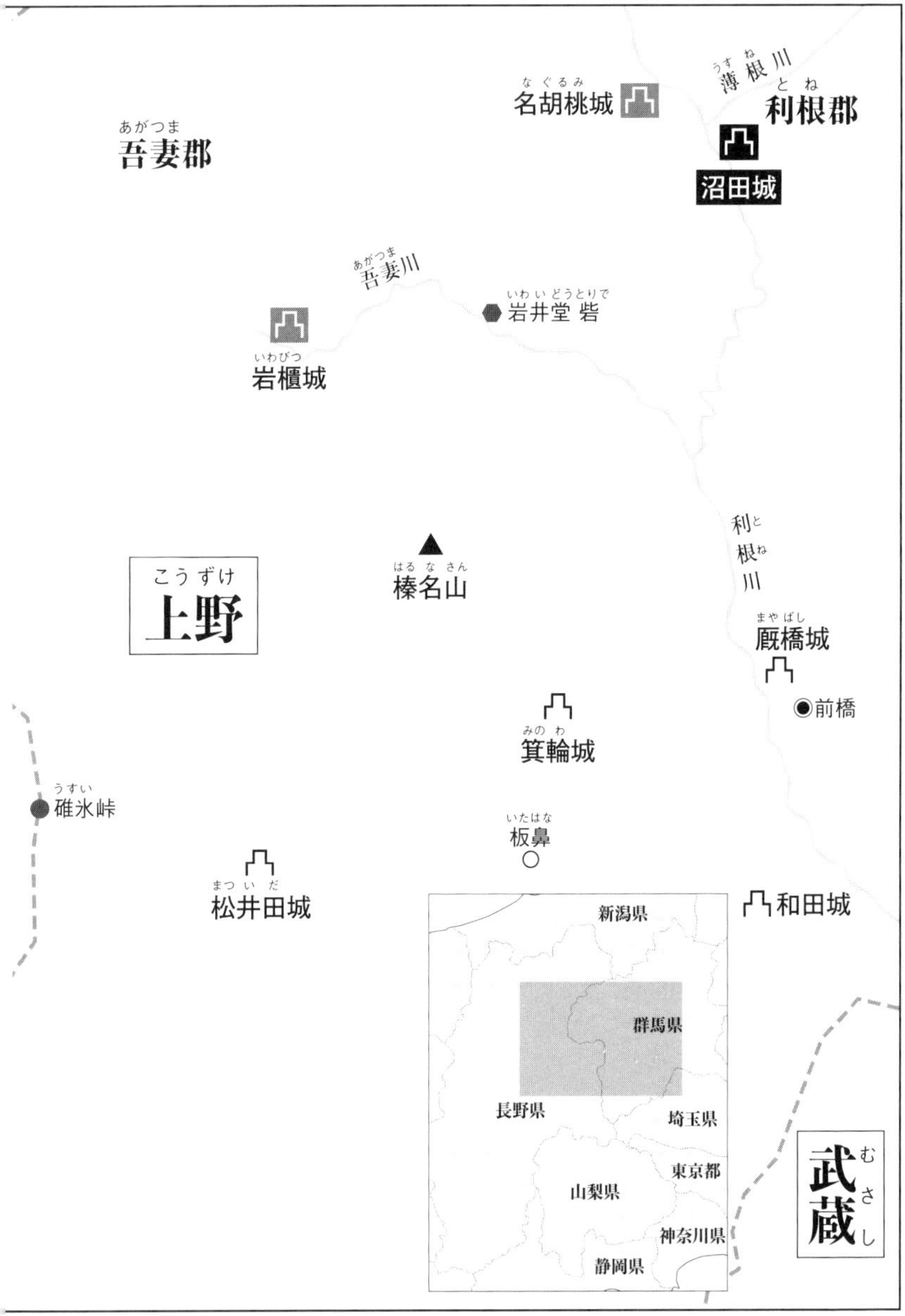

薄根川
名胡桃城
利根郡
吾妻郡
沼田城
吾妻川
岩井堂砦
岩櫃城
利根川
上野
榛名山
厩橋城
前橋
箕輪城
碓氷峠
板鼻
松井田城
和田城
新潟県
群馬県
長野県
埼玉県
東京都
山梨県
神奈川県
静岡県
武蔵

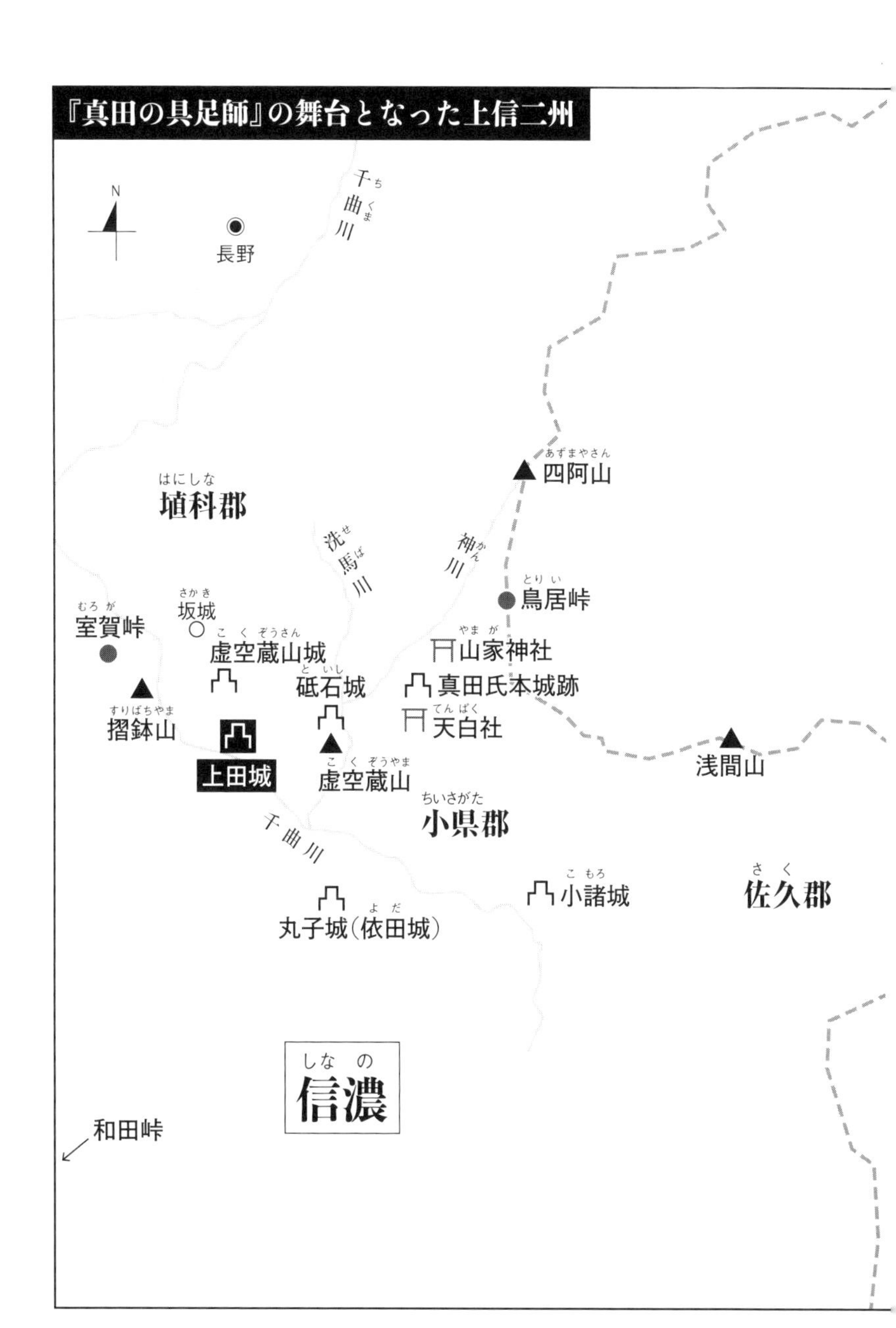
『真田の具足師』の舞台となった上信二州
N
長野
千曲川
埴科郡
洗馬川
神川
四阿山
鳥居峠
坂城
室賀峠
虚空蔵山城
山家神社
砥石城
真田氏本城跡
摺鉢山
天白社
上田城
虚空蔵山
浅間山
小県郡
千曲川
小諸城
佐久郡
丸子城（依田城）
信濃
和田峠

「金」は（五行の配当では）西方である。万物は成熟しおわって、粛殺の気の生ずる始めである。それ故、（「金」が支配しはじめる）立秋になると、鷹や隼が小動物を襲い、秋分になると、霜がうっすらおりる。王事にあてはめるならば、軍事行動をおこし、旄を手に持ち、鉞を杖つき、兵卒たちに誓って威武をさかんにすることである。これは反逆者を征伐し、暴動を制圧する手だてである。

『漢書五行志』（班固著、冨谷至、吉川忠夫訳注、平凡社東洋文庫）

真田の具足師（ぐそくし）

序章

体は、生きろと血を巡らしていた。

走るたびに身丈に合っていない草摺が耳障りな音を立てる。背後で身も竦むような悲鳴があがる。両側にせり出す土塁から、煮えたぎる油が降ってきた。肉の焼ける臭い。味方の兵が、赤く水ぶくれのできた手足をばたつかせ転げまわる。

戦さで一儲けするんだと、徳川さまの陣触れに応じ、勇んで故郷の三河を出た。こんな遠くの山奥で死にたくない。

足軽大将が鑓を振って叫んだ。

「足を止めるな、走れッ」

足軽大将は、はじめて戦さに出る雑兵の自分を気にかけてくれ、道中疲れたときには梅干しをわけてくれた。言うことに、きっと間違いはない。必死で走った。草鞋が脱げ、おおきすぎる草摺が褌一丁の腿を擦って痛かった。

敵の城はあちこちに木柵が立てられてゆく手を塞ぎ、味方は押しあい、犇めいた。

やっと虎口を抜ける。目の前が開けた。緩やかな坂の上に白壁の櫓門が見えた。待ち構えていた敵足軽が、鬨の声をあげて押しよせる。敵は真っ黒な胴で、腹の真ん中に真田の六文銭の合印が描かれていた。

「柄を扱いて繰りだせ、胴の六文銭を狙え」

足軽大将の声がし、無我夢中で鑓を繰りだした。穂先が敵の胴に当たる。火縄銃を持った味方も駆けつけ、火薬の破裂音が二の曲輪に轟いた。黒煙が立ちこめる。

「やったぞ」

蜂の巣だ。敵はもはや起きあがってこられまい、と期待が満ちる。

そのとき、鈴の音がした。聞いたこともない、男と女が歌うような倍音が幾重にも反復する不思議な音だった。

鈴に導かれ、子供のような高い声が歌う。

〽ごもんのわきのこんざくら

ごんがねばながさいたとな

さっと冷たい山風が吹き、黒煙を流してゆく。

敵の死体が転がる櫓門の前に、二人、異形の者が立っていた。

一人は背の高い男だ。木彫りの猿面をつけ、高足下駄を履いて、朱鞘の太刀を佩いている。腰にさげた鉄鈴がちり、と鳴った。先ほどの音はこの鈴からであるらしい。

もう一人は子供だろうか。背が低く、猿面の肩ほどまでしかなかった。こちらは赤鼻の天狗面をつけて、持鑓を振り回す。

「ちぇっ、婆さまみたくうまく歌えねえや」

歌っているのは天狗面らしかった。

〽しいなけかつけよ
しいつもにかつかにいさやおろせよ

なにかが舞い落ちてくる。金色の花片だ。いまは秋だぞ、と慄く声がした。屍の上に花片が降りそそぐと、一人、また一人、死んだはずの敵が手足を動かし立ちあがりはじめた。

「呪いじゃ。真田は呪いを使う」

御大将が太い声で味方を叱りつける。たしか大久保さまという徳川さま直臣の御士だ。

「まやかしじゃ、惑わされるな」

猿面が朱鞘の太刀の柄に手を掛けた。

「まやかしかどうか、己が眼と体で確かめよ」

天狗面が持鑓を構えた。

「侮るなかれ。真田の武威を」

「やるか、源次郎」

「やろう、源三郎兄」

猿面が太刀を抜き前へ掲げる。櫓門上階の銃眼から黒い筒先が出るのが見えた。身を隠す間もなく、筒先が火を吹く。ばちばち、と鉛弾が当たる音が聞こえ、足軽大将が手を引き上に覆い被さってくる。助けてくれたのだと重い体から這い出し、礼を言った。

「足軽大将どの、忝う」

大将は頭形兜に穴があき、左の額から血が流れていた。黒目がぐるりと回り、立ちあがろうとして膝をついた。うー、うー、と低く呻いている。

大久保さまが叫んだ。

「退け、退くのだ」

侍大将たちは我先に逃げだし、雑兵は盾になった。火縄銃がふたたび鳴った。隣にいた兵が地面に斃れ伏す。誰かが「痛い、痛い」と泣いている。自分も脹脛が火箸を当てられたように痛んだ。きっと弾が掠ったのだ。歯を食いしばり、足軽大将を担いで引きずった。

「逃げましょう、手当てすれば助かります」

「もう死んでいるよ、徳川の」

見あげると、虎口の土塁の上に、いつのまにか天狗面が回りこんでいた。

そろりと足軽大将に目を向ける。具足の背の引き合わせの隙間を突いて鑓が胴を貫き、穂先が前に飛びだしていた。血痰が口からごぼっ、と溢れた。

「あああっ」

死体を放り出し、尻餅をつく。股座が生あたたかく濡れた。黒い胴をつけた敵が横列を組んで、動けなくなったこちらの兵を一人ひとり、とどめを刺してゆく。

目の前に天狗面が降り立った。

「人を殺すのははじめてだ」

自分のことを言っているのだ、と悟る。背後から猿面の声がする。

「苦しませるな。一閃で絶命させよ。将は兜ごと首を持ち帰り、悴者は鼻を落とせ」

「逆にどうすると苦しい？」

「佩楯の覆えぬ内腿。ここは血がおおく出るが、首と違うて命果てるまで苦しむ。胸を守る杏葉なくば脇から心の臓を狙うもよいが、熟練の腕が要る。背板のない腹巻なれば、背を貫き通せば息ができず悶え苦しむ。武士として卑怯の術と心得よ」

「わかった」

天狗面の奥のわずかに茶色い目と、目があった。

「恨んでくれるな、苦しませぬから」

瞬間、鑓の穂先が風を切る音がし――。

嶺颪が唸り、甍から烏が飛びたつ。

信濃国上田城二の曲輪の上空を数度旋回し、烏は無数の死体を見おろした。があ、があと嘲笑うように鳴いて翼（つばさ）を動かし、風に乗って千曲（ちくま）川のゆったりした流れを越えた。軍兵（ぐんぴょう）が走る野、燃える田畑、狼煙（のろし）をあげる山城をすぎて、初雪の被る高い峰々（みねみね）へと飛んでゆく。

細い紫雲（しうん）がひと筋、遊行（ゆぎょう）の痕跡（こんせき）を残していた。

天正（てんしょう）十三年（一五八五）、閏（うるう）八月。

本能寺（ほんのうじ）の変ののちふたたび乱国となった日（ひ）の本（もと）では、武士は天下を奪いあい、名もなき人々は、定まらぬ明日のために戦った。信濃国上田城の通称「上田合戦」もその蠢（うごめ）きのひとつであり、今後三十年つづく真田と徳川の因縁（いんねん）のはじまりだった。

あらゆるものが、一寸（いっすん）先の闇（やみ）に沈む。

生き残るべく人は蠢動（しゅんどう）する。

いまだ天下泰平は、見えぬままだ。

「真田の兵は不死身（しなず）にて候（そうろう）」

信濃国上田合戦の三月（みつき）のち。天正十三年、霜月（しもつき）十一月二十九日。

徳川第二の本拠、岡崎城の寒々とした広間に、黒い塊（かたまり）がでんと置かれている。

上座に座った徳川三河守家康（みかわのかみいえやす）は、訝（いぶか）し気（げ）に「それ」を見た。

彼は、ついで前に並ぶ三人の将に目を移す。平岩親吉（ひらいわちかよし）、鳥居元忠（とりいもとただ）、大久保忠世（ただよ）。いずれも岡崎松平家の時代から家康に仕える直臣であり、信を置く歴戦の勇将だ。

三将は真田討伐を命じられ、信濃国へ出兵した。兵数は一万以上。敵は二千ほど。勝てる戦さと誰もが思い、三将もそのつもりでいた。

天下を羽柴秀吉と二分する徳川は、完膚なきまでに負けた。真田の本城・上田城は陥ちなかった。ばかりか、支城のひとつも陥とせず、兵をおおく死なせて退却した。退却のため、さらに一万の兵を救援に行かせたほどだ。こちらも情勢が悪かった。重臣の石川数正が羽柴家へ奔ったことで家中が動揺し、戦さどころではなくなった。家康が岡崎城へ来たのも、その対応のためだ。

だが、上田城での勝敗と、重臣の出奔は直接関係がない。

真田は、三年前に滅んだ甲斐武田家の一家臣に過ぎぬ。それが徳川をはじめ、北条や上杉という大大名を相手にしたたかに立ち回り、三年間も独立を保っている。家康は甲斐侵攻の折、一度か二度、当主の真田安房守昌幸と対面した、はずだ。だがおおくの武田旧臣のなかの一人であった彼のことを、あまり覚えていない。家康より年下だが、おなじ四十歳前後であろう。

「表裏比興の者よ」

本来、言行不一致という意味だが、家康は読めぬ男という意味でその言葉を用いた。

真田昌幸はなぜ強い。

家康はそれが知りたい。

死なずの真田――。

口にしたのは、大久保忠世だった。

彼は上田城の本丸へ繋がる二の曲輪まで攻めこんだ。撤兵では殿を務め、最後まで信濃に踏みとどまった。ここ岡崎城に着いたのも数日前である。まだ戦場の気配を纏っていた。

忠世はふたたび言った。

「死なずの真田たる所以は、この具足にて候。二の丸の兵よりなんとか得てござる」

家康は黒い塊に、ふたたび目を戻す。

具足である。

具足とは、鎧（甲）、兜（冑）。そして頬当、籠手、佩楯、脛当などの小具足を合わせた総称であるから、正確には胴または鎧というべきか。置かれているのは将が身に着けるものではない、いわゆる足軽の胴だ。激戦のあとか、黒漆はところどころ剝がれ、地鉄が見えている。胴と脚を守る草摺を繋ぐ藍色の揺糸も、二、三本、千切れていた。

胴の真ん中に黄漆で描かれた六文銭で、真田の具足だとわかる。その六つの銭が妙に不揃いなのが、いかにも量産品という感じがする。

家康は小姓に目配せして、火鉢を自分の傍に寄せさせた。背中の傷がじくじくと痛みはじめ、思わず呟いていた。

「安具足のくせに、妙に威圧してきよる」

脇に座した筆頭家老、酒井忠次が膝を進め、具足を間近に検分した。

「横矧二枚胴にて。威糸は藍色、草摺は七間四段。よくある仕立て。左胸に鉄炮弾の当たった痕であろうか、凹み穴がござる。別段変わったところは……」

横矧二枚胴とは、横に長い鉄板を鋲などで継いだ、前面後面、二枚で構成された鎧である。桶側胴などとも呼ばれ、製作が容易なためここ数年来、一気に普及した。足軽がよく身に着けている。とても合戦の勝敗を分ける「理由」とは思えぬ。

「大久保どの。不死身など由なきことは慎まれよ」

忠次の牽制にもかかわらず、大久保忠世はいっそう声を大きくした。

「死なぬのです。それと猿と天狗がおって――」

「大久保どの！」

家臣たちのざわめきを視線で制し、家康は静かに筆頭家老へ言った。

「忠次やめよ。三将は腕よき将。物事を見る目もある。心ばえも立派だ。もうすこし詳しく聞きたい」

ともに上田城で戦った鳥居も平岩も、青ざめた顔で沈黙したままだ。猿だの天狗だのは置いておくとして、彼らもやはり見たのだ。「死なずの真田」を。

そう思うと、黒い桶側胴の放つ気配が、禍々しく感じられてくる。

「七之助、お主の見立てを申してみよ」

七之助と親しく呼びかけられた平岩親吉が、ようやく口を開いた。

「その具足を浜松の具足師たちに見せたのでございます、殿」

「ほう。なんと言うたかな」

「どの具足師も答えはおなじ。『わしには作れぬ。こんなことは産鉄が盛んな出雲でもできぬだろう。鍛冶の神たる金屋子神が作ったのに違いない』と。そう申しました」

家康の手指は、冷たくなってきた。背中の傷が痛み、腹が押されるように縮む。

鑓で突いても死なぬ。

火縄銃を急所に当ててようやく討ち取れる。

そういう敵を、家康は知っている。

織田信長が死した本能寺の変から三年。天下人を失った日の本は、乱世に逆戻りした。家康は「天下」を身近に感じるようになった。百年以上つづく乱世を終わらせ、泰平の世を作る。いや、作らねばならぬと決意した。だが、小牧・長久手の大一番で羽柴秀吉になかば従属する形で和睦を結び、天下は遠のいた。秀吉は、いずれ徳川を滅ぼすつもりだ。

力が欲しい。世の武士たちをすべて、跪かせるほどの強大な力が。

でなくては泰平の世など、夢のまた夢だ。

そういうとき、家康の脳裏に決まって思い浮かぶ合戦がある。

「思いださぬか、あの合戦を」

問いかけに誰も答えない。家康は語気を強めた。

「あのときもそうだった。馬防柵の三段目まで破られた。武田の兵は鑓でいくら突いても起きあがったではないか。一人ひとり、眉間を定めて撃つまで奴らは――」

古い家臣らが、あ、と口を開く。

十年前の死闘での叫喚、硝煙と火薬の臭い、肉が焼けるような臓物の臭い、血と泥に塗れた兵の顔を、思いだす。

「武田兵は、死ななかった」

長篠設楽原（ながしのしたらがはら）合戦。織田と徳川の連合軍が武田勝頼（かつより）を撃破し、大勝利を収めたという喧伝（けんでん）を世間は信じているが、実際は紙一重（かみひとえ）の勝利だった。すくなくとも家康はそう思っている。時代遅れの武田の騎馬兵を火縄銃で蜂の巣にしたなど、でたらめだ。

信じられないことに、敵の足軽は鑓で突いても死ななかった。

火縄銃で撃たざるを得なかったのである。

思いだすだけで鳥肌（とりはだ）が立つ。

あの強さが欲しい、と家康は震えながら思う。

「真田は武田の遺臣。そこに因業（いんごう）がある。具足の秘義を知らねばならぬ。さもなくば――」

さもなくば、秀吉に食われて徳川が滅びる。

そのときだった。

地の底から突きあげるような揺れがあった。地震だ。それもおおきい。

「殿！　御逃げを」

みな慌（あわ）てて立ちあがり、小姓に守られながら家康も外へと走った。屋根瓦が落ちて割れ、梁（はり）が軋（きし）む。築地（ついじ）が崩れ落ちる。男と女の悲鳴。

家康は揺られながら叫んでいた。

「探せ、具足の謎を解く者を！　そ奴がわしを天下へと導く者だ」

第一章

不死身の胴

一

年が明けた。

天正十四年（一五八六）、睦月一月。南都奈良、松の内明け。

雲間からこぼれた朝日が、興福寺の五重塔に揺らめいている。町は日の出とともに起き出して、青々しい頭の十代の学僧や、もっこで土を運ぶ左官、豆腐売り、さまざまな人が行き交い、雀が二羽、三羽、崩れた土塀から急ぎ飛びたつ。

「地震で大変なときに……えろうすんまへん」

興福寺から通り二町（約二百十八メートル）くだった高天丁も、職人町だけあって朝が早い。道具箱を背負った男たちに押しやられ、岩井与左衛門は五尺六寸（約百七十センチメートル）の長身を屈めた。野袴に木綿小袖、脚絆に菅笠の旅姿で、大事な仕事道具の箱を括った背負子を負っている。面長の顔にならぶ目鼻は小さく、対照的に大きな口はすこし震えていた。

与左衛門はすこし離れた生家をちら、と顧みた。

約一月前、美濃、近江、越中を中心とした大地震が起きた。のちに「天正大地震」と呼ばれる巨大な地震で、おおくの山が崩れ、城や町ごと飲みこまれたところもあるらしい。奈良は幸い、中心たる興福寺は五重塔をふくめおおかた無事だったものの、民家の被害は甚大で、間口六間五尺（約十二・五メートル）、弟子七人の岩井の見世も、土塀が一部剝がれ落ち、竹小舞の格子が剝き出しになっている。

格子越しに義母(はは)が覗(のぞ)き見ていて、与左衛門が振り返ったのにあわせて、そそくさと奥へ引っこんだ。

与左衛門は両手を膝に当て、深々と頭をさげる。

「与七郎(よしちろう)の叔父上。岩井の見世と、父と弟をよろしゅう御頼み申す」

ただ一人の見送りである与七郎は、四十がらみの京に見世を構える函人(かんじん)、すなわち職人である。与左衛門と血の繋(つな)がりはない、与左衛門の父とは兄弟弟子の間柄(あいだがら)だ。

与七郎は腕組みをして、血の繋がらぬ甥(おい)をため息とともに見つめた。

「詫(わ)びるのはわしや。岩井屋の跡取りは本来、お主(ぬし)やいうのに」

「わしのこんな指じゃあ、函人には向かん」

与左衛門が微笑したので、叔父は声を荒(あら)らげた。

「そんな阿呆(あほ)な！　お主の努力は岩井一門、みな知っとる」

膝に当てたままの与左衛門の手。右手の中指と薬指は皮膚が繋がり、爪(つめ)は二つあるが一本の太い指のようになっている。生まれたときから二本の指が癒着(ゆちゃく)していた。どの指も一本一本は太く、指先は平たく、爪は縦(たて)より横が倍以上ある。

典型的な、具足師(ぐそくし)の指。具足づくりは指先に力をこめる作業がおおく、みな金鑢(かねやすり)の先のような太く平たい指になる。

二十一歳でここまでの指を、与七郎は見たことがない。

与左衛門は繰り返す。まるで誰かが言わせているように。

「この指は、函人には向かん。岩井の跡取りは弟がええ」

「八左衛門はまだ十六やで」

岩井屋は南都奈良の具足屋、甲冑職人の家である。

南都の具足師は本朝随一の古さを誇る。いまも高天丁や、交差する今辻子丁は具足師、つまり職人町であり、半田、左近士、春田、林など、具足屋の数は十を超える。

具足屋のなかでも岩井屋は、比較的あたらしい。与左衛門の父・岩井源太夫は大店・半田屋で修業したのち独立し、見習いのころからの馴染みの百姓の娘と夫婦になった。

ほどなく生まれたのが与左衛門だった。

当時小さな具足仕立師でしかなかった父は貧しく、流行り病にかかった妻の薬を購うことができなかった。与左衛門が三つのとき、母はぽっくりと死んだ。転機が訪れたのはその二年後。父の修業元である半田屋が、父の腕を見こんで娘を後妻にと話をまとめてくれた。仕事も回してもらえるようになり、父は南都で中堅の具足師となった。後妻とのあいだに、男の子も生まれた。

与左衛門の腹違いの弟、八左衛門である。

後妻はとうぜん、自分の息子を跡取りにしたがった。父も追従した。

「義姉さんのいびりは酷すぎる。その指を『狒々指』と笑い、義兄さんが大晦日にお主を勘当したとき、白米を炊いたそうやないか」

憤る叔父に対し、与左衛門の微笑は変わらない。

「義母さんのこと悪う言わんといてや」

「しかし――」

竹格子からの視線をまた感じた。与左衛門は背負子を担ぎ直し、早足で歩きだす。

「叔父上。岩井を、あんじょうよろしゅう」

「おいっ、与左衛門！」

与左衛門は興福寺の東に隣接した大通りを北に向かった。早足はすぐに駆け足になった。

興福寺をぐるりと回りこんで土塀が途切れると、京へとつづく大和（奈良）街道に出る。松永久通の焼いた東大寺の焼け跡を右手に、佐保川を渡ればもう大和国と山城国の国境だ。

木橋の袂、石積みに座りこんだ小柄な青年が、与左衛門に気づいて顔をあげる。

与左衛門は目を合わせないようにして、ゆっくりとその前を通り過ぎる。すぐに声が飛んだ。

「おれは詫びんで、兄さん」

弟・八左衛門の声に、与左衛門は頷いた。

「うん。それがええ」

「おれは親父とは違う。どんどん作って、どんどん売る。岩井を南都一の具足屋にするんや」

本能寺の変以後、兵数がけた違いにおおい戦さが主流となり、具足屋は作れば作っただけ儲かった。また「当世風」なる具足が現れはじめ、伝統的ないでたちとは異なるものが、もてはやされるようになっている。

「わしも、八左がうまくいくよう願っとる」

「兄さんの阿呆」

「はは」心からの笑いが漏れた。「狒々よりは阿呆がええわ」

そのとき、後ろから女の声が追いかけてきた。

「ま、待っておくれやす、与左衛門兄さん」

光沢のある白綸子地に色とりどりの斜縞が入った小袖を慌てて着たらしい、肌も露わな女が追いついた。与左衛門が手を差し伸べると、転がりこむように白い腕を差し伸べて縋りつく。

「太夫、わざわざ来てくれたんか」

女は吉野太夫、奈良の花街でも人気の遊女である。京の太夫にもひけをとらぬ器量、教養、なにより着姿が美しく、吉野太夫の好む琉球太縞を模した小袖と、後ろに高く結んだ通称文庫結びは、いま奈良じゅうの若い娘が真似ている。

おっとりと柔らかい声が震えた。

「兄さんが勘当ってほんまですか。あてらはどうなるんです。兄さんの御陰で売れたのに、御礼がまだ――」

突然現れた艶っぽい女を見て、八左衛門が唾を吐いた。

「は、誰やあんた。遊女がひとの家に口出さんといてくれへんか」それから歪めた顔で与左衛門を見る。「兄さんあんた郭遊びしとったんか」

女が首を振った。

「ち、違います。与左衛門のお兄さんはあてらを助けてくださったんです。妹一人ひとりの顔だちや器量にあう小袖の色や、髷の結い方を考えて。あてが売れたのも、お兄さんが太縞の小袖を見繕ってくれたから。御代も取らずに」

与左衛門はなんと言ったらいいかわからず、無言で頭を掻く。

冴えない田舎娘だった彼女らが、化粧や髷、着物を変えるだけでぱっと大輪の花が咲いたようになる。これが自分かと娘たちが息を呑む瞬間が、ただ嬉しかった。彼女らの瞳に生きる希望のような「なにか」が宿るのに、救われる気がしただけだ。

「そうやからあてが、お兄さんの勘当を取り消してもらえるように――」

「やめとき」

八左衛門の顔には、侮蔑の笑いが浮かんでいた。

「郭の姉さんな。この人は具足職人に向いてへん。勘当されたんは、ズク打ったからや」

与左衛門の心臓が跳ねた。

ズクとは具足師の隠語で、「どうしようもない不良品」という意味だ。

「や、やめ……」

構わず八左衛門は喋りつづける。

「ズクで大名を一人、殺しかけた」

吉野太夫のぽってりした口から、白い息が流れた。

「どういうことです」

一昨年の天正十二年のこと。

小牧・長久手で羽柴と徳川が天下分け目の戦いに臨んだ年。岩井屋に注文が舞いこんだ。

注文主は、徳川三河守家康。

注文は、胴（甲）、兜（冑）。そして頬当、籠手、佩楯、脛当など小具足一式。

いままで他の具足屋が請けていた大名家の注文に、岩井屋はいっとき沸いた。しかしすぐ理由が明らかになった。先方は三月で納めろという無茶を言ってきた。足軽の横矧二枚胴でも、きちんと作れば一月はかかる。大将の具足一式ともなれば、なんども乳縄（寸法、意匠）を練り、鎧雛形を作り、半年から一年、あるいはそれ以上の時が必要となる。なにしろ籠手の鎖を編むのにも五十日かかるほど、膨大な工程がある。

それを三月とは。無茶にもほどがある。

つまり南都のおおきい具足屋にみな断られ、岩井屋に回ってきたのだ。

父の源太夫は、注文を請けた。

「与左衛門、お前に任す。そろそろ独り立ちしてもええ頃合いや」

そしてすべて与左衛門に仕事を投げた。十歳のころから具足鍛治、金細工、革細工、塗りなど父に仕こまれ、十一年。必要な技はひととおり身についている。あのころの父は優しかった。言葉はすくないが日の出から日暮れまで工房のひとところに腰をおろし、黙々と手を動かす父の丸めた背こそが、与左衛門のすべての手本だった。

ふたたび父が認めてくれたらと、与左衛門は懸命にやった。ほかの函人や弟子も手伝ってくれた。ほとんど不眠不休で三月で具足を仕立て、徳川家康の本拠である浜松城まで運んで納めることができた。

家康と直接対面することはなかったが、銭はきちんと支払われ、与左衛門は安堵した。

父も言葉すくなに誉めてくれた。

「ようやった」

状況が一変したのは、小牧・長久手合戦が両者の和睦で幕を閉じ、収まったかに見えた、翌年の夏のことだ。

家康が重篤だという話が密かに流れてきた。

なんでも小牧・長久手の一戦、楽田城の戦いで、流れ弾を受けて家康の具足の背中が破損し、鉄札で受けた傷が化膿したというのである。春先には膿んだところが拳ほどのおおきさとなって、一時高熱で起きあがれぬほどになったらしい。

この話は、奈良じゅうの具足師に知れ渡った。

「岩井の倅が、徳川はんを殺しそうになった」

与左衛門は徳川さまに謝罪に行こうとしたが、父は放っておけ、と言った。

「戦場の破損でいちいち具足師が詫びていたら、将が討死したときは腹を切るんか？　今川義元や明智光秀の具足師は腹を切ったか？」

それから父は「徳川さまはどうせ秀吉はんに滅ぼされる」と嘲笑った。だが、十一月末におきた天正大地震ですべてが変わった。畿内の被害のおおきさに、秀吉は徳川征伐を諦めざるを得なくなり、徳川家は滅亡の危機を脱した。

十二月大晦日の夜。

父は与左衛門の勘当を告げ、弟の八左衛門を岩井屋の跡取りにすると弟子たちの前で宣言した。父の白濁（はくだく）した虚（うつ）ろな眼差（まなざ）しに、与左衛門はひとつも言葉を返せなかった。弟子たちも諦めの面持（おもも）ちで、誰一人声を発しなかった。正月にしか出ない白米を、義母は前倒しで炊いた。

八左衛門の話を聞いた吉野太夫は、絶句した。

「酷い……」

八左衛門も皮肉な笑（え）みで応じる。

「そやろ。最初っから親父は兄さんを捨て駒にしたんや」

与左衛門の口の中いっぱいに、甘い味が広がった。自分にはよそってもらえなかった、白米の味。堪（こら）えていた感情が目から溢（あふ）れそうになる。

与左衛門は菅笠を目深（まぶか）に被（かぶ）り、走りだした。

「与左衛門のお兄さん！」

吉野太夫の声が遠く聞こえる。

「お兄さんの仕事を、わかってくれる人はかならずいます」

靄（もや）の流れる佐保川の浮橋（うきはし）を走り渡る。止まらず走りつづけ、多聞山（たもんやま）城や御陵（ごりょう）のぽこりとした山まで来ると一度だけ、与左衛門は振り返った。

朝日に寺社の屋根瓦（がわら）が煌（きら）めき、奈良の町は柔らかな黄金（こがね）色に輝いていた。平城京のころから、春日（かすが）大社と一体化した興福寺とともに栄えた「南の都」。「鎧細工」と呼ばれる函人たちが、己（おのれ）の腕を競いあう町。

　この町で生きていたかった。

「具足を仕立てることしか、わしにはできん……」

　声が震えた。

　溢れる涙のまま空を見あげれば、薄青が目に沁みる。通り過ぎる旅人や馬借らが、与左衛門を怪訝そうに見、筵を体に巻いた乞食が寄って来て無言で割れ碗を出した。

　碗へ一文銭を落としてやると、乞食はぶつぶつなにごとか言い、去っていった。

　すこし、落ち着いてきた。

　徳川さまに謝るしかない、と与左衛門は考える。自分の至らぬところを詫び、もし御許しを得られたなら、父や義母も自分をふたたび迎え入れてくれるかもしれない。跡取りは八左衛門がやればいい。

　ただ具足師でありたい。

「行こう。浜松へ」

　力強く一歩を踏み出した。

二

　与左衛門は一月末のある日、浜松城の板間に額をついた。

「うちの作った具足に瑕疵があり、御詫びのほどもございませぬ」声が震えた。「御許しいただけねば、腹を切りまする」

上座から返る「徳川さま」の声は、恐ろしいほど冷え切っている。

「具足師が腹を切ってわしになんの益がある。軽々に申すな」

「ははっ」

手をつき、額を床板に擦りつける与左衛門の指を、笑う声が聞こえる。

「狒々指で具足師が務まるのか？」

上座の一喝で板間は静まり返った。

「体を笑うな」それから声はふたたび与左衛門に問うてくる。「指は生まれつきか」

「は」

「納めた具足はお主が一人で作ったのか」

注文は椎形の南蛮風兜と、鉄の伊予札を黒糸一色で威した素懸威胴丸。いわゆる当世風である。前立は子孫繁栄の象徴である歯朶を×字に組み合わせた意匠とした。

「鎧づくりは、分業です。最後の組みあげ、つまり仕立てはわしが」

「前立は？」

「前立もわしです。御気に召しませなんだか。この指ゆえ不足があり、御詫びを――」

はっきりした声が与左衛門を遮った。

「指は関係ない。歯朶葉の筋入れが細かでよかった。ぬしの具足を身に着け、わしは心が躍った。

天下に近づきたいと思った。ゆえに小牧・長久手で前に出、流れ弾を受けた。ゆえにぬしに殺されかけた、と言えるかもしれぬのう」

言っている意味はよくわからなかったが、ただで許す気はないらしい、ということはわかる。

襖が開いて、小姓が与左衛門の前におおきな塊を置いた。がしゃり、と音がする。

「面をあげてそれを解け」

そうっと与左衛門は顔をあげた。

目の前に黒い桶側胴がある。

腹に六文銭が描かれている。ということは真田家のものだ。信濃の山士ということしか与左衛門は知らない。去年上田合戦で徳川を打ち破ったと噂になって、はじめて名を知ったほどだ。

「仔細拝見」

断って膝を進め、凹凸のないつるりとした胴の表面に触れた瞬間、中指と薬指がびり、と震えた。

「……？」

顔を寄せてまじまじと見れば、横矧の湾曲は縦も横も均等で美しい。これは、と心臓が速く鼓動を打ちはじめる。修業をはじめた十のころ、楠木正成が奉納したと伝わる黒韋威矢筈札胴丸を春日大社で特別に父と拝見したことがある。優美さは比べるべくもないが、札と札を韋緒で均等に威した隙のない緊張感のある佇まいが似ている、と思った。ふだん眠たげな眼をしている父が目を輝かせ、「岩井もかような具足を作るんや」と声を弾ませたことも、思いだした。

慎重に両手で持った瞬間、驚く。

重い。

雑兵の具足は軽くて頑丈、動きやすいのがなにより肝要である。巷では一貫＝約六斤（約三・六～三・七キログラム）が最良とよく言われる。七斤を超えると重いと嫌がられる。

この胴は、持った感じ十斤（約六キログラム）以上ある。人が鎧を着こんで自由に動けるのは、目方（体重）の十分の一が限度。その限度に近い。

脇に座った家老が、咳払いした。厳めしい顔つきで、たしか酒井忠次といった。

「それは『不死身の胴』と言われておる。鑓も火縄銃の弾も防ぐそうだ」

無礼だということも忘れ、与左衛門は目を丸くして叫んでいた。

「嘘でしょう。御大将の六貫（約二十二キログラム）にもなる鍛えよき最上胴であれば、火縄銃の試し撃ちにも耐えると申しますが、その三分の一にも満たぬ軽い胴で、鉛弾を弾くなど、聞いたことがございませぬ」

それを解くのがお主の役目であろうと言いたいのだろう。酒井忠次は眉を動かし、睨んできた。

慌てて目を鎧に戻す。

解け、この謎を解け。

いや。解きたい、と思った。

「もしや」

頭に閃くものがあり、与左衛門は脇に置いた道具箱を開けた。

「鏨で孔を開けてよろしいか。よろしいな。それですべて判り申す」

「よい」と上座の声が許すのと、与左衛門が先の尖った烏帽子鏨を胴部分に当てるのは、ほぼどうじだった。槌で一打。重い反動がびん、と与左衛門の腕の筋を震わせる。胴の表面を軽く曲げた指で打つ。音が低い。いい鍛えだ。きめが細かく、みっしり詰まっている。さらに二度三度、槌を振るって、ようやく地鉄に細かい傷が入った。

板間に与左衛門が鉄を穿つ音だけが響く。

「その具足は金なんとか神しか作れぬと、浜松の具足師は言うたそうだ」

家老の声に、与左衛門は鏨の先から目を外さず答えた。

「金屋子神。鍛冶の神さんです」

槌を置けば、与左衛門の額に汗が噴きだし、頬を垂れる。ひとつの「解」が与左衛門の目に光の筋のように見えている。大きく息を吐き、早口で喋りだした。

「雑兵の胴はたいてい、柚子肌というて、表面が凸凹しています。安く売るため、混ぜ物をする。打金用の『熟鉄』に、『生鉄』あるいは『銑鉄』という、鋳物用の脆い鉄を混ぜるのです。鉄鍋を見たことがございますか？　ざらざらしてますな？　あれが鋳鉄の特徴で、柚子肌と申します。御城下の足軽を捕まえて具足の腹を撫でてごらんなさい。錆どめの漆を塗ってもざらついているはず。上級の将は侘びた風情を出すためわざと錆漆を塗ってざらついたように見せることもございますが、つるりとしております」

上等な鎧はみな熟鉄を打ち延ばして作る。熟鉄は延びやすく、表面に凹凸はほとんどないのが特徴だ。この胴には、熟鉄以上の硬さがある。

鑓や鉄炮弾すら通さぬ、熟鉄よりも硬い鉄。

「この桶側胴、刃金で作られとりますわ」

熟鉄と刃金（鋼）の見た目はほぼおなじ。見分ける方法は二つ。火床や炉で熔かすか、打った打音と手応えで判じるかだ。

鏨を打って、ようやくわかった。

家老・酒井忠次が片眉をあげ、苦笑する。

「雑兵に刃金？　真田というのは銭が有り余っとるらしい」

「不可思議にございます。刃金は高価なもの。おそらくここにおわす御家来衆の半分も刃金の具足を持っておられるかどうか」

何人かの家臣が追従笑いをやめて顔を伏せ、あるいは赤面した。

刃金は製鉄の盛んな出雲でしか作れない。作るにも潔斎をして、鍛冶の神である金屋子神に祈りを捧げ、四日四晩燃えさかる炉に砂鉄をくべつづける。熔けた鉄のうちほんの一部、純度の高いものが刃金になるという。一度に採れる刃金はたった五十貫ともいい、具足五領ぶんがせいぜいだ。だから高価で、大将格の具足にしか使えない。桶側胴に使うなど、聞いたことがない。

たとえ作ったとて、足軽に売れる値段にならぬ。

ならば「解」はひとつ。

「結論を申します。真田は自らの領国で刃金を作っている。それも、多量に」

拵えた具足師もまた、真田領内にいる。畿内の工房の作なら、評判は耳に入る。

言いながら、与左衛門は全身が震えた。とんでもない腕の鍛冶師か具足師が、東国信濃の山奥にいる。

――わしは、あんたに会いたい。

「汚名をそそぐ機会がほしいか、岩井与左衛門」

問われ、与左衛門は上座の男をはじめて見据（みす）えた。

徳川三河守家康。

しっかりした骨格の上によく肉がついている。肩幅が広く、太い首の上に乗った丸顔は、ややさがりぎみの眉につぶらな目が並んで、どこか熊のような愛嬌（あいきょう）すら感じさせる。体つきは武士のそれだが、面差（おもざ）しは柔和（にゅうわ）だ。

不思議な男だ。武士だのに、武士に見えぬ。

家康の声は柔らかく板間に響く。

「岩井は具足仕立ての家として名を成した。仕立ては威しが旨（むね）。ぬしの父は古い革札を威した胴丸に固執（こしつ）し、鉄打ち出しの板物（いたもの）を軽視しておる。だがぬしは違うようだ。だからこそ、理由をつけて追いだされたのだろう」

柔らかい声と裏腹の内容に、与左衛門は背筋を凍（こお）らせた。なぜ遠江（とおとうみ）浜松の大名が、南都四番手、五番手の具足屋の内情を知っている。たしかに天正年間に入ってから、具足はおおきく変わった。いや、変わりつづけている。長篠（ながしの）合戦を挙（あ）げるまでもなく、火縄銃が戦さの主たる武器となり、伝統的な革札を威した胴丸や腹巻（はらまき）では鉛弾を防げない。ゆえに鉄札や鉄板を用い、鎖帷子（くさりかたびら）を編み、具足は重く、堅く変化した。

父はそれを忌(い)んだ。新興の具足屋だからこそ伝統に縋(すが)った。春日大社に奉納されるような、古式こそを好(よ)しとした。蔵の奥に大事にしまいこまれるような、具足を。

父では、岩井はいずれ立ち行かなくなる。与左衛門とてわかっている。

わかっていて、言いだせなかった。丸めた父の背中は、あるときから壁となった。

「父はぬしを捨てた。憎いか」

囁(ささや)くような声に、与左衛門の体はびくりと反応した。

「左様なことは」

「だがぬしにも欲があろう。いまから鍬(くわ)を持って畑を耕(たがや)すか？」

「欲は……ございます」

家康はすべて見抜いている。

具足師でありたい、という与左衛門の欲を。

「年二領。任せよう」

注文をくれるというのか。ただではあるまい、とむりやり唾(つば)を飲んだ。口が渇(かわ)いている。

家康の声が低くなった。この男は巧(たく)みに表情と声音(こわね)を使いわけてくる。

「上田城に忍びこめ。そして真田の具足の秘密を暴(あば)け。刃金をまことに作っておるなら場所と規模など仔細に。腕のいい函人がおるなら奪(うば)うてまいれ」

「――それは」

間者（かんじゃ）になれということだ。

　家康の囁きが遠い。

「今年七月にはふたたび真田を攻める。お主に与えるのは七月までの半年。十分であろう、のう？」

　頭が揺れる。鳩尾（みぞおち）が痛く、吐きそうだ。断れば以後、徳川家の具足注文は得られぬ。悪評を止める術（すべ）はない。地震で半壊した見世も立て直すことができぬ。自分が野垂（のた）れ死ぬのは仕方ないが、父や弟、叔父や、弟子たちが路頭に迷う。「一門」に迷惑をかける。

　渇いた口の中で舌（した）がもつれた。

「ひ、ひとつ。御願いがございまする。その二領、わしではなく、弟の八左衛門に御注文を」

　大名徳川家の継続する注文は、岩井屋を南都一の具足屋へと引きあげてくれよう。八左衛門の援（たす）けになろう。ふ、とかすかな笑い声がした。見れば、冷たい目のまま、家康は口元を緩（ゆる）めていた。

「はじめはぬしを叩き斬（き）り、見せしめにしようと思っておった。が、ぬしには腕があり、見る目があり、さらに欲がある。情もある。親父がぬしを使えぬなら、わしが使う」

　外でつぎの対面者の着到を触れる小姓の声がし、家康はさがれ、と緩く手を振った。

「励めよ、具足屋」

　追いだされるように対面の間を出ると、与左衛門はその場に座りこんだ。追って出てきた直垂（ひたたれ）姿の無骨（ぶこつ）な男が、与左衛門を見おろしていた。あとで大久保忠世（ただよ）という家臣だと知った。

「真田の猿と天狗（てんぐ）に気をつけよ」

　硬い声で言い残し、大股（おおまた）で立ち去ってゆく。与左衛門の体に遅れて外気が沁み入って、ようやく体のこわばりが解けた。手で頬をぴしゃりと叩き、自分を奮い立たせる。

「半年や。七月まで信濃で気張れ。それで岩井屋は持ち直す」

そのときまだ、与左衛門は半年で戻れぬ己を思い描くことはなかった。

三

東山道（のち中山道）の難所和田峠を越え、つづら折りの山道の杉木立がぱっと途切れた。

眼下には、盆地と、ゆったり流れる川が見える。川沿いには蕎麦畑が青々と広がって、郷村には人影もある。

「おう、あれが千曲川か。乃々さんや」

「違う」

徳川家康との対面から約二月後の四月はじめ、岩井与左衛門は浜松城を出発した。

目的地は真田氏の本拠、信濃国小県郡上田城。天竜川沿いに秋葉街道を北上、青崩峠を越えて高遠、諏訪、そこから東山道に入った。距離にして約六十里（約二百四十キロメートル）、十日の旅路は、ほとんどが深い山中だった。徳川勢一万はこんな悪路を進軍し、負けて退却してきたのかと思うと、武士という稼業も大変なものだ、としみじみ思う。

畑や郷村を見守るように、張りだした山裾の突端に城がある。

「あの山城は真田はんの御城か。堀や曲輪がようさんある」

不死身の具足を作った具足師も、この景色を見たのだろうか。どんな者なのだろう。信濃に生まれついた者か、他国から流れてきたのか。こののち会えるだろうか。胸が高鳴る。

「依田城（丸子城）。真田の隣領、依田氏の城だ」

さきほどから素っ気ない答えを返すのは、すたすたと先を歩く女だ。与左衛門より頭ひとつ小さいが、女にしてはおおきなほうで、女笠に麻の小袖を端折り、手甲脚絆に風呂敷包みを背負っている。

与左衛門は小走りで女に並んだ。

「乃々さんは物知りやな」

女の締まった体つきは、町娘というより百姓の娘だ。それも貧しい村の。細面に暗い目をし、荒れた唇をへの字に結んで、浜松で引き合わされたときから、笑った顔を一度も見たことがない。恐らく与左衛門とほぼ同じ二十歳くらいだろう。

「信濃のことは頭に入れた。仕事ゆえ」

真田潜入が決まったのち、与左衛門には忍びがつけられた。

それがこの女、乃々である。徳川家臣の服部半蔵正成が抱える甲賀忍びで、与左衛門の世話役兼案内人、そして監視役である。二人は南都の具足師と浜松生まれの妻というていで、上田城下に入る。手形や具足師の由緒書きなども、服部がすべて手配してくれた。手配が整い、山路の雪も溶けた四月、ようやくの出立である。

与左衛門は改まって咳払いした。

「そのう、乃々さんとは助けあいたい。具足師がいかなるものか、さわりだけでも知っておいてくれへんか。具足屋はもともと『腹巻屋』ともいうて、とくに南都具足師は奈良に都があったころからの、ふるうい稼業や」

馬借を追い越し、乃々について進むと、すぐに息があがる。

「具足師というても、いろいろや。春田や明珍は具足鍛冶が得手やが、岩井は仕立てを主としておった。そのうち商いを広げて具足屋に――ああ、待っとくれ」

具足というのは、さまざまな工程を経て作られる、分業制である。

鉄を叩いて兜や胴の鉄小札、籠手、脛当などを作る具足鍛冶、本小札や草摺を作る革細工師、塗師、金物師、威毛組糸師、それぞれの手によってできた部品を、最後に仕立師が組みあげる。

それら函人を束ね、具足を売るのが、具足屋だ。むかしは半年で具足を作り、残りの半年で日の本じゅうを旅して具足を売っていた。それだと効率が悪いので、ちかごろは各地に分家を作るようになった。春田や明珍など、分家が地域ごとで名声を得ている家もある。そういう都合、具足屋のもとには各地の動静がしぜんと集まる。

「大名にとって、具足屋は単なる職人以上の価値があるわけや。早耳稼業やさかい」

与左衛門が話を締めくくると、黙って聞いていた乃々が口を開いた。

「すべて聞き及んでいる。生皮を扱うため、ほかの職人から一段低く見られているということも。わたしも下衆ゆえ気にしない」

とうに調べがついているということか。家康が岩井の内情に詳しいのも当然だ。

「知っとるんかい！　早う言うてえや」

大仰にずっこけて見せた与左衛門を、乃々はじろりと見返す。

「つぎはこちらの番。あんたは真田について知らねばならん。すべては四年前、本能寺の変からだ」

「それやったらわしのほうが詳しいで。南都も兵で溢れかえって大騒ぎやった。でも謀反人は討たれ、いまは秀吉はんと徳川はんが天下を競っとる」

「おまえは東国のことをなにも知らぬ。東国なくして、徳川のことはわからぬ」

「はあ……東国、なぁ。小田原の北条はんくらいは知っとるけど」

乃々は淡々と説明をはじめた。

本能寺の変で、織田が支配していた甲斐、信濃の武田旧領は空白地となり、三つの大名が奪いあった。すなわち、南の徳川、東の北条、北の上杉である。徳川家康は本能寺の変で奇跡的に浜松城へ生還し、電光石火の勢いで武田旧領と旧臣の国衆を帰順させていった。そのなかに、件の真田安房守昌幸もいた。

「なんや、真田はんは徳川の家臣になったんか」

乃々がちっと舌打ちをする。

「あれはめちゃくちゃな男だ。上杉、北条ところころ主を変えたのち徳川に縋った」

裏切り、裏切られる混乱の戦局は「天正壬午の乱」と称され、最終的に徳川と北条が和睦し、講和条件として上野国沼田城を北条に引き渡すことが決まった。

「沼田城は真田の城だった。主の徳川に従い、城を明け渡すのが筋だ」

「ははあ、見えてきたで。真田はんは城はやらん、とごねたわけか。大大名相手に肝が据わっとるなあ」

しかも真田昌幸は沼田城引き渡しを拒んだばかりでなく、徳川を捨てふたたび上杉に帰順した。面目を潰された徳川家康は、一万からなる兵を真田本拠地・上田城に差し向けた。

それが去年の閏八月、上田合戦である。

一万を超える徳川勢は、二千の真田に敗北した。

「そこまで虚仮にされたら、徳川はんも威信をかけて潰さなならんなあ」

話すうちに山道は終わり、平地の街道はいよいよ千曲川とぶつかる。人家が増え、街道も賑わってきた。茶屋で一息入れ、ふたたび川に沿って街道を北西に一刻（約二時間）ほど歩く。

「日の本の甲冑は、札板ちゅう横長の板を、紐や鋲で綴り合わせてできとる。源平のころの大鎧、そのあとの胴丸や腹巻。最上胴、伊予札胴、例の桶側胴、みんなそうや。牛革を打ち固めた煉革で親指くらいの小札を繋げたり、鉄を打ち延べたり、材質と作り方が時代によって変わっていく。兜もそうや」

「例の具足は刃金でできていると聞いたが」

「だからわしらはまず、たたら場の在処を探すのがええと思う。たたら場なしに刃金はできん」

話が終わるころ、雪の被った高い山々を従え、小高い丘が見えた。

「あの丘が上田城」

乃々が言って指差す。

近づけば丘のあちこちに野面積み(のづらづみ)の石垣があり、監視用の隅櫓(すみやぐら)がいくつも見えてくる。戦さの残滓(ざんし)は見えず、どの櫓も堅牢そうだ。どんな山奥の小城かと思ったが、なかなかに栄えた城下町である。南都にはおよばぬが、道中とおった諏訪より賑わってみえる。

丘の下は千曲川の流れを受け湿地帯となっていて、南側の砂洲(さす)には人だかりができている。

「市(いち)が立っとる。行こう」

「目立つ行動はよせ」

「見るだけやさかい」

与左衛門は人だかりに近づき、中を覗き見た。乃々は、不承不承(ふしょうぶしょう)後ろに立っている。

突如子供の叫び声がした。

「お父ちゃん、お母ちゃん。おれを一人にしないで」

木柱が三本立って、三人の男女が縛(しば)りつけられていた。周囲に鑓を持った兵が立って見物人を睨んでいる。少年はまだ十歳ほどだろうか、ぼろぼろの小袖に裸足(はだし)で、櫛(くし)も入れない蓬髪(ほうはつ)だった。木柱に駆け寄ろうとして、兵に蹴飛(けと)ばされる。諦めず立ちあがり、すすり泣く父母に手を伸ばす。

呆然(ぼうぜん)と、与左衛門は呟(つぶや)いた。

「市やない。ここは、刑場や」

むかしから河原に立つものは市と刑場と決まっている。河原はある種、「向こう側」の世界との接点だからだ。

侍大将(さむらいだいしょう)が、見物人に罪状を触れまわる。

「この者たちは先の徳川との合戦で敵方へ通じ、兵糧（ひょうろう）や城の備えを漏（も）らした裏切者。よく見よ。敵に通じた者はかようになるぞ」

侍大将が手を振りあげる。鑓が、三人の胸や脇腹を貫いた。苦悶（くもん）に呻（うめ）き、血を流す罪人たちを見て、群衆が快哉（かいさい）を叫ぶ。手を叩き、口笛を鳴らす者もいた。

ただ一人、少年はその場に座りこんで、動かなかった。

与左衛門は人垣（ひとがき）を離れ、城へつづく坂道を無言で登りはじめた。

「……」

自分も徳川の間者だと知れれば、あのように磔刑（たっけい）に処されるのか。そう思えば足がどんどん重くなる。乃々が近づき、ぼそりと問うてきた。

「雑兵の具足は如何（いかん）」

刑場にいた兵たちの胴が、例の刃金製かということだろう。

与左衛門はあっと口を開けた。

「処刑に気をとられ、気が回らんかった……」

心底馬鹿にしたような乃々のため息が聞こえ、与左衛門は肩を落とす。

台地の上にある上田城は、千曲川の支流の水を引きこんで水堀がめぐらされ、城回りには武家屋敷が建ち並ぶ。町は城の東側が主だ。道には土をはこぶ人足（にんそく）や、木材を運ぶ荷車が往来してもうもうと土埃（つちぼこり）が舞いあがる。

乃々が目をつけた宿に、二人は入った。与左衛門は案内された二階の部屋に入るなり、座りこんだ。足がぱんぱんで、全身が痛い。

「真田はんも、徳川さまはまた攻めてくるとわかってるんやな。城普請（しろぶしん）を急いではる」

家康は「七月に真田を再度攻める」と言った。

準備に時がかかり、猶予（ゆうよ）はあと三月（みつき）。

「乃々さん、すこし休んだらどないや」

乃々は、身繕（みづくろ）いをはじめていた。無造作（むぞうさ）に束ねた黒髪を梳（す）き、小瓶（こびん）の油を手にとって髪を結いあげる。白粉（おしろい）をはたき、目尻と唇にさっと紅（べに）を差す。襟（えり）合わせを浅くし、帯を胸元できつく締めなおした。

女が、艶やかに身を変じる。どぎまぎするとどうじに、無闇（むやみ）に濃い紅や露（あら）わな胸元が与左衛門にはすこし悲しく思えた。

「ど、どうなすった。めかしこんで」

与左衛門を見おろし、乃々は淡々と言う。

「しばらく別行動だ。わたしは『仲間』を探してくる。お前は、本業に専念しろ」

路銀は徳川家がいくらか出してくれたが、上田での滞在費は自分で稼がねばならぬ。宿に泊まれるのも四、五日が限度だろう。安い借家を見つけ、具足師の仕事をはじめなければならない。仕事をすれば同業の伝手（つて）もでき、不死身の具足の手がかりも得られるはずだ。

「あ、はい……」

「お前は素人（しろうと）。むやみに敵の懐（ふところ）を探ろうとするな」

諜報はこちらの領分。邪魔をするなと言いたいのだろう。

「あのう。乃々さん、帯やけど」

「なんだ」

「上方はちかごろ、後ろで垂れを鳥の羽みたいに結ぶんが流行っとるんや。いじってええか。話のたねにもなるやろ」

帯の結び目を後ろへやって直してやる。どぎつさがすこしだけ減じた。乃々は不思議そうに背中に目を遣り、甘い鬢付油の香りを残して部屋を出て行った。

その晩、彼女は戻ってくることはなかった。


翌朝、与左衛門は具足屋を探しに出かけた。

北の町はずれに見世がいくつかあり、南都から出稼ぎにきた旨を話し挨拶すると、みな一様に驚く。どれも間口一間あまりの小さな見世で、具足屋というよりよろず鍛冶屋といった趣である。

「南都今辻子丁の岩井与左衛門と申します。よろしゅうに」

「南都の具足師さんがこんな山奥まで」

鍛冶屋の一軒、喜三次という髭面の鍛冶師は、とくに人当たりがよさそうだ。むんむんと熱気のこもる薄暗い工房は、ちいさな火床や水場があり、炉は見当たらない。刃金を熔かすには高い火力を維持できる炉が必要で、岩井の家は懇意の具足屋と共同で、炉を持っていた。

作業台には、打ち直しているらしい具足が無造作に置かれている。

ちかごろは珍しい、横矧の背割胴だ。

南北朝のころから流行した腹巻が原型で、金腹巻ともいい、桶側胴より古い。鉄板を横に矧いで威糸または鋲で止め、前一枚、後ろは左右一枚ずつの二枚、計三枚から成る。着脱が容易で、背中の二枚板を体格に合わせて絞ることもできるが、ゆえに背の防御が弱い。

刑場にいた兵も、似た胴甲だったように思う。

――不死身の具足ではないな。

離れて見ただけでわかる、ざらついた柚子肌。鋳物用の鉄を混ぜている。形も腰の窄まりが甘い。これでは腰回りが浮いて動作についてこない。すぐに威糸が傷んでしまうだろう。桶狭間の合戦で織田方の雑兵が身に着けていた、と言われれば納得もできるが、あれから二十年以上も経った天正の世で、こんな時代遅れの胴を南都で売ったら、三代先まで嗤われる。

与左衛門の目線に気づいた喜三次が、太い指を組み合わせる。

「南都の具足師さんに見られたら、恥ずかしい出来だがね」

「いやいや！　丁寧な仕事ぶり、感心いたしました」

世辞に、赤焼けた喜三次の顔がほころんだ。

「岩井屋さんみたいな畿内の具足師さんなら、きっと御城主も御喜びになろう。おれたちは鍋や庖丁を打つ片手間に具足をこさえる程度だで。殿さまは常々、いい具足師が欲しいと仰っておられるらしいから」

「ほう」

合戦で不死身の具足を貸与されたのは、足軽といえど選りすぐりの兵だろう。喜三次のような半分鍛冶屋の作ではない。ならば、真田家に接触するのが手っ取りばやい。できれば重臣の、戦奉行などがよい。

乃々の忠告も忘れ、与左衛門は身を乗り出した。

「真田さまに御取次ぎ願うには、どうしたらええんです？」

「ちょうどいま御家老の禰津さまの御家来の胴を直しとるだで、おとりなしを頼んでみるずら。禰津さまは真田第一の重臣ですからの」

「ほんまですか！　おおきに」

「いやいや。岩井屋さんみたいな、えらい具足師が来たら、喜ぶわい」

わずかに喜三次の目の奥が光ったことに、与左衛門は気づかなかった。

夕刻、上機嫌で与左衛門は宿に戻ったが、乃々はまだ帰っていなかった。

「ちぇ、せっかく自慢しようと思うたのに」

仕方なく宿の一階、寄合部屋の旅人と酒を酌み交わしつつ、話を聞いた。深志（松本）から生糸を売りに来た生糸商人が、与左衛門の酌を受けて上機嫌で言う。

「禰津さまは気骨の士じゃ。上田合戦のおり、のんびり碁を打つ殿の囲碁盤をひっくり返して『早う立て！』と怒鳴りつけたらしいぞ」

たちまち周りが沸く。

「小県の禰津、沼田の矢沢、真田の二猛将がおれば家康なんぞ一ひねりじゃ」

沼田というのは、真田が北条に明け渡すのを拒んだという城だ。はたして真田はつぎも勝てるのだろうか、と与左衛門は疑問に思う。初戦は徳川に油断があったかもしれない。だが二度も負けることがあるだろうか。

「埴科の出浦、原半兵衛（昌貞）の知略もなかなかぞ」

「徳川、北条という大大名を向こうに回す真田安房守さまの知勇と御家中の結束は、南都にも轟いており申す。ゆえに、わしも一旗揚げに参ったのです」

言うや、酔客が与左衛門の背を叩き、放言がはじまった。

「お前さん、見る目がある！」

「なんせうちの殿は若いころ、かの武田信玄公に『わが目のごとし』と御褒めいただいた英傑じゃ」

「そうじゃ。北条、徳川、みんなわしらの国を狙っとる。よそ者にとられてたまるか」

「真田さまは信濃国衆の誇り。殿はじめ、御子の源三郎さま、源次郎さま、みな強い」

まるで真田家が、自分の親戚であるかのごとくみな語る。

武田が滅んだのち、甲斐、信濃、駿河、遠江、上野、武田旧領の国衆たちは、すぐさま存亡の選択を迫られた。ある者は徳川に仕え、ある者は北条や上杉を選び、また滅びる者もおおくいた。そのなかで大大名に靡かず独立を守る真田は、彼らの心の拠りどころであるらしい。

「安房守さまの御子は源次郎さま、源三郎さまと仰るのですか」

与左衛門が問うと、みながいっせいに口を尖らす。

「逆じゃ逆！」

「長男が源三郎さま、次男が源次郎さま」

「源次郎さまはいま人質として越後の上杉家へ行っておられる」

「へえ。あべこべですか。人質とはけなげですのう」

「上杉さまはよい御方でな、合戦のときに後詰として源次郎さまを上田に帰してくださった。上杉さまは信頼できる」

長男源三郎は与左衛門とおない年、二十一歳。弟の源次郎は四つ下の十七歳だという。嫡男以外は人質に出されたり、戦さのため故郷に帰されたりと、武士も大変なものだと与左衛門はかわらけを呷った。合戦といえば、と話を転じる。

「ときに猿と天狗は出ますかの？」

「猿はおるが、天狗はおらんじゃろ」

赤ら顔の男が首を振るのを、別の男が反駁する。

「いや山家さんの御社で見たという奴がおる」

話があちこちに飛びはじめた。どうやら上田合戦で活躍した「猿と天狗」のことは、誰も知らぬらしい。頃合いか、と与左衛門は酒を追加し、「あとはごゆっくり」と二階にひきあげた。ほろ酔いで部屋の襖に手を掛けると、中で物音がした。

「乃々さん、ようやっと御戻りかえ」

ほっとして襖を開けると冷たい夜気が流れだし、暗がりで人影が振り向いた。柿色の小袖に切袴(ばかま)の見知らぬ男である。荷が解(ほど)かれ、与左衛門の仕事道具が散らばっていた。

「なんやお前、物盗(ものと)りか」

ぎくりと大声をあげると、男は手にした与左衛門の羽織(はおり)をこちらに投げつけた。

「うわっ」

つぎの瞬間足をすくわれる。仰向(あおむ)けに倒れこむと、男は馬乗りになって押さえつけてきた。首に冷たい感触がし、目を向けると寸鉄(すんてつ)を首筋に押し当てられていた。

男が低く囁く。

「何処(どこ)の透波(すっぱ)じゃ」

腕を捩(ね)じりあげられ、与左衛門は悲鳴をあげた。鳩尾に膝を押し当てられ、息が苦しい。

「誰の命で来たか答えろ。爪を剝(は)ぐか、指を一本ずつ折るか」

「指はやめとくれ。具足が作れんようになる」

男は喉(のど)の奥で嗤った。しまった、と思ったときには遅かった。手拭(てぬぐい)を口の中に押しこまれ、右手が引っぱられた。

「んーーーっ」

「なんだ、指がひっついてやがる」

その指は槌を握るにも、組紐(くみひも)を繰(く)るにも、力をこめる指だ。折られたら終わる。やめろ、と絶叫したが、くぐもった声は階下の笑い声にかき消される。

見おろす男の目が、細くなる。

瞬間、骨が折れる音が体の芯に響いた。遅れて激痛が走り、与左衛門の体は弓なりに反る。涙と鼻水が溢れ、溺れそうだ。

「つぎは小指。人差し指、最後に親指だ」

与左衛門は必死で首を振る。

「言う気になったか？」

男が手拭を口から引き抜いた瞬間、甲高い悲鳴があがった。

「きゃあ、旦那さまになにを！　離しなさい」

ばたばたと足音がして二つの人影がもつれあう。ぎゃっと悲鳴があがり、男が窓から外へ飛びだした。入ってきたのは乃々だった。窓から身を乗り出し、舌打ちをする。

「糞ッ、股座を蹴ったのに」

縛めの解けた与左衛門は、痛みと恐怖で手をばたばた動かした。

「た、助けてくれ」

乃々の悲鳴で宿の主人が気づき、昇ってくる。乃々は廊下に出て「鼠がおり、御騒がせしました」と詫び、部屋に戻ってきた。無言で与左衛門の腕をとり、折れた指に箸を添えて手拭で縛る。

「もうあかん。仕舞や」

痛みに与左衛門が鼻水を流して呻いても、乃々は動じなかった。

「指の一本がなんだ。死なぬ」

「二本！　利き手の中指と薬指や。わからんやろうけどな、二年は槌を握れへん。死んだもおなじや」

　ぱん、と横面を張られた。

「聞け、まずいことになった」乃々は爪を噛む。「徳川の忍びが狩られた。全滅だ」

　与左衛門が息を落ち着け、言葉を理解するまで、乃々は中空を睨んでいた。

　昨日刑場にいたのは夫婦と、男がもう一人。その男が徳川の忍びの「根」だった、と乃々は言った。根とは、その地域での忍びの元締を指す隠語らしい。乃々も根の顔を知らなかったが、北条方の忍びと接触することができ、味方の全滅を知ったという。

「北条の忍びによれば、真田が使う忍びはいくつか群れがあり、うちひとつは『柿渋』という」

　忍びの呼び名はさまざま。草やかまり、目付、さっき男が問うた透波もそうだろう。柿渋の衣を着たさっきの男自身も忍びだ。与左衛門は痛みを堪え、なんとか息を整えた。

「わしらも疑われて――」

「だろうな。お前、ちょろちょろ嗅ぎ回ったろう。お前のせいだ」

「うっ……それは」

　軽率だったという自覚はある。だが、いま尻尾を巻いて逃げれば、自分が間者だと白状するようなものだ。なにより徳川の具足注文の約束が消える。岩井屋が潰れ、具足師として自分が戻る場所もなくなる。

　絶対に嫌だ、と与左衛門は奥歯を噛んだ。

　そのとき目の端でなにかが光った。柿渋が落とした寸鉄が、窓から差しこむ月光に輝いていた。

与左衛門が左手で拾いあげた瞬間、指先が震えた。

七寸ほどで、重い。きめの細かい、つるりとした地肌（じはだ）。研磨（けんま）された尖端（せんたん）は鋭（するど）く、刃文（はもん）すら浮きあがっている。

「こ、これや」

寸鉄を手に階段を走り降り、与左衛門は外へ飛びだした。人気（ひとけ）も絶えた月明りの道を走る。痛みも吹き飛んだ。

――見つけたで、あんたを。

追いかけてきた乃々が、腕を摑（つか）む。

「馬鹿、どこへゆく」

与左衛門は笑った。

「喜三次はんの鍛治小屋じゃ」

「阿呆、鍛治屋も半分忍びだ。奴がうまいことを言ってきただろう」

あっ、と与左衛門は目を見開いた。家老の禰津の家来に取次ぐと言っていた。いま思えば餌（えさ）に食いついたのは、自分だった。

半分具足師、半分鍛治屋。裏は忍び。

「忍びの七方出（しちほうで）というて、虚無僧（こむそう）、出家（しゅっけ）、商人（あきないびと）、放下師（ほうかし）、猿楽師（さるがくし）、忍びはそういうものに身をやつす。七方最後は常の形（かたち）。つまり、百姓とかああいう鍛治屋だ」乃々は吼（ほ）えるように吐き捨てた。

「ぜんぶ筒抜けだ。お前のせいで！」

「すまん。けどわしは喜三次はんの小屋へゆく。行かねばならん」

腕を振り払って歩きはじめると、乃々が前に回った。

「なにをするつもりだ」

柿渋が落とした寸鉄は、おそらく不死身の具足と元がおなじ。刃金製だ。

熟鉄と刃金を見分ける方法は二つある。ひとつは打ったときの感触。浜松で使った手だ。だが「感触」がわかるのは具足師だけ。右指は向こう二年、使い物にならぬ。二年も怠（なま）ければもはや、技を取り戻すことは絶望的だろう。

具足師・岩井与左衛門は死ぬ。

間者ということも早々に見破られた。

なら自分はなんだ。具足師にもなれぬ、間者にもなれぬ自分はなにになる。

「わしの考えが正しければ、真田さまに直接会うことができる……と思う。わしを信じてくれ」

「信じられぬ」

与左衛門は女の怒りをたたえた目を見据えた。父の失望の眼差（まなざ）し。弟の軽蔑（けいべつ）の眼差し。叔父の諦めの眼差し。そして乃々の怒りの眼差し。二度とそんな目を向けられたまま生きたくない。

家康は言った。「ぬしには腕があり、見る目があり、さらに欲がある」と。

与左衛門は、乃々の柔らかい白い頬に両手を添えた。彼女が怯（ひる）んだ瞬間、ほとんど頭突（ずつ）きのように額を当てた。がつ、と音がし目の奥がちかちかした。

「あんたは、具足師やのうて具足屋の内儀（ないぎ）になるんや。腹ァ括れ。ただでは死なんぞ」

「頭がおかしくなったか」

浜松城で、家康はなんと言った？

励めよ、具足屋と言った。具足師とは、言わなかった。

答えは見えかけている。

「腕が使えなければ」火床のように体に熱が湧きはじめる。「目と欲を使う」


「どうしたんじゃ、こんな夜更（よふ）けに――」

戸を開けた喜三次は、額に汗をびっしり浮かべていた。彼の後ろに真っ赤に焼けた火床があり、熱気が溢れだす。

「喜三次はん、あんたが真田の忍びということはわかっとる。それでも頼みたい」与左衛門は深々と頭をさげた。「火床を貸してくれ」

喜三次の丸い目がすう、と細くなる。布の巻かれた与左衛門の右手を見て、昼間と違う声で言った。

「訳ありのようだ。入りな」

家の周囲を調べてからやって来た乃々が、用心深く工房を窺（うかが）い、顔を顰（しか）めた。

「酷い暑さだ」

細かい木炭（もくたん）を積んだ長方形の火床は、真っ赤に熱を放っている。ここで鍱（いたがね）（板金）を熱して柔らかくし、打ち延ばす。

「頼みというのは、この寸鉄を熔(わ)かしてほしいんや」

寸鉄を受けとり、喜三次はわずかに眉を寄せる。なにか違うと気づいたらしい。無言で玉箸(たまばし)でつまんで火床に入れ、差し鞴(ふいご)で風を送るとコォーと音がして木炭が山吹色(やまぶきいろ)に輝いた。頃合いで取りだし金床(かなとこ)に乗せる。

寸鉄はたしかに赤焼けしていたが、「熔いて」いない。つまり熔(と)けていなかった。

胸が激しく脈打つ。これだ。この鉄だ。

腹の底から突きあげる愉悦(ゆえつ)のままに、与左衛門は笑う。

「これぞわしの探していた鉄。摑んだで」

不死身の具足の秘密を。

笑いつづける与左衛門を、離れた戸口のところで乃々が気味悪そうに窺っている。

喜三次が低く言った。

「おれらの使う混じり物のおおい鋳鉄は、この火床で熔ける。熔けんということは良(え)い鉄じゃ。まあ、寸鉄にはふつう使わんな」

「喜三次はん、禰津さまの御家来とやらに伝えとくれ。岩井与左衛門が真田の殿に話がしたいとな」

さっと懐に手を入れた喜三次に、乃々が摑みかかる。三歩飛びすさって喜三次が問うた。

「上田から生きて帰れると思うのかね」

与左衛門は叫んだ。

「殺して河原に晒(さら)してみい！　真田はんは大損こくで」

「えらいおおきく出たもんだ。話とはなんだ」

「とびきりの儲(もう)け話や」

与左衛門の目の中で、火床の火花が、爆(は)ぜた。

四

翌日夕刻、喜三次の工房を一人の武士が訪ねてきた。

喜三次が呼んだ仲間二人に見張られていた与左衛門と乃々へ、武士は丁寧に頭をさげる。がっしりした体軀(たいく)と日に焼けた顔は一見、牛追いか馬借のように見えるが、掌(てのひら)に鑓の握りだこがある。かなりの強者(つわもの)とわかった。

「真田家中、堀田作兵衛(さくべえ)と申す。岩井どのを案内(あない)申す」

与左衛門は、工房の隅(すみ)に座りこんだ乃々をちらりと見た。勝手を言いだした与左衛門のせいで、人質として手足を縛りあげられ、昨晩から一言も口を利かない。

自分がしくじればこの女も道連れになる。

「乃々さんや、堪忍(かんにん)な」

乃々は無言で唾を吐いた。

意味がないとわかりつつも、喜三次に乃々を害さぬよう重ねて頼み、与左衛門は堀田という男について、城へと向かった。外曲輪(そとくるわ)の水堀を越えたところで目隠しをされ、普請(ふしん)の槌音を聞きながら橋を渡る。曲がりくねった城域を歩かされ、どこかの入口で草鞋(わらじ)を脱がされた。手を引かれるままに、板張りの廊下を進んでゆく。

「座れ」

一室に通され、座ると目隠しを解かれた。眩(まぶ)しくて目を眇(すが)めると、上座になにかいる。

いや、物だ。

白山大権現(はくさんだいごんげん)の掛け軸の前に、立派な具足が飾られていた。障子越しの揺れる日差しが、胴の錆漆(さびうるし)地(じ)の陰影を浮かびあがらせる。

背後から声がした。いがらっぽい声だ。

「定めて見よ。わしが近習(きんじゅう)のころ甲府の先代の御屋形(おやかた)さまより、じきじきに賜(たまわ)った南蛮様具足ぞ。無礼あらば斬る」

先代の御屋形さまとは、甲斐の虎(とら)と称された武田徳栄軒(とくえいけん)信玄のことだろう。

前を見たまま、与左衛門は静かに口を開いた。

「兜(かぶと)は鉄錆地の五十四間筋(すじ)兜。眉庇(まびさし)上に獅子噛(しかみ)の立物(たてもの)。䩜(しころ)は鉄板物五枚を素懸(すがけ)に威したもの。おそらく上州(じょうしゅう)あるいは相州(そうしゅう)明珍家いずれかの作にございましょう。高価な唐物(からもの)の白いヤク毛飾りをふんだんに用い、亡き武田家の武威を感じまする」

後ろに立った男が、機嫌(きげん)よく笑う。

「具足師というのは誠(まこと)らしいのう」

「しかし武田信玄公に賜ったというのは、嘘ですな。真田安房守昌幸さま」

「……なに？」

「胴がいけませぬ。南蛮胴を模した鉄打ち出しの鳩胸形二枚胴。南蛮渡来の甲冑は天文年間には南都に入ってございますが、非常に重く、鍛えも難しく、本朝の具足師が南蛮様の鉄打ち出し胴を作ったのは天正年間にいたってから。つまりここ十年ほど」

許しを得ず、与左衛門は振り返る。麻の錆浅葱の小袖にくたくたになった袴を穿いた、中肉中背の男がいた。

これが当主、真田安房守昌幸。一万からの徳川勢を打ち負かした、稀代の策士。

老獪な策略家を想像していたが、若い。四十になるかならぬか。細長い面に太く吊りあがった眉と、棗形のおおきな目が、気の強さと尊大さを感じさせる。手足は骨ばって短い。信濃の頑強な野馬を思わせた。

与左衛門はぐっと顎をあげる。

「信玄公より賜ったなど嘘八百。兜はそうかもしれぬ。だが、元亀四年（一五七三）に死んだ武田信玄が、天正年間にようやく作られはじめた南蛮様胴を、下賜できるはずがない。胴兜と揃いで賜るほどには、真田は武田家中で格が高くなかったと見ゆる」

昌幸の眉間の皺が深くなり、控える家臣のうち若い男が刀の柄に手を掛ける。

昌幸が手で若い家臣を制した。

「よい、昌綱」

この若い男が家老の禰津昌綱か。与左衛門より四つ五つ年上、二十代に見える。真田というのは若い家らしい。

いまは押すべきだ、と与左衛門は身を乗り出した。

「無礼ついでに申します。今年じゅうに真田は滅びる」

「貴様ッ」

昌綱が鯉口を切っても、与左衛門の口は止まらない。

「わしは、そうならぬための儲け話を持ってまいりました」

昌幸は腕を組み、足を二度鳴らした。

「殺すのはたやすい。なぜ真田が滅ぶか申せ」

「北条は沼田がほしい。徳川は上田を攻める。さらには関白・羽柴秀吉もこの地を狙うておる。三方向から攻められて勝てる者はいない……など言わずともおわかりでしょう」

「無論。具足師ならば具足の話をせよ」

与左衛門は己に言い聞かせた。

相手がなにを欲しがっているか量れ。欲をくすぐれ。

「なれば至極明快！　真田の具足は当世風の真逆、野暮の極みゆえ滅ぶ」

「なんだと！」

禰津昌綱が怒鳴る横で、真田昌幸は薄く笑ってつづけろ、という顔をした。

「大坂の御城を御覧になったことが」

「ない。西は三河までしか行ってない」

「なんと東国しか御覧になったことがないと。合点がいき申した」与左衛門は大仰に嘆いた。「大坂は大名屋敷が建ち並び、派手な身なりをした武士が行き交っております。羅紗の陣羽織に、金箔を張った桃形兜。高さ三尺もある変わり兜の前田さまを、女子がみな見惚れておりまする。それに比べ、信州の具足の地味なこと！　御大将も雑兵に埋もれてしまいますなあ」

　昌綱が声を荒らげる。

「具足は堅きことが肝要。見栄えで戦さの勝敗が変わるか、阿呆」

　乗ってきた、と与左衛門は唇を舐めた。

「いいや、戦さとは見栄えでするのだ」

　昌幸の眉がわずかに動いた。

「兜に金箔を張れば堅くなるか？　ならんでしょう。しかし、戦場できらきら輝く様は目立つし、兵を奮い立たせる。銭のある証左となる。真田は将兵の具足に金箔が張れますかな？」

「こいつ斬るぞ！　どこぞの間者であることは明白」

「間者やあらへん、わしは具足屋や！」

　膝に置いた与左衛門の折れた手指に気づき、昌幸の口元が緩む。気味の悪い笑みだった。

「金箔は張れぬ。そんな銭はない。それで？　指の折れた具足師が張ってくれるというのか。とんだ儲け話だな」

　言うよりほかはない、と与左衛門は奥歯を噛んだ。

「不死身の具足は、刃金で作られておる。出雲の刃金ではない。真田領のどこかで作られたものだ」

　さっと昌綱の顔が強張った。与左衛門はたたみかけた。

「真田は刃金づくりに成功した。許せぬのはその先や。そんな優れた函人をなぜ山奥に埋もれさせておく。不死身の具足に触れたとき、わしは体に稲妻が走った。日の本五指に入る業師や。細々と埋もれてええ腕やない」

　目頭が熱くなり、声が掠れた。

「埋もれさせているのは、お主ら武士だ」

「しかし、武士が銭を払うゆえに具足師も生きていける」

　昌幸の言葉に不意を突かれた。注文さえあれば、銭を払えば、誰にでも具足を売る。武士が戦さをやめぬからこそ、具足屋は儲かり、函人は食える。争う武士のおかげで、具足屋は奈良の都のころから八百年、栄えつづけている。

「その通りです。そやからこそ――」

　与左衛門は荒く息をつく。

　ああ、もうすぐ言いたいことはすべて言い終える。自分は斬られるだろうか。

　そのとき、鈴が鳴った。

　――ちりん。

　襖が開き、背の高い男が現れる。昌綱が慌てて刀の柄から手を離し膝をついた。

男は木目の荒々しい素彫りの猿面をつけ、肩には蓑を背負った修験者に似た姿をしていた。修験者と違うのは、腰帯に差した朱塗の鞘の太刀だ。柄は鮫皮包に燻韋を巻いた白地。上物とすぐに知れた。

やや甲高い声の男は、場違いな鷹揚さで問うた。

「殺すのか？　惜しいのう」

上田攻めで大久保忠世が見たという「猿と天狗」の片割れに違いない。家老が膝をつくなら、家中で位の高い者だろう。

たとえば真田昌幸の嫡男。

猿面の男は愉快そうに言った。

「そやつの岩井屋とは、南都三家は無理かもしれんが、中堅どころの具足屋だ。京や堺にも弟子の見世がある」

この男、上方にかなり明るい。何者だ。

昌幸がじっとこちらを見おろしてくる。

「南都三家だかなんだか知らぬが、所詮は具足師。職人と話す用意はない」

「違う――」

与左衛門が反論しかけたとき、猿面の男がからからと笑った。

「安房守どのはちっともわかっとらんなあ。そやつは具足師じゃなく、具足屋として話をしておるのよ」

訝(いぶか)しげに昌幸が眉を動かす。どういうつもりか判然としないが、猿面に害意がないのはわかる。

――往(ゆ)く。往くしかない。

与左衛門は改めて昌幸へ向きなおり、両の手をついた。

「わしは具足師でのうて、具足屋。商人(あきないびと)として申します。わしなら京で真田さまの具足を売り捌(さば)ける。それを手土産(てみやげ)として関白・羽柴秀吉さまに降(くだ)りませ。天下で一番偉(えら)い武士に降れば、北条も徳川も手出しできますまい」

深々と頭をさげる。

「ただ具足を作るのやない。具足とともに大名の名に恥じぬ『武名』を売る。それが具足屋の儲け話にて」

静まり返った板間の外で、普請の職人たちの振るう槌音が響いている。与左衛門の額から、汗がしたたり落ちる。長い沈黙を、与左衛門は額(ぬか)ずいたまま待った。

やがて昌幸が板間に腰をおろす音がした。

「商人となら話す用意がある。ただし商いには信が必要」

「わしの命を懸けます。信得られなくば、いつでも始末するがよろしかろう」

「言いよる」

昌幸が息を吐いて笑い、それとともに猿面が背を返す。

「ふたたび天下が面白いことになるぞ。越後の源次郎に教えてやろう」

来たときとおなじように、ちりんと腰にさげた鉄鈴(てつれい)を鳴らし、飄々(ひょうひょう)と姿を消した。

やはりあれは真田の嫡男・源三郎か。

与左衛門は男の足音がちいさくなるのを、耳で追った。

すこしあとのこと、源三郎（のち信幸、信之）と出会ったとき、与左衛門は思わず問うてみた。

「猿面は、源三郎さまだったのですね。助け舟を出してくださり御礼をば」

猿面が嫡男。天狗面が弟。初陣の若い兄弟が奇抜な戦装束に身を包み、敵を惑わす。血気に逸る若者にありそうな話だ。

父に似た面長の顔に、太い眉をした源三郎は、眉間に皺を寄せた。

「わたしがあのように酔狂な形をすると思われるとは、心外だな」

第二章

揺糸（ゆるぎのいと）

一

天正十五年（一五八七）、弥生三月。春爛漫の京室町通。

人垣の中、家臣の背に乗った源次郎信繁が頓狂な声をあげた。

「前田さま！　真田の次男、源次郎信繁にございまする！　おれをぜひ御列に加えてくだされ、九州で戦働きをしとうございます」

馬上の将がちらりと源次郎を見た。金箔を押し、二尺二寸六分（約六十八・五センチメートル）もある熨斗烏帽子形兜、白練に裏地は黒の陣羽織、胴は兜とおなじ金箔押伊予札本縫延の手のこんだ胴丸で、陽光に目映く輝く。陣羽織と合わせた威の白糸もまっさらで汚れひとつない。前田家は大将のみならず、馬廻りまで金具足で揃えたいわゆる「傾いた」いでたちだった。

女たちが「加賀さま」と甘い声で呼ぶのにまじり、信繁も焦がれるようにいがらっぽい声を張る。

「前田さま！　賢い源次郎を御列に！　たんと働きますぞ」

壮年ながら整った顔をほころばせ、ついに「秀吉の盟友」前田利家が応えた。

「次男坊、わしも四男じゃった。でかくなってまた来い」

なんども頷き、信繁は手を振った。

「必ずや！」

馬列が去ると、信繁は家臣の背から飛び降りた。

「あのように長い兜。前田さまの首は折れぬのかいのう」

背をはたいて、家臣の矢沢三十郎頼幸が伸びをする。

「歴戦の将ともなれば、両耳に重しを吊るして首を鍛えるのだと、本庄繁長どのが仰っておられました」

「なにぃ。だからあの爺ぃ、顔より首が太かったのか。おれもさっそくやろう」

「いやあ、堂々たる体軀に全身金具足。此度加賀さまは堺までの見送りにて、出陣は御嫡男だそうですが、男でもあれは惚れますな。源次郎さまにはいささか上背が足りぬかと」

もともと肉がつきにくい性質なのか、信繁の背は低く、腕は骨ばって細い。

「くそお、一昨年から一寸も伸びてねえんだよなあ」

家臣で分家筋の一門でもあるためか、三十郎は遠慮がない。

「十八歳ともなればもはや伸びませせぬ。五尺（約百五十センチメートル）はいますこしほしかったですな」

「五尺と四分だ、四分！」

頰を染め、むきになる青年が不憫になり、与左衛門は後ろから声を掛けた。

「兜の烏帽子部分は、張懸というて、堅紙や軽い木を張り合わせたもの。重くはありませぬ」

信繁が振り返る。赤茶けたくせ毛の髻が軽やかに揺れた。面長の顔は父や兄とおなじだが、下がり目にふっくらした頰は、どこか子狐を思わせた。

「要ははりぼてか。ならばおれでも被れるぞ」

関白秀吉に臣従した真田家は、その証として京への上洛が決まった。京滞在の差配を任された与左衛門は、人質先の越後から別途上洛してきた安房守昌幸の次男・源次郎信繁を山科まで迎えに出た。

人質に出されたというから、大人しい青年を勝手に思い描いていたが、信繁は底抜けに明るい。上洛に合わせて元服し、信繁という諱を名乗った。信繁付の家臣・矢沢三十郎は三十五歳。若い信繁の名代として、上杉の内乱に出陣したこともある。上杉の猛将、本庄繁長から首を鍛えるなどという法螺話を聞いたのはそのときだろう。

「信繁どのは合戦がお好きですか」

信繁は笑う。歯並びが悪く、右の八重歯が餓鬼大将のようだ。

「戦さは楽しい。上田合戦では源三郎どのとおれが立てた策が当たって、ぞくぞくした。おれの頭の中にはあと三十通り、徳川をぶっ潰す策があったのにな」

また源三郎の名が出た。

「しっ」

「あっ、すまん」

三十郎が怖い顔で窘め、信繁は口を噤む。くどくどと御小言がはじまった。

「はじめての京で、源次郎さまが高まる気持ちもわかりますが、関白さまは私戦停止令を出されております。逆らえば――」

他大名との停戦を拒んだ薩摩島津氏のように、関白が征伐に行く。いまの前田勢も九州への出兵のためだ。

秀吉自らが総大将となり、弟の大納言秀長が副将、ほか丹羽、細川、池田、そして前田と名だたる大名が参陣し、兵数は二十万ともいう。いくら島津が天下に聞こえた戦さ上手の家といえど、ひとたまりもあるまい。

「大人しくしとけってんだろ。真田のために」

「おわかりならばよろしい」

関白秀吉との対面は明日。それまで真田は仮の臣従だ。

九州出陣前に滑りこむことができたが、あと半月でも遅ければ、上田にも大軍が差し向けられていたかもしれない。臣従の証には、人質を京に置くことが求められる。上杉から移す形で信繁は京に留まるようにと、すでに内々の文があった。

自信満々で信繁は言い放つ。

「人質とて京で埋もれるわけにはいかん。目立ってやる」

三十郎の嘆きがおおきくなった。

「まったくこの人は、どなたに似たのだか！」

与左衛門が信濃上田に潜入し、昌幸の具足屋となって約一年。家康の密命の期限も吹き飛ぶ、まさに綱渡りの日々だった。

家康の密命は、真田の「不死身の具足」の秘密を暴き、具足師を奪えというもの。昌幸に疑われながらも、商人として真田家に出入りすることに成功した与左衛門は、不死身の具足の京における販路形成を請け負った。

京の与七郎叔父とやりとりを重ね、不死身の具足三十領を羽柴家に納めたのが、去年七月のこと。この時点で、家康が定めた期限を守ることは無理だと悟った。攻めこまれては、不死身の具足ごと真田は滅びる。さりとて信濃に残っては己の身が危うい。

戦さを回避し、具足の真実を慎重に探る。

すべては関白・羽柴秀吉の介入にかかっていた。

瀬戸際、与左衛門は粘った。家康に期限の延長を求める文を書き、上田に留まった。

八月。秀吉は「わし自ら真田を攻める」と言いだした。どうじに、上杉家経由で昌幸に密書が届いた。秀吉は「不死身の具足をあと五十領寄越せ」と要求してきた。言外に「従えば真田攻めを取りやめてもよい」ということを匂わせている。

与左衛門と昌幸が待ちに待った、救いの手だ。

「あるのですか五十領」

問い詰めると、昌幸は腕組みして首を振る。強気な表情が、このときばかりは歪んだ。

「いますぐは、無理だ」

「だから具足師の居場所を教えてくれと、散々言うたやないですか！　比類なき具足でも細々作っていては商いになりません。大量の函人（職人）を動員し、月五領、いや十領は作れるようにせんと」

　誰がどこで具足を作っているのか、昌幸は頑なに明かさない。乃々の調べでは、上田近辺にそれらしいたたら場はなく、具足はどこからか運ばれてくるらしい。場所さえわかれば函人を攫い、明日にも真田領から逃げだしてやるのに、と歯がゆかった。

「猿面の御仁が、関わっているのではありませんか。岩井屋のことも、上方の動静にも明るかった。いったいあれはどなたです」

　押し黙る昌幸に対し、与左衛門の声はおおきくなるばかりだ。

「こうなったら安房守さま自ら、鎧櫃を背負って上洛するしかありませんなあ」

「いま国をあけられるか。家康めが攻めてくるかもしれぬ、北条も沼田を狙うておるのに。商人は気楽なものじゃ」

　これには与左衛門もかちんときた。

「はあ？　わしに隠し事ばっかりで売れ、売れ、とは御武家さまは気楽やなあ」

「よせその上方言葉」

「上方はみーんなこうや。尻ごみしとる場合か」

「おれが恐れておるだと」

　同席する家老の禰津昌綱がおろおろするほど、二人は激しく言いあった。一刻ばかり押し問答はつづき、やがて昌幸が腕組みを解いた。

「首尾よく運べばお主を信じる。力を貸してくれ、岩井屋」

真（ま）っ直（す）ぐな眼差（まなざ）しに、思わず怯（ひる）む。

この男の無骨（ぶこつ）なところが、ずるいと思う。恐ろしく頑固で、意地っ張り。壁を崩すには本音（ほんね）でぶつかりあうしかない。彼の逆鱗（げきりん）に触れぬぎりぎりを、刺激する。無礼と斬られたらそれまでだ。

与左衛門も肩で息をついた。秋だというのに脇の下がぐっしょり濡れていた。

「仕方あらへん。あるぶんかき集めて、足りんぶんは追って。騙（だま）しだましやるほかあらへん。岩井で算段つけまひょ」

昌幸の顔がぱっと輝く。悪い気はしなかった。

上杉景勝（かげかつ）経由で秀吉の説得も願い、かき集めた二十領を京へ送った。

具足が着いたころ、秀吉は真田攻めを中止した。出兵準備で駿府（すんぷ）に入っていた家康にも取りやめの使者が行き、家康もしぶしぶ従ったという。

十月、家康は上洛し、朝廷から豊臣姓を賜（たまわ）った秀吉と直接対面した。

「なんとか逃げ切ったわ……」

家康の苦（にが）り切った顔が目に浮かぶ。だが彼もまた、秀吉との全面対決を避けられ安堵（あんど）しているに違いない。とまれひとつ、与左衛門の手柄である。

思えば、上洛しない家康と、家康を屈服させたい秀吉との駆け引きに、真田は使われたのだとわかる。

「岩井屋どの。本能寺（ほんのうじ）というのは近いか」

信繁の声で、与左衛門は我に返った。

一行はちょうど四条坊門の通りに差しかかっている。惟任（明智）光秀の謀反により焼け落ちた本能寺は、大路二本西に行った、西洞院の辻だ。

「ええ。しかしいまは墓所で面白いものはあらしません」

「見たいんだ。大局が動いた場所を」

信繁たっての願いで、本能寺跡地に向かった。灰と化した本能寺から織田信長の遺骸は見つからなかったという。その後、焼け跡には謀反人光秀の首と胴が晒され、織田家の墓所となっていくつか堂宇が再建されたが、僧は戻りたがらず、いまも見物人相手の花売りと猫が暇そうに水堀のへりに座っていた。

敷地の奥に苔むした供養塔はあった。中央に信長のおおきな五輪塔、脇にちいさな塔が並んでいる。ちいさいものは二条妙覚寺に詰めていた信長の嫡男信忠、四男信房、信長の弟・津田長利の供養塔だ。誰かが供えたのか、真新しい花が置かれていた。

神妙な顔をして信繁は石畳に膝をつき、手を合わせた。ぽつりと呟きが聞こえる。

「源三郎どのに見せてやりたいな」

おや、と与左衛門は思う。

さっきも信繁は上田合戦で「源三郎どの」と策を立てたと言った。

兄を「源三郎どの」と呼ぶのはいかにも変だ。

上田で「源次郎に教えてやろう」と言い残して去った猿面を、与左衛門は最初、兄の源三郎信幸かと思った。だが、当人は「そう思われるのは心外だ」と否定する。たしかに猿面と昌幸とのやりとりは、父子らしくなかった。まるで、気の置けない友のようだった。

猿面の男は、いったい何者なのか。

与左衛門は、信繁の華奢な背に問いかけた。

「上田合戦の猿面と天狗面、片方は信繁どのですよね。なればもう御一方は？」

振り返った信繁が、八重歯を見せる。

「商人の知りたがりは命取りぞ」

真田の宿所となる屋敷に着くと、さっそく父子の再会を祝した宴となった。昌幸の機嫌のいい声が聞こえてくる。

「源次郎、おおきゅうなったのう」

「一分たりともなっておりませぬ」

「はは、そうか！」

やりとりを聞きながら、与左衛門は血の繋がらない叔父・岩井与七郎へ詫びた。

「叔父上。残りの三十領の運搬や、宿所の手配。なにからなにまで、えろうすんまへん」

南都を出てから一年以上ぶりに会う叔父は肥えて、隠居頭巾に練絹の羽織は堺の豪商と見まごうほどだ。羽柴への具足納入にかかる費用はすべて岩井屋持ちで、ほとんど無一文の与左衛門は、この叔父に丸投げする形になった。

叔父は、嬉しそうに与左衛門の肩を叩いた。

「驚いたわ。いつのまにやら所帯を持ち、真田さま御抱えの具足屋になっとったとはな。八左衛門（はちざえもん）に名指しで、徳川さまから具足注文があって、岩井屋は年が越せた。お主が取りなしたんやろ」

「それはほかに言わんといて」真田に徳川家との関わりが伝わるのはまずい。「八左衛門が拗（す）ねるさかい」

「承知した」

それに、と与七郎は声を潜（ひそ）めた。

「わしも便乗して儲けさせてもろた。九州征伐じゃ火縄銃（ひなわじゅう）に耐える鉄板物（てついたもの）の胴が大流行（おおはや）りよ。石田さまにたんと買（こ）うてもろたわ」

先刻見た前田家の具足も、大将以外は、鉄を打ち延べ鋲（びょう）で繋いだ板物胴（いたものどう）だった。与左衛門は眉根（まゆね）を寄せた。

「組糸師（くみいとし）が食いっぱぐれるやないですか」

戦さの発展は凄（すさ）まじく、もはや十年前とおなじ具足では役に立たぬ。簡易な鋲どめの具足が流行れば、組糸師の仕事がなくなる。威しには、毛引威（けびきおどし）の胴一領あたり組手打（くてうち）の平組紐（ひらぐみひも）が最大で九百丈（じょう）（約二千七百メートル）ほど要（い）る。それがまるまる、消えるのだ。

与七郎はのんびりと返す。

「組糸師は具足だけが相手やない。お寺さんの経典（きょうてん）を綴（と）じる紐とか、絵軸の紐とか仕事はほかにもあるやろ」

経典紐と具足の威糸では、使う量がけた違いだ。叔父の無神経さに、与左衛門は思わずこめかみを動かした。

叔父は気づいた様子はなく、与左衛門の癒着した中指と薬指をじっと見た。

「質素が過ぎるで、与左。商人は身なりが第一や」

ちょうど乃々が盆に瓶子を乗せ運んできた。彼女の小袖の尻は布がへたって、腰布が透けている。与左衛門の木綿小袖も南都を出たときと変わらず、当て布が目立つ。叔父と並べば豪商に借銭しにきた素寒貧のようだ。実際、与左衛門は一銭も儲けていない。上田でも鍛冶屋の喜三次の納屋を間借りしている有様だ。

乃々が聞いたこともない猫なで声で、与七郎叔父に擦り寄る。

「叔父さま、与左さんは人がよすぎます。叔父さまからも叱ってくださいな」

とたん与七郎は目尻をさげた。所帯を持ったと文で伝えたら、絶対に連れて来いと言ったのは叔父で、心から喜んでくれるのはありがたいが、この状況は肝が冷える。

「ほんまや。女房にこんな薄着させて。冷やしたら丈夫な子が産めんぞ」

「うふふ、ほんとうですわ」

艶笑を残し広間へ向かう乃々を、与左衛門は唖然と見送った。

乃々は「針仕事やおさんどんは、忍びの仕事ではない」と冷ややかで、見かねた近所のツネ婆という老婆が、虫食い穴を繕ってくれた。万事こんな調子だから、乃々と閨をともにするなど、ありえない。そのつもりで触れれば、腕の一本くらいたやすく折られるだろう。さすがにごめんだ。

「聞いてたか与左衛門、祝言（しゅうげん）も折を見てちゃんとやらなあかんで」

「へえ……えろうすんまへん」

　祝言という言葉に、与左衛門ははっと閃（ひらめ）いた。

「叔父上、腕のいい組糸師をいますぐ三人、いや五人借りたい」

二

　翌朝早く、真田父子は一番上等な直垂（ひたたれ）に侍烏帽子（さむらいえぼし）を被り、出立（しゅったつ）した。取次役として徳川家の家老、酒井忠次（さかいただつぐ）も同行する。与左衛門とは一度浜松城で密談しているが、忠次は心得て、初対面の挨拶（あいさつ）を交わしたのちは知らん顔をしていた。

　馬上の昌幸と目を合わせ、頷きあう。後列の荷車に積んだ鎧櫃は三十。秀吉が求めた残りの三十領だ。

「五体満足で戻れるよう祈っておけ」

　軽口だか本心だかわからぬことを昌幸は言い、二人の息子とともに馬を進めていった。

　昌幸らが戻ってきたのは、日暮れごろだった。二刻（ふたとき）も門前で待っていた与左衛門は、たまらず走りだす。向こうも馬を飛びおり、駆けてきた。

「与左衛門やった、手柄ぞ」

　叫び、昌幸は飛びついてきた。与左衛門が驚いて反（そ）り返ると、すまんと照れたように離れる。こんなはしゃぎようは、はじめて見た。

「見目(みめ)よき具足と関白さまはたいそう気に入り、上機嫌だった。信濃はわしに任すとまで仰ってくださった」

いつもは控えめな嫡男の信幸も、顔をほころばせる。

「父上は上田城、わたしには沼田城を任せると仰(おお)せられた。これで真田は安泰じゃ」

後から追いついた信繁も嬉しそうにした。

「鎧櫃から出した瞬間、関白さまは『わしの好みがわかったか』と破顔一笑！　きらきら揺糸(ゆるぎのいと)が黒の鉄地に映(は)えて、みな嘆息(たんそく)しておりました。岩井屋どの、さすが」

その場で跳(は)ねる父子に対し、与左衛門はへなへなと座りこんだ。

「ようございました、ほんまに」

与左衛門が組糸師を呼んだのは、「不死身の具足」の胴と草摺(くさずり)を繋ぐ藍(あい)の揺糸を、替えるためだ。

前田家のいでたちを見て、おそらく関白まわりは派手好みだと与左衛門は感じとった。ゆえに揺糸を朱赤(しゅあか)と白糸、金糸で組んだ目出度(めでた)い亀甲打(きっこううち)に替えた。腹部を占める揺糸は、具足の色味だけでなく、着用者の印象までも変える強い力がある。

「野暮(やぼ)と誰ぞが言うた真田の鎧が、別物に見えたぞ」

「いけずはやめてくだされ」与左衛門は嘆いて昌幸に囁(ささや)いた。「もう一つの仕掛け、関白さまはお気づきに」

もう一つ、与左衛門は鎧櫃を括(くく)る丸打紐(まるうちひも)を、紅白に替えた。牡丹(ぼたん)の花のような飾り結びは水引(みずひき)に似せたものだ。

「この鎧は豊家と真田家の縁の結納の品、縁結びじゃと仰られた。あれが決め手だとわしは確信した」

「言いすぎですがな」

与左衛門が頭を掻くと、昌幸は、真顔になり頭をさげた。

「いいや与左よ、お主は恩人だ」

見あげれば茜色の空に、雁が二羽、寄り添うように山の端へ消えてゆく。

「商人は、これと決めた御方には三代先まで尽くしますぞ」

数日後、与左衛門を訪ねて使いの者がやってきた。すぐに主人の屋敷へ来いという。

「豊家の家中の者にて。真田どのには気取られぬよう」

断る理由もなく、二町先の屋敷に連れていかれた。ごく小さな武家屋敷で、書院造の六畳間に通されると、墨の匂いが流れ、大量の紙束が目に飛びこんできた。

部屋の隅に置かれた文机に、背を丸めた男が向かっている。すばやく筆を動かし、左手で算盤を弾く。勘定方の臣だ。

なるほど、呼ばれたのは商談のためか。

まだ若く、与左衛門とさして変わらぬ二十代に見える。ちらと与左衛門を一瞥しただけで、男は算盤を弾きつづけた。驚くべき速さである。

「某は石田治部少輔（三成）と申す」

与七郎叔父と取引したという「石田さま」だ。名ばかりは聞いたことがある。秀吉子飼いの奉行衆に、切れ者がいるらしいと。

「岩井屋を贔屓にしてくださり、おおきに。具足ならいくらでも――」

言葉を遮り、石田治部が早口で問う。

「あれはどうやって作った」

「あれ、とは」

ぶしつけな物言いにも、ちかごろは穏やかに応じることができる。

「真田の具足。不死身とか申すやつ。刃金製だな。出雲から買わねば作れぬ刃金をああも大量に使うとは、真田は自領で刃金を作っているのではないか」

京なら見抜く者もいるか。秀吉にあと五十領と吹っ掛け、真田を揺さぶるよう進言したのはこの男かもしれぬ。

「うちは真田さまから卸しておるだけで、鉄の出所までは」

舌打ちの音が聞こえた。案外気のみじかい男らしい。

「商うものの価値に気づかぬとは。あれは具足などに使うには勿体ない」

癪に障ったが、与左衛門は微笑みつづける。それを駆け引きと見たらしく、石田治部は見返りを提示してきた。

「ただでとは言わぬ。銭は出す」

往来で人目も憚らず喜ぶ真田父子を思い返す。いまは、真田を裏切れぬ。情にほだされたか？と己に問う。否。真田の「うまみ」にまだ至っていない。

他人にやすやす渡してたまるか、と思った。

与左衛門は許しも得ずに立った。

「わしを買うんは、高うつきます。高すぎて石田さまの懐では足りんかと」

「大戦さはあと三度しかない」

石田治部の声に、与左衛門の足は止まった。

「九州征伐、東国征伐。そして最後の大戦さ。具足屋商いはその三度で仕舞じゃ。お主は稼ぎ時のうち一度を、逃した」

これから日の本は、関白・豊臣秀吉の足下にひれ伏す。大名同士の私戦は禁じられ、戦さを生業とする者は仕事がなくなる。具足まわりではまず組糸師、つぎは革細工師か、金具廻の細工師か

——考えたくないが、考えねばならぬ。

石田治部の言葉は、刃のように鋭い。

「変わる世に乗れぬ者は、滅びる。それは武士、商人、職人みなおなじ」

「九州、東国。最後の大戦さはいずこなりや」

襖を閉じつつ与左衛門が訊くと、薄明りとともに石田治部の声が消えゆく。

「教えぬ」

宿所の屋敷に戻ると、乃々がぶうたれながら、土間で一人洗い物をしていた。屋敷の家人はもう寝入ってしまったらしい。

「なぜわたしがこんな水仕事を」

気力もなく、与左衛門は上り框に座りこむ。

「関白はんの御家臣に、真田を売れと言われた。もちろん断ったけどな」

頭が重い。天下の戦さのこと。自分の間諜働きのこと。具足師のこれから。急場仕事に呼ばれた組糸師が嫌な顔ひとつせず、「これでかかあと子供に米を食わせられます」と手を握ってきたことを思った。

じっと己の掌を見つめる。去年柿渋の忍びに折られた二本指は、骨こそ元に戻ったものの、動きの鈍さは残った。死ぬまでこのままだろう。

「商機を逃す阿呆と笑われたわ」

目の前に乃々が立ち、びくりと見あげる。白い無表情の顔が見おろしていた。

「自分は具足屋だとあんたは言うが、品物を右から左へ流しているだけだ」

与左衛門はがくりと項垂れた。

「わかっとる」

「自分の見世の具足を作らないのか」

「作れる函人がおらん。雇う銭もあらへん」

「当座の銭が必要なら、いくばくかは」

　ぎょっと与左衛門は顔をあげた。男に身を売るという意味だろう。上田に入った直後、身なりを艶(あで)やかにして出かけたときは、女忍びは色を使うこともあるだろうと気にもとめなかった。だが、いまは肝が冷えた。乃々には言っていないが、上田で若い女に執拗(しつよう)に言い寄られたことがある。かみさんに叱られると逃げたが、いま思えばどこぞの女忍びだったのだろう。

「あかん。そんなこと言いなや」

「なぜ？　そうしろと教えられてきた」

　南都の吉野太夫(よしのたゆう)ら遊女は、みな貧しい百姓の生まれゆえに売りはらわれ、死ぬまで体を売って銭を稼ぐ定めだ。病(やまい)を得て二十歳(はたち)を迎えず死んだ娘を何人も見た。

「絶対にあかん。わしがなんとかするさかい」

「ときどきあんたは、変な奴だ」

　不思議そうに乃々は呟き、盥(たらい)に湯を張って差し出してくれた。

　湯に指を潜(くぐ)らせ顔を洗う。指の軋(きし)みがわずかに解けた。

　京での滞在を終え、真田は酒井忠次とともに、浜松から駿府(すんぷ)へ本拠を移した徳川家康のもとへ向かう。寄親(よりおや)、すなわち上役を務める家康への挨拶のためだ。予定どおり、信繁は人質として京に残ることになった。

　出発の日、信繁は兄の信幸と他愛(たわい)もないお喋(しゃべ)りをし、いよいよ五条大橋の袂(たもと)まで来ると、与左衛門のところへ走ってきた。背伸びをして与左衛門の耳元に口を寄せる。なお届かず、与左衛門がかがんでやるとたがいに苦笑いが漏(も)れた。

雑踏(ざっとう)で、信繁の囁きはかき消されそうなほどかすかだ。

だが、驚くべきことを言った。

「源三郎どのに会いたきゃ、折を見て沼田に行ってみろ」

目を剝(む)いて見返す。信繁の目の奥は笑っていない。

「石田さまに寝返らなかったそうだな。その褒美(ほうび)だよ」

「なぜそれを――」

「鈍いなあ。父上がちょっと取次役の石田さまに頼んだのさ。与左にかまをかけてくれとな」

試されていたのだ。心臓が縮みあがる。

走って与左衛門へ飛びついてきた男。お主は恩人だと熱く語った男。

信など、なかった。

やさしい囁き声が、遠い。

「偉かったぞ岩井屋。だから父上からの褒美だよ」

橋の真ん中へ目を走らせる。家臣を大勢連れた昌幸が、酒井忠次と談笑し遠ざかってゆく。こちらを顧(かえり)みることはない。

もし与左衛門が石田治部の取引に応じていたら。

――自分はどうなっていた？

三

与左衛門と乃々は駿府へは行かず、一足先に信濃へ戻ってきた。見慣れた盆地をゆったりと流れる千曲川をたどり上田の城下町に入ると、自ら檻に入る罪人の気持ちになった。

「糞ッ」

思わず路傍の石を蹴ったとき、市の一角で怒声が起こった。

「この泥棒」

見れば、米屋から襤褸を纏った少年が蹴りだされていた。手代が数人がかりで囲み、火搔き棒を振るう男までいる。ぎゃっと悲鳴があがった。

「待て待て、やりすぎやないか」

野次馬を掻きわけ、与左衛門は仲裁に入った。顔見知りの番頭が首を振る。少年は米蔵から米を盗もうとした。しかもはじめてではないという。

「岩井屋さん、こいつは裏切者の倅。余所者のあんたの出る幕じゃない」

少年は麻袋を抱きかかえて離さない。額から血を流し、餓狼のような目で吼える。

「お父ちゃんは裏切者じゃねえ。上田合戦でも二の丸を守り抜いた」

顔を見てあっ、と与左衛門は気づいた。はじめて上田に来たとき、父母が磔刑にされていた少年だ。

あれから約一年。痩せた脛は真っ黒で、草鞋すら履いていない。育ち盛りだろうに、背はまったく伸びていなかった。

与左衛門は懐から銅銭を取りだし、番頭に握らせた。

「わしに免じて許したって」

銅銭を数え、番頭は鼻を鳴らした。

「野良犬は恩をすぐ忘れますよ」

麻袋を抱え逃げだそうとする少年の襟首を、与左衛門は摑んだ。にちゃ、という感触があり、饐えた臭いが鼻をつく。

「離せ！　米はおれんだ」

暴れる少年の襟首を強く引いた。

「生米のまま食うんか。炊いてやるさかい、ついて来いや」

「てめえ誰だ」

「真田さまの出入りの具足屋や。怪しい者やない」

御用商人と聞き、少年はすこし大人しくなった。与左衛門が歩きだすと、胡乱な目のまま距離をあけてついてくる。

町はずれの鍛冶屋に帰ってきた。家主の喜三次は留守らしく、工房はがらんとしていた。

「久々の我が納屋や。乃々さん、なんぞ作ってくれんか」

「名目の夫婦であって、目付であるのを忘れるな」が口癖の彼女は、人目のないところでは一切の家仕事を拒否している。ときどき喜三次が哀れんで、煮転ばしや蕎麦のお焼きをわけてくれるほどだ。

他人である少年をちらりと見、乃々は口をへの字にした。

「炊いてやるから、米を寄越しな餓鬼」

乃々が炊いた飯は半分焦げた。握り飯にすると斑が目立つ。少年は「せっかくの姫飯が泣いてら」と言いつつぜんぶ平らげた。断りもせず納屋の隅に丸まって、すぐに深い寝息が聞こえはじめた。

「夜明けとともに追いだせ、与左」

青筋を立てる乃々に、与左衛門も頷くしかない。

しかし翌朝、日も昇らぬうちに与左衛門は乃々に叩き起こされた。

「糞ッ、野良犬にやられたぞ」

鎧櫃がないという。与左衛門が南都から唯一持ってきた岩井の具足で、色々縅の腹巻が入っている。金目のものと見て、少年が持ち逃げしたのだろう。

かいまきを剝ぎとられ、与左衛門は欠伸を嚙み殺した。

「落ち着きなはれ。具足などあの子には無用の長物。売るしかあらへん。すぐ足がつくやろ……おや？」

納屋の隅、少年が寝ていたあたりに、汚れた御守が落ちていた。寝ているあいだに紐が切れ、首から落ちたのだろう。御守は鬱金色の布地に天白神社と縫い取りがされている。

切れた組紐を拾いあげる。白と紫の矢羽根柄が交互に編まれた丸組である。

「なかなか手がこんどるわ」

予想通り、昼には城の奉行人が訪ねてきた。盗人を捕縛したゆえ、面通しをしろとのことである。

坂道をくだって、与左衛門はゆるゆると奉行所に向かった。水堀を越えると、大手通りに突き当たる。大手口門の向こう、高い山々はようやく雪が消え、初夏の青空とおなじく澄んで上田の町を見おろしていた。

大手通り沿いの出曲輪の脇に、奉行所はある。たどり着くや、顔見知りの門番が「災難でしたな」と声をかけてきた。

「馬場に繋がれておりますぞ。悪餓鬼の奴、質屋に持ちこんだそうですが、主人がすぐに岩井屋さんの具足と気づき奉行所に届けたんです」

「おおきに」

馬場では、馬繋ぎ杭に縛りつけられた少年が萎れていた。目が腫れあがり、乾いた鼻血が顔面にこびりついている。与左衛門は顔を顰めた。

三十歳ほどの頭の切れそうな奉行が出てきて、愛想よく声をかけてくる。

「三色糸で威された色々縅の腹巻。古風かつ上品な具足で、すぐに岩井屋さんの作とわかりました。こやつは赤児という名で、歳は十二。父母は去年、内応の咎で処断されましてな。親が罪人なら子もしかりじゃ」

奉行へ、与左衛門は笑みを向ける。

「御奉行、具足はこの子にやったものですわ」

「えっ」

「親父どののように立派な鑓働きができるようにと、出世払いで呉れてやりました。売ろうとどうしようと構いません。放免したってください」

困惑していた奉行も、持ち主である与左衛門が「具足はやった」と繰り返すので、仕方なく折れた。嫌疑なしということで、赤児は放免になった。ともに奉行所を出る。鎧櫃を背負った赤児は、門でふらついた。一言も発さずのろのろと歩きだす。行く先は河原か、廃寺の床下か。

与左衛門は懐から、紐が切れた御守を出した。

「忘れもんやで。大事な御守やろ」

振り返るなり、赤児が飛びついてくる。ひょいと手をあげると睨まれた。

「返せ」

「切れた紐を直せるさかい、わしの小屋に来んか」

「行かねえよ。米や具足を呉れたり、どういうつもりだ」

「わしもお母ちゃんを早うに亡くしたから、放っておけんのや」

「けっ、気味の悪い奴」

「来るんか、どないする？」

「行くよ、うるせえなあ」

天高く舞う雲雀の声を聞きながら、与左衛門は長い坂道を登りはじめる。少年も文句を言いつつついてきた。二人を、青い峰々が見おろしている。

鍛冶屋に戻ると、家主の喜三次が帰ってきていた。半分鍛冶屋、半分忍びである男は日に焼けた顔で「おかえりさん」と言う。

「ちょうどよかったで喜三次はん。組手打(くてうち)を手伝(てつど)うてほしいんや」

南都や京では、古くから組手打という技法で紐を組む。輪にしたいくつもの上糸と下糸をあやとりのように指にかけ、糸を繰る者と、組み目をへらで打って締める者複数で行う。啄木組(たくぼくぐみ)、亀甲(きっこう)組、小石組などさまざまな柄があり、帝(みかど)の御衣(ぎょい)の紐、厳島(いつくしま)神社に奉納された平家一門の写経の巻物の紐、そしてあまたの英傑の鎧の威糸もすべてこの方法で組まれてきた。

赤児の境遇を知った喜三次は、切れた紐をしげしげと眺め、言った。

「与左さん、組手は人が要るし、こんなら丸台(まるだい)で一人で組めるずら」

「丸台?」

喜三次は古びた長持(ながもち)を開け、高さ一尺(約三十センチメートル)ほどの道具を引っぱりだしてきた。

鏡と呼ばれる丸い上板と台座となる下板を、四本の脚(あし)が繋いでいる。鏡の中央に空いた穴から玉に巻いた縒(よ)り糸を出し、四方八方に垂らした糸玉を順番に交差させていくと紐が下へ下へ組まれてさがっていく仕組みらしい。

与左衛門はしげしげと丸台を見た。

「こんな道具があるんか。はじめて見たで」

「誰が考えついたか知らんけど、ここらでは丸台で組むね。組手より時はかかるし、柄も決まっとるが、一人で組めるから女房の内職にいいんだ」

言いながら、喜三次は縒り糸を巻きつけた木製の糸玉をつぎつぎ手に取る。

「一色の四ツ玉組の丸組では面白みがないわな。元の矢羽根柄に似た丸源氏組にしよう」

白と若緑の糸玉を四つずつ、丸台の上板にかける。喜三次の太い小指と薬指が、糸を掬って、交差させる。これを定められた順番に繰り返すと、紐が組まれる仕組みらしい。

喜三次が糸を掬うたび、からからと糸玉がぶつかる小気味よい音がする。組糸師が手際よく組むのとはまた違った、味わいのある組目だ。与左衛門はもちろん、いつのまにか赤児も近寄ってきて、食い入るように見つめている。

市へ味噌を買いに行った乃々が帰って来て、赤児を見るなり眉を吊りあげた。

「お前の指を切り刻んで、千曲川の鯰に食わす」

慌てて乃々の手を引き、母屋の厨に連れてゆく。人目もあり、乃々は女房言葉で文句を言った。

「旦那さまは、甘すぎます」

「まあまあ、いまええところなんや。具足づくりに、新しい技を教えてもろとる」

「具足のことならまあ、仕方ないですけれど……」

不満げに乃々は竈で火をおこしはじめた。しばらくすると炊煙がたち、稗や粟をまぜたかて飯の炊ける匂いと、味噌の香ばしい匂いが納屋まで漂ってくる。そのあいだ、赤児は微動だにせず、喜三次の手元を凝視していた。

「お母ちゃんが内職でよくやってた。御守の紐も組んでくれた」

「名人やったんやな。綺麗な源氏矢羽根やった」

赤児の口元が、わずかに綻ぶ。与左衛門はやさしく言った。

「お前もやってみるか」

細い腕がおずおずと伸びた。糸を掬う。数度編んで合っているかと、目が動いた。喜三次が手を取り、こつを教えてくれる。

「たるまないよう、ときどき糸玉を浮かせて引いてやる。目が締まる」

細い指が惑いながら糸を掬う。与左衛門も思わず口を挟んだ。

「組紐は拍子も大事や。頭んなかでお囃子がシャンシャンと鳴るて、わしの親父は言うとった」

あるところで、少年が呟いた。

「あ、わかった」

見る間に速度があがる。調子よく腕が動く。蓬髪のあいだからのぞく口元が緩んだ。

「盗った腹巻。紫、朱、紺の糸が綺麗だったな。あれはあんたが作ったのか」

「一人やないがな、具足師は分業やさかい。威したのはわしや」

「具足師って？」

「具足を拵える職人や。もっとも、わしはもう具足師やないけどな」

癒着した右手の指を見せる。前後に動かすとぎこちなく、痺れるような痛みがある。

「ごめん」

「かまへんで」

赤児は無言で、腕を動かしつづける。

厨に近所のツネ婆がやって来たらしく、乃々の庖丁の持ちかたを叱る嗄れた声がする。大人数の飯となりそうだ。西日の差しこむ納屋で、赤児はおなじ姿勢で腕を動かしつづけ、火灯し頃には五寸ほどの長さにまで組みあがった。赤児が腕をおろす。

「腕が震えら。これだけやってたった五寸か……」

目は均等に締まり、矢羽根に歪みがない。与左衛門は声を裏返した。

「いや凄いで。難しい柄やと、熟練の組糸師でも日に一寸しか組めんこともある。大したもんや」

赤児は二刻あまり、一度も腰をあげなかった。与左衛門は一刻もすればば尻がもぞもぞし、とりとめない考えが頭に浮かんで父によく叱られた。

この少年を鍛えたなら、ものになる。

京以来、与左衛門の頭で行き詰まっていた考えがぱっと動いた。

乃々が納屋を覗きこみ、「飯が冷める」と男たちを急かした。

母屋に与左衛門と乃々、喜三次、ツネ婆、赤児が揃って飯となった。かて飯に肥った鮎、里芋の煮転ばし、菜物の味噌汁。百姓にとっては御馳走の品に、赤児は面食らっていたが、おずおずと味噌汁を啜った。殴られ腫れあがった目に、光が差す。

乃々が仏頂面で言う。

「昨日はよくも飯炊きが下手などと言いましたね。どうです」

「お前さんは菜っ葉を切っただけじゃろうに」

「味噌も溶きました」

「岩井屋どんもえらい気性の嫁もらったもんじゃ。口ごたえする嫁なぞ、むかしなら雪の晩でも外に出されたもんじゃわ」

横で呆れるツネ婆は、むかし長篠合戦で夫と息子三人をみな亡くした寡婦である。赤児を孫のように感じるのか、こんなことを言いだした。

「小僧、岩井屋どんの弟子になればええ」

「はあ？　嫌だね。合戦の道具を作るなんざごめんだ」

乃々は味噌汁を啜り、冷笑した。

「裏切者の子が偉そうだこと」

「なんだとっ」

「これ、乃々さん言いすぎや」

乃々に摑みかかろうとする赤児を押しとどめ、与左衛門は目を合わせた。

「赤児、お前は思い違いをしとる。具足は戦さで命を守るためのもの。殺すためやない。お前のお父ちゃんが上田合戦で生き延び、武功を挙げたんも、具足がお父ちゃんを守ってくれたからや」

赤児は肩を落とし、湯気の立つあたたかい椀を両手で包んだ。

「裏切者ってのは、本当だ」

「……」

「上田合戦で二の丸を守ったお父ちゃんは、御貸具足を返さなかった。すぐに奉行所の人が来て返せと言ったけど『壊して捨ててしもうた』と嘘をついた」

与左衛門と乃々は一瞬視線を交わす。

「『あの具足は凄い』って父ちゃんは騒いで、知らん男に売った。新月の夜、千曲川の河原で銭を受けとったのを、おれはこっそりつけて見た」

やはりそうか。与左衛門が浜松城で見た「不死身の具足」は、赤児の父が——おそらく徳川の忍びに——売り渡したものだった。

囲炉裏の薪が爆ぜる。外から冷たい夜気が吹きこんだ。

与左衛門はふたたび乃々を窺う。乃々は知らん顔で漬物を口に放りこんだ。

どぎまぎしつつ、与左衛門はもつれそうな舌を動かした。

「具足師にならんか、赤児」

自分はもはや具足師として身を立てられぬ。けれど具足屋として、具足師を育てることはできるかもしれない。

そして激動する時代を越える、「新しい具足」を作ることができたら。それこそが与左衛門の思い描く具足屋ではないか。なにより、この少年には与左衛門にはない才がある。導いてやりたい、と思った。

「でも、迷惑が」

目を伏せる赤児の肩に、喜三次が手を置いた。

「間借人が二人から三人に増えても、うちは構わんよ。仕事を手伝ってくれればな」

「お前が仕立てた具足を、いつか真田の殿さまに献上するんや。お前が真田を守るんや。最高の罪滅ぼし、いや、御奉公やろ」

　項垂れた少年の顔から、涙が一滴落ちた。

「世話になって、いいか」

「もちろんや！　赤児、お前を天下一の具足師に鍛えたる」

　天下一とは大きく出たもんだわ、とツネ婆が欠歯から飯粒をこぼして笑った。


　夜半、差しこむ銀色の月明りに、納屋の隅で丸まる赤児の背を見る。これが一番落ち着く寝方なのだと言って、頑なにかいまきを拒む。それから横で眠る乃々に与左衛門はそっと囁いた。

「赤児のこと、反対せんで、おおきに」

　静かな声が返った。

「夫婦として暮らす以上、いつまで経っても子ができぬでは、余計な詮索を受ける。拾い子でもいたほうが、都合がいい」

　あんたらしいと苦笑すると、それに、と乃々はつづけた。

「あいつに、わたしの飯を美味いと言わせたくなった」

　寝返りを打つ音がし、しばらくすると寝息は二つになった。

　埃くさいかいまきの臭いを嗅ぎ、五条大橋での信繁の言葉を思いだす。

——源三郎どのに会いたきゃ、折を見て沼田に行ってみろ。

真田には二人の源三郎がいる。

一人は真田源三郎信幸。安房守昌幸の嫡男。

もう一人は上田城攻めで活躍したという猿面の源三郎。

「もう一人の源三郎」はきっと沼田にいる。沼田城はまだ武田家の家臣であった昌幸が主君の命で落とした堅城(けんじょう)で、上田城から約二十五里（約百キロメートル）も東の上野国(こうずけ)にある。そのため真田の領地は東西に細長い。秀吉に臣従したことで、信濃上田が昌幸の領有、上野沼田が嫡男の信幸の領有と定められた。

「行ってみるしか、あるまい」

第三章

具足師源三郎

一

火縄銃の轟音にも負けぬ、しゃがれ声が飛ぶ。

「具足師、鉢（兜）打ち直せ、胴なぞいい。頭だ頭！　頭撃ち抜かれなきゃ、戦えるわい」

高櫓に登った老将・矢沢頼綱が鑓を振る。薄根川に張りだした崖に築かれた沼田城は改修に改修を重ね、空堀で区切られた曲輪が連なっている。北条方の猛攻を受けた通称「捨曲輪」から、負傷兵がつぎつぎ本丸に運びこまれる。腹を撃たれた兵の呻き声、のたうつ兵に十念を唱える陣僧は怒鳴り声だ。

轟々たる曲輪の一角で、与左衛門は彼らの兜を外し、打ち直す。歩ける者は兜を被り、捨曲輪へ戻ってゆく。

本丸高櫓で兵に檄を飛ばす老将を見あげ、赤児が唾を吐いた。

「あの爺ぃ、無茶苦茶言ってやがる」

赤児を拾った四か月後の、天正十五年（一五八七）、文月七月。

関白秀吉は九州を平らげ、従わぬのは奥羽の諸大名、そして関東の盟主北条家を残すのみとなった。その北条がまた上野国へ攻めてきたと急報があり、真田家嫡男で沼田城主の信幸が、自ら出陣することとなった。

与左衛門は上田城に駆けつけた。この機に沼田へゆくためである。

控えの間で待たされていると、言い争う声が聞こえてくる。昌幸と信幸の声だ。悪いとは思いつつ、耳をそばだてた。

「関白さまより真田の上野領を任されたのはわたしです。信には忠節をもって応えるのみ」

静かだが有無を言わせぬ信幸の声に、昌幸の癇癪声が被さる。

「お主は徳川の言いなりなだけだ。清音の気持ちを考えろ」

「考えております」

からりと襖が引かれ、侍女とともに見知らぬ女が、与左衛門の待つ部屋に入ってきた。白麻の間着に秋草文様の打掛を腰巻にして、頭をさげる。

「信幸さまの妻、清音と申します。御聞き苦しいこと。御許しくださいね」

透けそうな白い肌に小ぶりな目鼻が品よく並んでいる。歳は与左衛門とおなじ二十代なかばか。

信幸とは従姉婚ということは聞いたことがある。彼女も真田の生まれということか。

与左衛門が会釈すると、清音は侍女が持ってきた唐菓子と茶を勧めた。

茶をいただき、黙っているのも非礼かと思い、それとなく問う。

「喧嘩の原因はなんなので」

清音は口元に手を当て、笑った。

「信幸さまの嫁取りの話ですよ」

あなたがいるではないですか、という言葉を与左衛門は呑みこんだ。

清音が説明してくれた。昌幸が駿府の徳川家康に挨拶に行った四月前、対面のその場で信幸の縁談が決まった。相手は徳川四天王と名高い本多平八郎忠勝の娘で、輿入れにあたっては、家康の養女として送り出すという、丁重な扱いである。断れば上役の家康の顔に泥を塗ることになる。

　信幸はすでに従姉の清音を正妻に迎えている。ねじこまれた本多の姫の扱いをどうするかで、父の昌幸は清音を立てろと言い、信幸は家格に順じ本多の姫を正妻にすべきと、真っ向から対立しているらしい。

「それは……御家の大事を盗み聞きしてすんまへん。日を改めますわ」

　外の者にはなんとも言えぬ。清音の父は昌幸の兄で長男の信綱といった。その兄は長篠合戦で戦死し、他家の養子に出ていた三男の昌幸が戻って真田家を継いだ経緯がある。清音が女でさえなかったら、いまごろ彼女こそが真田の当主となっていたはずだ。それが本多の姫に追い落とされ側室同然になることを、昌幸は許せない。

　信幸の理屈も、昌幸の情も、どちらも理解できる。

　そそくさと退出しようとすると、清音が止めた。

「居ればいいですよ。わたしは正妻だろうと側室だろうと真田の女であることに変わりはありませんのに、叔父上も信幸さまも、変なことを気になさるのね」

「は、はあ」

「真田郷の祭り歌や『ごんがねさま』の祝詞なども、婆さまにちゃんと教わりました。嫁の地位より、大切なことだと思いませんか？」

「婆さまとは？」

「祖母です。武田に帰順した真田幸綱の妻で、いまも御元気ですよ」

昌幸の生母か。いい歳だろうが、真田の古式を伝える屋台骨でもあるのだろう。

「先祖代々受け継がれた技を先に伝えるのは、大事なこと」

与左衛門の言葉に、清音は頬を赤らめた。

「まあ嬉しいこと。岩井屋さん、真田は常は山家さまが、戦でいよいよというときには、ごんねさまが援けてくださいます。心配無用ですよ」

どうやら父子喧嘩が終わったらしく、信幸が退出する足音がするなり「与左！」と呼び声が飛ぶ。与左衛門は菓子を茶で流しこみ、清音に笑われながら慌てて対面の間へ向かった。

一瞬、初対面のはずの清音はなぜ自分の顔を知っていたのか？　と疑問に思ったが、昌幸の大声で吹き飛んだ。

「沼田に行きたいそうだな。行くからには武具方として働いてもらうぞ」

武具方とは繕い方とも言い、戦場に帯同する具足師、鍛冶師らの総称である。武具や馬具の修理が役目だ。

「無論そのつもりです」

「知りたがりのお主が聞きたいのは、『不死身の具足』のことだろ。仔細は源三郎に尋ねよ。『裏の儀』は奴に任せてある」

与左衛門はすこし驚いた。

「それほど重用なさる御方なのですか」

「本人に聞いてみよ。話すかどうかはわからぬが」

昌幸は左の眉だけ動かした。腹に考えごとがあるときの癖だ。やがてぽつりと言った。

「おれと奴は似ている。来るはずもない滅んだ家を待っている」

与左衛門がさがるとき、例の武田伝来の偽具足を背に座った昌幸は、いまは亡き家にのしかかられているように、見えた。


かくして与左衛門は武具方として沼田城に入った。

ダン、ダダーーン。

川岸でまた火縄銃の一斉射撃がはじまった。矢沢頼綱が怒鳴る。

「日暮れが反撃のとき。それまで耐えろ。具足師、早うせい」

昌幸の大叔父にあたるという、永正生まれの古士は、与左衛門が「自分は具足屋だ」と言ってもまるで意味を解さない。赤児のことも実の息子だと思っている。

弟子になって四月、赤児は喜三次から鍛冶仕事、与左衛門から具足仕立てを習っている。横顔には、鍛冶師につきものの火傷や水ぶくれの痕が散っていた。赤児は三十郎の阿古陀形筋兜の修理にとりかかった。転んだ拍子に眉庇が折れ視界を遮ってしまっている。赤児は簡易的な火床で熱した鏝を庇に当てて、木槌で打ち直してゆく。緩んだ鋲を新しいものに替え、視界を確保するため庇の先にほんのわずか、反りをつけた。

三十郎が驚きの声をあげた。

「小僧、いい腕だな」

赤児は槌を振るう。腕を振るごとに汗が散る。与左衛門は見ているだけだ。思わず三十郎に文句を言った。

「親父どの、なんとかならんのですか」

城将矢沢頼綱は、三十郎の父である。三十郎は笑って火縄銃を担ぎなおした。

「意気軒昂でしょう。六年沼田城を守りぬく自慢の父です」

水桶に浸けて冷やし、修理が終わった。三十郎は兜を被り、火縄銃を担いで前線へ戻っていった。

死体はぞくぞく運びこまれる。足軽大将らしき、頭が半分潰れた死体が運ばれてきた。死んでからすでに数刻が過ぎているらしく、糞尿と血が混じった臭気がたちこめる。赤児が胴を外すと、腹を撃たれていたらしく、赤茶けた液体がどっと流れた。

「うっ」

耐えきれず、与左衛門は桶に吐いた。赤児は平気な顔をして血膿を洗い流しはじめる。

日が山向こうに落ちた酉の刻（午後六時ごろ）、ようやく敵が退き太鼓を鳴らした。

与左衛門は座りこみ、膝頭に頭を埋めた。耳の奥がわんわんと鳴り、頭がなんともいえぬ臭いを放っている。赤児は平気な顔をして握り飯を食み、槌を振るう腕を止めない。

「与左さん、戦場ははじめてかね」

赤児には師匠と呼ぶなと言いつけてある。槌も振るえぬ男が師匠など、恥だ。

「南都(なんと)の具足師は戦場なぞよう行かん。こんなん野鍛冶(のかじ)のやることや」

「ふうん。南都の具足師は、お偉(えら)いさんの見栄(みば)えだけの甲冑(かっちゅう)を仕立ててふんぞり返ってるわけか。いい御身分だぜ」

「お前なあ！」顔をあげ気づく。「わしら以外に武具方はおらんのか。野鍛冶くらいはいてもよさそうやけど」

真っ赤に染まる空を背に、三十郎が戻ってきた。鉄炮隊を指揮していた彼は、煤煙(ばいえん)で顔が真っ黒になっていた。

「御苦労さまで」

与左衛門が頭をさげると、三十郎は首を振る。

「これからですよ。夜こそ、我らの戦さの本」

矢沢頼綱も「日暮れが反撃のとき」と怒鳴っていた。

ぼお、ぼお。林から梟(ふくろう)の鳴き声のような音がした。

川面(かわも)は落陽でぎらつき、川向こうの名胡桃(なぐるみ)城、詰めの砦(とりで)のある山々は、宵闇(よいやみ)に溶け消えてゆく。

また梟の鳴き声がした。城の直下で一つ。呼応するように川向こうの砦から一つ。

三十郎が無言で片目を瞑(つむ)った。

夜にはたらく忍びがいるらしい。

夜半、恩田某(なにがし)という侍大将(さむらいだいしょう)の死体が運ばれてきた。死体から胴を剥(は)がした赤児が首を捻(ひね)る。

「与左さん、この具足」

横矧の二枚胴、見慣れた桶側胴だ。継ぎ目を黒漆で塗り潰して滑らかな仏胴に仕上げた手間暇が、侍大将の胴らしい。仏胴は平滑なため継ぎ目のある胴より火縄銃の弾を受け流しやすいとされ、射手は仏胴を好むらしいが、じっさい弾をどれだけ防ぐか、与左衛門にもよくわからない。

「お父ちゃんの具足に似ている気がする」

胴を受けとった瞬間、掌に馴染んだ感覚があった。鏨で打つまでもない。間違いない。

「大当たりや」

実戦で兵が着用しているのを見るのははじめてだった。近づいている、と鳥肌が立つ。

翌朝も日の出から北条方は攻めてきて、日暮れまで攻防はつづいた。修理はいよいよ追いつかなくなり、与左衛門は朦朧とした頭で本陣へ向かった。

「鍛冶師を増やしてくだされ。二人じゃ埒が明かぬ」

陣幕を張った内には真田信幸と、矢沢頼綱、息子の三十郎ほか、沼田衆の諸将が揃っていた。軍議の最中であるらしい。

「まずいことになった。沼田の北条は囮だ」

こう言い、背の高い男が現れた。黒地の陣羽織の下に指貫籠手と佩楯だけの軽装で、木彫りの猿面をつけている。

男は軍議の輪に入らず、与左衛門の脇に立った。

与左衛門は声を呑んだ。

「敵の本当の狙いは岩櫃城。三里下流にある支城の岩井堂砦が陥ちそうだ」

なんじゃと、と矢沢頼綱が床几から立ちあがる。

「岩櫃を陥とされては、沼田は孤立するぞ」

岩櫃城は沼田城の南西七里。本拠地上田城と沼田城の間に位置する。東西に細長い真田領の分断こそが、北条の真の狙いだろう。

両手を組んで口元に当て、信幸が声を発する。

「わたし自ら岩櫃へ助勢にゆく」

「なりませんぞ、若！」

頼綱はじめ、諸将が口々に反対した。それでも信幸の決意は固かった。

「岩櫃だけは奪われてはならぬ。父上の……」信幸は言葉を切った。「夢の城じゃ」

言い回しと信幸の苦い顔に、与左衛門は違和感を覚える。そのとき猿面の男が片手をあげた。

「おれが往く。おれの手勢は山道を迂回せずすむ。敵の背後をつけるだろう。信幸どのがどうしてもと申されるなら、あとからゆるりと参られよ」

陣幕の内が静まりかえる。猿面の男は与左衛門を指さした。

「ああそうだ。具足屋を連れていってもよろしいか」

突然名を挙げられ、与左衛門は頓狂な声をあげた。

「わしですか。なにゆえ」

信幸はそれに答えることなく、猿面の男を睨みつけた。やがて口を開く。

「兵二百と矢沢三十郎を預ける。御頼み申す、源三郎どの」

沼田城主は信幸だというのに、猿面の男は臣下の態度もとらず、信幸のほうも猿面がまるで他家の者であるかのような言葉遣いをする。奇異な光景だった。

猿面の男が喉の奥で笑う。からかう調子だった。

「承知いたした、若」

二

「おれは嫌われておるのよ、厄介者ゆえ」

猿面の男・源三郎は兵二百を引きつれ、西に進路をとった。平地沿いの迂回路ではなく山を越え一直線に岩井堂砦を目指す。松明もつけず、木々のあいだから降り注ぐかすかな月光を頼りに、斜面を足早に登ってゆく。夜目が利かない与左衛門と赤児は、三十郎と腰縄で結んでもらい二刻半歩いたが、木の根に足を取られてなんども転んだ。

闇で見えぬが、源三郎の腰の鉄鈴の音で、だいぶ引き離されているのがわかる。

「真田には二人の源三郎がいる。信幸さまと、あなたさま」

応えは岩場の高いところから降ってきた。

「そう。おれは素性の怪しいほうの源三郎。そやつに弟の源次郎がなついて、信幸どのは気に食わぬ。ほかにも理由は山ほどあるが」

矢沢三十郎が、心配そうに腰縄を引いてくれる。

「岩井屋どの、言いにくいのですが御子息は帰ったほうが」

「わしも言うたんや。遊びとちゃうと」

「具足師はおれだ。与左さんこそ足手まといだぜ」

静かに、と源三郎の険のある声がする。

「敵に気取られては、全滅もある。口の前に脚を動かせ」

与左衛門は慌てて登り、猿面の男に問うた。

「えろうすんません。御聞かせくださいますか、なぜわしが必要か」

答えはそっけない。

「お主の目が必要だ」

ぼお、ぼおという梟に似た鳴き声が、近くの峰でした。なにかの符丁らしい。

源三郎の声がする。

「北条方は陥とした岩井堂砦で夜陣を張っているそうだ。日の出前に着けば、夜襲能うぞ、急げ」

夜明けとともに北条勢は出発し、岩櫃城攻めに取りかかる算段だろう。ここで止めねば岩櫃城が危うい。

半刻後、峠を越え沢に出た。沢沿いにくだれば、岩井堂砦はすぐとのことだ。与左衛門と赤児は川の水で脚を冷やし、握り飯を食んだ。

木々が開け、月の照る岸辺は明るかった。

人の背丈の倍はある大岩の上で、源三郎と男たちが数人、頭を寄せて話しあっている。頷き、男たちは身軽に川下へと散った。源三郎が立ちあがって、兵に声をかけた。

「岩井堂砦の兵は質にとられ無事ぞ。かならず取り返す。北条方の寄せ手は猪俣邦憲。兵およそ五百。彼奴には先年、仙人ヶ窪城をだまし取られている。意趣がえしじゃ」

応、と声が返る。兵から十人ばかりの固まりが、三つ、四つ、ばらばらに山道へ散った。与左衛門たちも銀色の飛沫があがる沢をおりはじめた。

「北条方は砦下の吾妻川河原に野営しているらしい。川下をせき止めに行かせた。支流も堤を切る。阿呆を水攻めにするぞ」

源三郎が策を述べ、三十郎が笑う。

「上田合戦の神川攻めふたたび、ですな」

この男はいったい何者かと、謎は深まるばかりだ。

上方や具足屋に詳しく、忍びを操り、兵の指揮にも慣れている。かといって信幸の家臣でもない。

やがて山の稜線に出る。見おろせば川筋に北条方の夜陣の篝火が見える。源三郎が岩に足をかけ身を乗り出した。布の襞が連なるような山塊を霧がゆっくりと横切り、黒い陣羽織の裾が揺れた。

源三郎は朱塗の鞘から太刀を抜き、月光に翳す。あちこちの山からきらっと光が返った。すべてが整った合図だった。

四半刻（三十分）もせず、吾妻川の川幅が倍になる。河原で敵の松明がせわしなく動きはじめた。

「往け。真田は山猿。獣の矜持を見せろ」

源三郎が岩場を跳んだ。鉄鈴が鳴る。

つづいて三十郎が手を振り、兵が一気に山を駆けくだる。あっというまにちいさくなる源三郎の背へ、与左衛門は声を張った。

「わ、わしらはどうすれば」

「死なぬよう気張れ。戦えとは言わんよ」

中腹に三十郎が火縄銃の射手を並べ、撃ちおろす。対岸に逃れようとした敵兵は胸まで水に浸かり、半分が流された。

「斬りこめ」

猿面の合図で鬨の声があがる。鉛弾の雨のなか鑓や刀を掲げ、兵が河原に雪崩こんだ。北条の三つ鱗紋の陣幕を引き倒し、数人がかりで敵を捕まえ、首を掻き切ってゆく。ぴぃーっという鳥笛の合図で上流からも味方が現れた。河原で分かれた分隊だ。

二方からの奇襲に北条兵は混乱に陥った。固まって円陣を組むも、三十郎が一角に集中して撃ちかけ、崩れたところに真田兵が斬りこんだ。切り落とされた首が鞠のように対岸へぽおん、ぽおん、と投げられ、胴体は深瀬に沈められた。

猿面の男が腕を振る。

「砦の兵を助けにゆく。五十はおれと来い」

見れば、砦から火の手があがっている。北条方が火をつけたのだ。

主力は三十郎に任せ、源三郎が砦への岩場を身軽に登りだす。頭ほどもある岩が転がる急斜面を、与左衛門も這(は)うようにして進んだ。膝頭(ひざがしら)を岩にぶつけて思わず手を離し、体が宙(ちゅう)に浮いた。赤児が悲鳴をあげた。

「与左さん！」

すんでのところで赤児が腕を摑む。思ったよりも分厚(ぶあつ)くおおきな掌だった。

「おおきに、助かった」

「砦からなにか運びだすみたいだ、急ごう」

火が回った砦で、煙と熱風を割って源三郎が叫んだ。

「与左、砦の北へ来い」

「へえ」

濡れた袖を口元に当て、砦の北側に回る。岩場に掘られた抜け穴があった。源三郎は穴に上半身を入れ名を呼んだ。

「猿森(さるもり)、犬飼(いぬかい)おるか！」

中から煤(すす)に塗(まみ)れた男が数人、櫃(ひつ)を担いで現れた。

「頭(かしら)、みな無事にて。ですが、炉(ろ)は壊されました」

源三郎の舌打ちが聞こえた。

「与左、出番じゃ。すべては運びだせぬ。ぬしが目利(めき)きしろ」

「へ、へえっ」

訳もわからず穴に飛びこむ。広い空洞は灼熱(しゃくねつ)の蒸し風呂だ。壁面に仏が彫られて、一瞬目を奪われた。仏、なのだろうか。二尾の生き物に跨り戦斧を担いだ武人の姿は、軍神のようだ。

「いかん」

意識が遠のき頭を振る。丸焼けはごめんだ。鎧櫃や道具箱が堆く積まれ、熱で泣くような音をたてている。その数ざっと二百。兵は五十。四つに一つしか持ちだせぬ。与左衛門は箱を運ぶ男たちに問うた。

「中は」

「具足や道具、それに由緒書きなど」

目利きとはそういう意味か。頭の中で覚えたての算盤を弾く。

「由緒書き二十、道具十、具足十運びだしとくれ。最後の十箱はわしが選ぶ」

箱を開ければ、黒ずんだ桶側胴が現れる。不死身の具足だ。予想はしていたが、全身の毛穴から汗が噴き出した。

「ようやっと逢えたな」

喉が焼けるように熱い。蓋をつぎつぎ開けては投げて九つ選び、ついに一つの箱で手が止まった。

「なんやこれは」

こんなものは、見たことがない。

中には、袖が一枚。

最初は南北朝から室町初期に流行した、広袖かと思った。肩に合わせておおきく湾曲した冠板と一の板までは広袖の特徴がある。しかし二の板から下は、真っ直ぐな鎌倉武士の大袖そのものだ。

ちぐはぐなのである。もっとも奇妙なのが、金糸のまじった白糸威のあいだから見える地鉄だ。赤い。朱漆ではない、濃い赤の斑だ。

闇夜に燃える炎だ、と与左衛門は思った。手の熱さはこの袖が放つ炎か。

ほかに由緒書きらしい巻紙が入っているが、開いて改める猶予はない。

——己の直感を信じる。

与左衛門は箱を抱き、入口にまろび走った。

「仕舞や。出る」

男たちと支えあい、砦を這いだす。煙を吸って肺が痛んだ。箱を預け、火傷を冷やすため吾妻川に飛びこんだ。砦が火柱をあげ、水面に炎が揺らめいている。

「ふうっ、また生きのびたわ」

源三郎もふらつきながら川に身を浸す。猿面を外すと、色白の顔が現れた。薄い眉、細い切れ長の瞳、通った鼻筋。美男といっていい。当然というべきか、信幸にも信繁にも、昌幸にも似ていない。真田の縁者とは思えなかった。

「あなたは誰なのです。殿はあなたと自分が似ていると言った」

「はは、喜兵衛めそんなことを」

「喜兵衛？」

「真田昌幸のふるい名よ」

しかし肝心の与左衛門の問いに対する答えはなかった。

北条方は三十郎の追討をうけてことごとく退却し、翌朝、与左衛門たちは砦を発(た)ち、岩櫃城へ入った。

屛風(びょうぶ)のように岩山がそそりたつ山の東の中腹に岩櫃城はある。無数の曲輪、執拗(しつよう)に折れ曲がる細い登攀道(とうはんどう)、道を遮断する竪堀(たてぼり)、横堀。技巧を凝(こ)らした縄張(なわばり)は、攻め入れば生かして帰さぬという執念が感じられた。

麓(ふもと)の古谷館(ふるややかた)という御殿(ごてん)で、与左衛門たちは休息を取った。

山城にはおおよそふさわしくない真新しい御殿は、上田城の本丸御殿よりも立派に見える。白い丸木柱も檜皮葺(ひわだぶき)の屋根も、昨日棟(むね)あげしたかのようだ。だが調度品は皆無で人の気配もない。

「ここはどなたの御殿です」

与左衛門の問いに、三十郎ら将たちが押し黙る。

昨晩から猿面を外したままの源三郎が、肩を竦(すく)めた。

「長い昔話になるぞ。聞きたいか」

「わしは、知りたがりの商人(あきないびと)ゆえ」

御殿の南の庇(ひさし)に腰を掛け、源三郎は話しだす。

「おれは二度死に損なった男だ。一度は甲斐(かい)で。もう一度は、本能寺(ほんのうじ)で」

三

元亀四年（一五七三）はじめ、十三歳になる織田信長の息子が人質として武田に送られた。名を、御坊丸といった。

前年、武田信玄は大規模な兵を動かした。実質、彼の最期の戦さだった。燎原の火のごとく遠江三方ヶ原で徳川家康を大敗せしめたのと前後し、武田は美濃岩村城へも攻めかかった。織田方だった岩村城はほどなく降伏し、織田への従属の対価として岩村城に置かれていた御坊丸は、武田へ引き渡され甲府に送られることが決まった。

人質の引き渡しは、身を保証するための乱世のならい。織田家も了承のうえである。身分が低い母から生まれた御坊丸が、拒否できるはずもない。

——水に流される木の葉が、なにを思うこともない。

そういう気持ちだった。

だから甲府へ着いた直後、遠征先の陣中で信玄が死んでも、とくに感慨はなかった。結局信玄と対面することはなかった。

武田家重臣の武藤家に預けられ、御坊丸は沼に潜む鯰のように過ごした。大事な人質であるから丁重に扱ってくれ、暮らしに不自由はない。古い名家である武藤屋敷の蔵には、鎌倉時代の作と伝わる具足がいくつも眠っており、見よう見まねでそれらを直しはじめた。古びた大鎧の傷んだ小札を替え、下絨で固定し、できた札板に漆を塗って真新しい威糸を通すと、まるで昨日できたかのように輝きだすのが面白かった。武家の子が職人仕事などと呆れる声もあったが、その中には安堵が含まれていることも、御坊丸は知っていた。

甲府に来て半年ほど経ったある日、武藤家の若い当主、喜兵衛尉から唐突に声をかけられた。周囲は彼を簡便に喜兵衛と呼び、御坊丸もそうしている。

「遠乗りに参るぞ、坊」

行く先は遠い山奥だった。木々が伐り出された禿山は、谷筋にいくつか煙が立ち昇っている。川をせき止め人々が笊でなにかを掬っているのも見えた。御坊丸とおなじ年頃のもっこを担いだ少年が、二人へ深々と御辞儀をする。

「気になるか」

先を進む喜兵衛に問われ、御坊丸は頷いた。

「製鉄炉があるのか。禿山になるくらい、大量の鉄を作る」

喜兵衛が大口を開けて笑うので、御坊丸はむっと口を尖らせた。

「可笑しいか」

「所詮うちの息子とさして歳の変わらぬ小僧よ、甘い甘い」

喜兵衛はこのとき二十七歳、十三歳の御坊丸にときどき舐めた口を利く。小癪な、と思い御坊丸は考えを巡らせた。

川をせき止めているのは、砂鉄を掬うために違いない。砂鉄を掬い、堝に盛り、箱形炉や竪形炉で熔かし銑鉄（ズク鉄、生鉄）を作る。喜兵衛が「甘い」と言うように、銑押製鉄はどの国でもやっている。見せに来るほどのものではない。ならば。

「大鍛冶か！」

大鍛冶とは銑鉄の精錬鍛造の総称である。

一般に不純物、炭素を含まない「純鉄」にちかいほど、柔らかく加工しやすいが、逆に硬度や強度が落ちるという欠点がある。砂鉄を熔かした銑鉄は鍋などの鋳物ならよいが、刀や具足甲冑に用いるには再加工が必要だ。これを「大鍛冶」という。精錬された銑鉄は刃金（鋼）と呼ばれた。

刃金作りは当時、出雲地方の独占状態だった。日の本じゅうで戦さが起きているのに、道具の元となる刃金を作ることができるのはたった一国。

大鍛冶を自国でできれば、戦さの様相は一変する。

日の本を統べる、と言っても過言ではない。

御坊丸の全身に愉悦が走る。

「坊、具足師になってみぬかと、御屋形さまは仰せだ。お主は人質ゆえ兵は預けられぬ。さりとて鯰のように暮らすのもつまらぬだろう。どうだ」

喜兵衛の口調は哀れむようだった。織田の息子に身分の低い職人仕事をさせるのは、と躊躇ったのだろう。だが、御坊丸は馬から身を乗り出した。役目を与えられるのは、生まれてはじめてだ。

「ぜひにも！」

「変わり者の坊よの」

武田の具足師は高い技術を持っていた。御坊丸が見た川の上流に函人（職人）たちの里があり、たたら場と大鍛冶場があった。彼らが主に作っていたのは、当時上方でようやく作られはじめたばかりの、鉄打ち出しの板物胴だった。先代の屋形すなわち徳栄軒信玄が、これからは火縄銃の弾に耐えうる具足が必要だと考え、函人を各地から集めていた。里には忍びも出入りし、南都はもちろん、上州明珍、相州雪ノ下、陸奥南部衆、遠くは南蛮の技術をいち早く取り入れた九州からも情報を得ていた。

革の札物胴ではとくに三十間（約五十五メートル）以内から撃たれたときに弾を防げない。刃金の具足は、絶対に必要だった。

御坊丸が取り組んだのが「焼入れ」である。特別な炉でアーチ状に積み重ねた銑鉄を熔かし、送風によって鉄を脱炭し強度をあげる。まず砂鉄を炉で常のごとく四日熔かしたあと、生鉄とカラミ（鉄滓）を流しだし、炉底に残った半溶解状態の鉧を、さらに三日熔かす。この三日間の再加熱を、焼入れという。出雲で左下場と呼ばれる方法を参考にした。

七日間不眠不休で火を守る過酷な作業に、御坊丸は没頭した。

「己で選んだ道をゆけるのだ」

それがなにより嬉しかった。

二十間の距離でも弾を通さぬ鉄の一枚板（板札）を威した五枚胴ができたのは、天正三年（一五七五）。

御坊丸は十五歳になっていた。

里の函人頭とともに、できたばかりの胴を甲府の躑躅ヶ崎館で披露した。黒鉄の胴を見るや、屋形・四郎勝頼がひゅっと息を呑む。

「形は最上胴に似て見ゆるが。すぐに試し撃ちをば」

二十間はもちろん、十間にも耐えた。家臣たちの目の色が変わった。勝てる、というさざめきが広がる。

「銑鉄を大鍛冶にて再度熔かすことで硬さが二倍、三倍になります。これすなわち焼入れに候」

屋形は、御坊丸に柔らかく笑いかけた。

「いつまでも幼名では格好がつかぬな。元服し、源三郎信房と名乗るがよい」

織田の父と、武田の代々の屋形が名乗った「信」の一字を許された。仮名の源三郎は武田風の名乗りである。言葉を失っていると、喜兵衛が耳うちした。

「これ、不満か」

「ち、ちがう」無我夢中で首を振る。「ありがたき」

声が掠れた。ここにいてよい、と言われた気がした。

喜びは長くつづかなかった。

同年、武田は長篠合戦で織田・徳川連合軍に大敗した。

甲府の大路を馬に揺られてくる喜兵衛の、頬の肉が落ちた土気色の顔を見たとき、ほんとうに負けたのだ、と悟った。

「兄二人が戦死したゆえ、わしは武藤から真田へ戻る」

喜兵衛は本来、信濃の国衆真田家の三男坊で、先代の屋形の肝入りで継子のない武藤に養子入りしていた。兄二人は長篠で討死した。

喜兵衛から真田昌幸と名乗りを変えた男は、虚ろな目で源三郎に縋った。

「お主の仕立てた具足を身に着けてなお、兄者たちは死んだ」

いくら強固な具足でも、大将が采配を誤れば意味がない。それは昌幸もわかっているはずだ。大敗は、あまたの有能な臣の命を奪い、真田と同族の禰津、望月、常田、真田重臣河原でも当主や嫡男が死した。

「馬より引きずり降ろされたとき、兄者たちの具足が割れた。それで腹を切り裂かれたらしい。なぜじゃ」

昌幸の膝の上には、兄の遺品の血染めの陣羽織がある。血はすでに、赤茶けて固い。

「なぜ具足は割れた。源三郎」

掠れ声で、源三郎は言いかけた。

「もっと強い具足を……」

血染めの陣羽織をきつく握りしめ、昌幸は首を振る。

「具足は、人を守れぬ」

その言葉は、源三郎の心を穿った。

源三郎は、具足づくりにさらにのめりこんだ。

昌幸の兄たちの具足は、馬から引きずり降ろされたさい、岩場に当たって割れた。調べるうち、焼入れした鉄は硬い一方、延びにくく脆いという真逆の性質があるとわかった。

「二場目の加工が必要だ。柔軟性のある鉄にするための」

出雲では左下場のあと本場(ほんば)という再加熱をすることは、源三郎も知っていた。だが、仔細は秘中の秘とされ、わからなかった。その二場加工は「焼戻し」とも呼ばれる。焼入れののちやや低温で再加熱する方法だが温度管理が難しく、本朝で安定して行われるようになるには明治近代の官製製鉄まで待たねばならぬ。

源三郎は、三百年先をゆこうとした。

それには、知見が要(い)る。必然的に源三郎は忍びを重用するようになった。すると大名の動静が入ってくる。武田は大敗から持ち直したものの、越後上杉の跡目争いである御館(おたて)の乱をきっかけに、北条との同盟が手切れになったのが痛手になった。

天正九年（一五八一）三月、遠江高天神城(とおとうみたかてんじん)が徳川の手に陥ち、いよいよ武田家はもたぬところまできた。

家中、他家に通じる臣が続出した。源三郎は忍びから掴んだ「裏切者」の名を書き連ね、屋形に差し出した。屋形・四郎勝頼はいつものように、柔らかく笑った。

「具足はどうじゃ。強い具足があれば、武田はまだ持つ」

二場目は、うまくいかなかった。通常の熔かしに四日、焼入れに三日、試作の焼戻しにさらに四日がかかる。そこまでいくと粘土製の炉は熱に耐えられず、適切な温度を維持することも難しかった。

「……」

血が滲(にじ)むほど、源三郎は唇をきつく噛んだ。

滅びる家を止める力は、具足にはない。

「真田昌幸が、岩櫃城に御殿を建てておるのは御存知かと。しかし昌幸が『御屋形さまを迎える用意がある』と申しても、けっして乗ってはなりませぬ」

屋形は文を丁寧に畳み、懐にしまった。

「源三郎、昌幸を責めてくれるな。この状況を作ったわしにすべての責がある」

「御屋形さま」

昌幸が親類を通じて北条への寝返りを謀っていることを、源三郎は言えなかった。

ふらふらと真田屋敷に戻ると、屋敷が騒がしい。昌幸の息子二人が、家人に混じって荷を荷車に運んでいる。甲府から子を退去させるつもりらしい。兄のほうは源三郎の五つ年下、弟は九つ年下。昌幸に会話を禁じられているため、源三郎を見ると、家人が兄弟をどこかへ連れていった。

昌幸の居室へ向かう。昌幸の襟元を捩じりあげ、源三郎は顔をまぢかに寄せる。

「逃げるか、卑怯者」

「心外だな。おれほどの忠臣はおらぬ。織田が攻めて来れば、岩櫃城に御屋形さまを御迎えし、二年でも三年でも戦って勝つ」

目の奥に淀んだ光がある。この男は本気で言っている。

「一生夢物語をほざいてろ」

全面衝突を避けるため、源三郎は突然織田に帰されることが決まった。甲府で十年を過ごした源三郎は、武田の内情を知りすぎていたから、帰すことに反対する声が強かったが、屋形が押し切ったと聞いた。

織田に返された源三郎は、父信長との対面は許されず、甲府からつぎつぎ届く勝頼重臣の「織田に取次いでくれ」という悲鳴のような文に、「力を尽くす」と返書することしかできなかった。

武田が軋(きし)み、崩れゆく音を源三郎は遠い織田領で聞いた。

ようやく父との対面が叶(かな)い、武田との和睦を説いたとき、父は無感動な声で、こう言った。

「ぬしは、かの地に詳しい。案内(あない)役を務めよ」

織田の甲斐侵攻は、すでに決まっていた。

天正十年三月、武田家は滅びた。

岩櫃城に、四郎勝頼は来なかったそうだ。

四

曇天に聳(そび)える岩櫃城の屏風岩を見あげ、源三郎はかすかに笑う。

「この城に屋形を迎えるなど、とんだ法螺話(ほらばなし)と思うたが、あいつは本気だったのだなあ」

赤児が声もあげず、ぽろぽろと涙を零(こぼ)している。

与左衛門は消え入りたい気持ちだった。南都の具足師は、源三郎ほど切実に仕事をしているだろうか。具足づくりに命をかけているか。

源三郎の声は、夕風に乗って柔らかく響く。

「おれこそ不忠者だ。二場目を成功させられなかったのだから」

偽りの南蛮具足を背に、薄暗い部屋に独り座る昌幸を、与左衛門は思いだす。

「織田に戻られて、本能寺の変事はどうなすったのです」

織田家にいたのは一年ほどだ、と源三郎は言う。武田攻めでは木曽から諏訪へ侵攻し、信濃国衆の降伏を容れ、身柄を保証する任についた。甲斐へは、入らなかった。武田を滅ぼすやすぐに岐阜へ戻った。

腹違いの兄で織田当主の信忠に従い、毛利攻めに向かうために京・本覚寺に入った六月の夜、明智光秀が攻めてきた。

父信長の自害を聞き、兄の信忠は本覚寺に隣接する二条新造御所に籠って戦うことを決めた。二条御所に居住していた東宮誠仁親王や女房らを退去せしめるさい、兄は源三郎に言った。

「信房は逃げよ」

怒声が飛びかう御所の中庭で、源三郎は立ちすくんだ。一門、近習、馬廻り、また変事をきいて駆けつけた家臣らがひしめき、信長の死に慟哭する者もいる。

顔を合わせたのは数度しかない兄が、真っ赤な目をして無理やり笑う。

「弟よ。二度も滅びを味わわせ、すまぬ」

兄のように無念に思う気持ちが湧かぬ自分は、残るべきではない、と思った。深々と頭をさげた。

「御達者で、兄上」

去り際、兵を鼓舞する兄の闊達な声が聞こえた。

「父上は幸若舞がお好きじゃった。さあみな、遊ぼうぞ」

その父は、源三郎の知らぬ父である。


すくない家臣とともに、源三郎は京を抜け出た。まず、織田木瓜の飾り金具のついた具足兜を脱ぎ、鴨川に投げ捨てた。織田に戻ってから誂えられた古風な色々縅胴丸具足は、源三郎からすれば大仰な十二単衣にひとしかった。

近江は明智の手が回っているかもしれず、奈良経由で鈴鹿路をゆき、津から船で三河へ、そこから北上した。奥三河の深山へ入ったとき、源三郎は心の底から安堵した。

「明確なあてはなかった。織田の東国勢、甲斐の河尻秀隆か、上野の滝川一益と合流するか。道中、河尻秀隆が殺されたと聞いて、諏訪湖のみぎわに座りこんだものだ」

甲斐から逃げてくる民、武装した地士の一団などで街道はごったがえし、百姓は戦さのまえに実りを刈ろうと田畑に繰りだしている。織田が退いた甲斐、信濃は北条、上杉、徳川、諸大名の草刈り場となろう。武田の旧臣も民も、生きるか死ぬかの瀬戸際だ。

甲斐入りは諦めざるをえなかった。織田の息子だと知れれば、暴徒と化した地士か民草か、織田を恨む武田の旧臣か、ともかく殺されるだろう。

逃げる民に紛れ、北上して深志まで来たとき、武装した一団に呼び止められた。ぎくりと振り返ると、見知った顔が馬を走らせてきた。

「わあ、源三郎兄でしょう！」

「源次郎」

馬から飛び降りた信繁は、源三郎に抱きついてきた。甲府ではほとんど会話したこともなかったから、源三郎は驚きながら抱き返した。

信繁が囁いた。

「兄弟のふりをしてください。兵が見ています」

賢い子だ、と源三郎は舌を巻く。情勢が定まらぬいま、源三郎の素性はむやみに明かさぬほうが得策だ。甲州征伐で、真田はほかの家臣とともに織田に服従したと信繁は説明した。源三郎も噂には聞いていた。

「わたしは人質として木曾へゆくところ。お婆さまとともに」

「なぜ木曾へ」

滝川一益は、本能寺の変後に起きた神流川合戦で北条氏直に大敗し、自領の伊勢まで撤退せざるをえなくなった。道中は武田旧臣の勢力域。織田を恨む者もおおい。そこで滝川一益は己に差し出されていた真田の人質を、通行手形がわりに木曾に引き渡した。

それが信繁と祖母だ。

諏訪は街道の交差点である。木曾へ向かう信繁と、あてもなく北上した源三郎が会うのも道理だった。遠巻きにこちらを見張る滝川方の織田兵は、源三郎の顔を知らないから、真田の縁者と思っているだろう。幸運が重なったとはいえ、長話はできぬ。

「一益は退いたのか」

「いまごろ木曾山中だと思います。なんでも清須に重臣が集まって織田の跡継ぎを決めるとか」

「重臣か……」

織田家筆頭家老、柴田勝家、丹羽長秀、羽柴秀吉、池田恒興、そして滝川一益。そのあたりが集まるのだろう。

自分も清須へ向かうべきか、否か。

あらためて織田はどうなるのかと思いを巡らす。

信忠の息子・三法師はまだ二つかそこら。家中をまとめる者が早急に必要だ。次男の信雄。あるいは三男の神戸信孝。四男の自分に順番が回る可能性は低いが、「誰の側」に付くか決断を迫られよう。家臣たちも自分の思い通りになる当主を推し、邪魔者は排除される。いままでのように信長・信忠のもと、家中一丸となって日の本一統に邁進するなど、無理だ。

日の本はまた、乱世となる。

「……」

早くしろ、と織田兵に急かされ、一団が動き出す。

信繁の後ろで駕籠に乗った老婆が笑った。信繁の祖母にあたる亡き真田一徳斎（幸隆）の妻である。皺だらけの顔をこちらに向け、源三郎を手招くと、老婆は自らの腰帯にさげた鉄鈴をほどき、源三郎の掌へ渡した。

古びた鉄鈴は真田の六文銭（ろくもんせん）が刻まれ、高い音と低い音がどうじに鳴った。

「真田はごんがねさまの御加護がある。おいでなさい」

「ごんがねさま」がなにかはわからなかったが、真田の守り神だろうと解した。

信繁は顔を輝かせた。

「お婆さま妙案です。兄上、この鈴は真田の守り神、山家神社の禰宜（ねぎ）しか使えぬ鈴とおなじなんだ。不思議な音でしょう？　真田に生くる者はみな、この音を体で識（し）っている。示せば関所も通れる」

「しかし御迷惑が……」

「来てよ兄上」信繁は源三郎の手を握りしめた。「岩櫃（いわびつ）で父上が待ってる」

入道雲の湧く山道へ、信繁と老婆の姿は見えなくなった。夏の終わりの涼風が吹いてくる。じきに夕立ちとなろう。

――このあとどう生きる。

自軍を有し戦功のある兄たちならまだしも、十年も敵国で過ごし、一年前に戻ってきたばかりの、力も足場もない四男が生き残れるか。

否（いな）だ。

源三郎は、鉄鈴を鳴らしてみた。雨をもたらす雲の先触れに、紫色の霞（かすみ）がかかる。見あげると、一枚の花片（はなびら）がひらひらと源三郎の頭上に落ちてきた。

どうせ死ぬなら奴と、と思った。

強情（ごうじょう）で一途（いちず）なあの男と。

「岩櫃へゆこう」

はやくも小競合いが起きはじめた信濃から碓氷峠を抜けて、源三郎は急いで上野国へと逃れた。岩櫃城一里手前まで出迎えにきた昌幸は、馬上でふんぞり返った。

「待っていたのはお主ではないが」

相変わらずの仏頂面に、噴きだしてしまう。

「昌幸、おれたちの出番だ。暴れよう」

昌幸は左眉をひくりと動かした。考えを巡らすときの彼の癖だということを、源三郎は知っている。

「天下はふたたび乱れる。おれたちのような山猿が、大名相手に一泡吹かせてやろう」

「悪くない」

昌幸が言うことには、武田の具足師たちは主家滅亡で四散し、函人頭はじめ数人が命を落とした。残党を昌幸が呼び寄せ、岩櫃城近くの隠れ里にふたたび工房を作ろうとしている。源三郎は飛びあがって喜んだ。信繁と出会ったことといい、神仏が導いてくれたのかもしれないとすら思った。

「おれはかならず強い具足を作る。人を守れる具足を。お主と民を守らせてほしい」

源三郎は手を差し出す。昌幸は強く握り返してきた。

「やるか、源三郎」

「やろう、喜兵衛」

源三郎は塚原主膳という偽名で真田家に仕える地士となった。三年後、岩櫃城近くの岩井堂砦の、改良炉で焼戻しを成功させた。炉を作る粘土にも工夫を加え、高温に耐えうる鉄橄欖石（てつかんらんせき）の粉末（ふんまつ）を混ぜた。

「桶側胴じゃ格好がつかぬ。なにか名を考えろ」

こう言う昌幸の顔を、にんまりと見返す。名前はすでに考えてあった。

「不死身（しなず）の胴じゃ」

徳川家康と真田が激突する、上田合戦直前のことだった。

五

「父上が塚原どのを拾うたのは間違いであったと、わたしは思っています」

厚い雲が割れ、つかのま日の差す山道を誰かが登ってくる。本隊を率いる信幸だ。三十郎はじめ、将たちが膝をつく。

御殿を見あげ、それから真田源三郎信幸は、源三郎の前に立った。与左衛門を残し、人払いをしてからまず言ったのが、間違いであった、の一言だった。

「お婆さまと弟が軽率に塚原どのを招いたことは、詫び申す。ですが、塚原主膳という天涯孤独の男は、家臣が主家に出す人質を出さぬ。知行地（ちぎょうち）もない。扶持（ふち）は、父上の蔵入地（くらいりち）のあがりから渡しておる。家中の者も訝（いぶか）しみはじめている」鋭い目を源三郎に向けた。「織田の妾腹（しょうふく）の四男は危うすぎる」

与左衛門はたまらず声をあげた。

「不死身の具足あらばこそ、真田は上田合戦で徳川方を敗退せしめたのでしょう。それを――」

「よい」源三郎が遮った。「不死身の具足はできた。昌幸も大名に成り真田は命脈を保った。ここらが、『上がり』だろうよ」

しかし岩井堂砦の炉は敵に壊されてしまった。刃金は作れない。真田の具足屋としての自分、徳川の間諜としての自分が、与左衛門のなかで入り乱れた。

「遠くないうち、真田から離れるとしよう。それともおれは、真田を知りすぎたかな？」

殺すか？　と源三郎は問うていた。信幸は首を横に振る。

「御身は当家のため身命を賭してくださった、感謝こそすれ」

「そう言うほかないだろうな、嫡男としては」

嘲るように言って、源三郎は立ちあがった。歩みとともに腰にさげた鉄鈴の音が、細く消えてゆく。


老将・矢沢頼綱は一月ねばって北条勢を追いかえし、八月の終わりには、与左衛門は上田に帰ることができた。「鬼矢沢」は十二月には逆に北条領へ攻めこんで、敵を震撼させたという。

与左衛門は、ついに摑んだ真田の具足の秘密をしたためた密書を、駿府へと送った。

真田は、二場の大鍛冶によって刃金をつくり、具足に仕立てていること。北条によって改良炉が壊され、刃金が生産できなくなったこと。函人の頭が織田信長の息子であることは、もちろん伏せた。密命は、「真田の具足の秘密を探り、函人を奪え」である。頭の名を暴けとは言われていない。

「わしは、どっちの味方なんやろか」

年末届けられた密書の返事には、年明け駿府へ来いと書いてあった。

乃々の里帰りという名目で、天正十六年（一五八八）二月、二人は上田から駿府へと向かった。

約二年ぶりに会う家康は胴回りが肥え、肌の色つやがいい。機嫌よく与左衛門に言った。

「もう二年か。だいぶかかったのう。安房守の疑り深さは相当じゃ」

「御叱りは覚悟しとります」

よい、と家康はあっさり許した。

「そなたの働きで、徳川が豊臣との対決を避けられたのも事実。だが、わしはまだ諦めぬ」

諦めぬのは具足か天下か、どちらだ。与左衛門は考える。

「新たに命を与える。真田の大鍛冶を成功させ、次第を伝えよ。上首尾（じょうしゅび）ならば知行地を与えてもよい」

「ほんまですか」

知行地を得るとは、名実ともに徳川の家臣の末席に加えられることだ。具足屋、具足師でそのような例は聞いたことがない。知行地があれば、安定した収入が得られる。見世（みせ）をおおきくできる。函人をたくさん雇える。

家康は緩んだ顎（あご）を撫（な）でた。

「ただし急げ。時がない」

破格の待遇は、急がせたいためか。与左衛門が持参した鍛えのいい不死身の具足の入った鎧櫃の蓋を、家康は開けようともしない。一個の具足の出来不出来ではない、「別のなにか」を欲しているのは明白だ。

胸のざわつきを鎮め、与左衛門は頭を垂れた。

「全力であたりまする」

宿に帰れば、乃々が町に出ようと袖を引いてきた。

「どういう風の吹きまわしや」

乃々は口元に手を当てた。笑ったらしい。

「服部さまにお褒めいただいた。絹織物一反まで頂戴したのだ。岩井のみすぼらしい形をなんとかしてやれ、と」

見れば、ちかごろ京で織られだした紗綾織の無地の反物である。相当高価なものに違いない。

「乃々さん、あんた小袖なんぞ縫えるんか。袖口を縫いつけるんやないか」

赤らんだ頬を、乃々は膨らませる。沼田城から赤児とともに帰ってきたとき、彼女は街道まで迎えに出てきてくれた。今日は御馳走だと声を弾ませた女の顔は、いまとおなじく赤らんでいた。

「ツネ婆に習ったから、小袖くらい造作もない。馬鹿にするな」

二人肩を並べて歩く夕暮れの城下町は、呼びこみや買い出しの民で賑わっている。

櫛屋の前で娘が声をかけてきた。

「旅の御方、奥方さまに櫛を買うてはいかが。長い髪が泣いていますよ」

「いらん、無駄遣いはせん。すまんの」

櫛屋の娘に詫び、煌めく駿河の海と富士の頂きを眺め、二人は歩いていく。乃々の髪はたしかに傷んで、艶がない。仕事に没頭し気づかなかったのを、与左衛門は恥じた。乃々はそんなことも気にせず、海を眺めて目を細めた。

「駿府は雪もなくてあたたかくて、いい」

「上田にもええとこあるやろ」

「たとえば」

「酒が美味い」

今度こそ、乃々は歯を見せて笑った。

「同感だ」

宿に戻ってから与左衛門は櫛屋に取って返し、一番安い櫛を買い求めた。乃々のいない間に、櫛の一つ引両紋のまわりに、毛彫鏨で小花を彫った。長らく鏨を握ってなかったから指に力が入らず、指先を切った。指を舐めつつ木屑を吹くと、丸い梅花が三つ咲いた。透かし彫りを施し漆を塗ればきっと上等になろうに、と思ったがもうそんな技量は自分にはないのだ、と肩を落とす。

「これがわしの身の丈かの……」

夜中、寝入る乃々の枕元に櫛を置く。声がして飛びあがりそうになった。

「わたしは、三つのときに捨てられた。物乞い、盗み、淫売、なんでもした。幸い服部さまに拾われ、仕込みを受けたからいまも生きている」

「……ほうか」

「だから赤児のような餓鬼(がき)を見ると、胸が苦しくなる」

「乃々さんが弟子に取るのを許してくれたから、赤児もいまは立派に働いとる。おおきに」

寝返りの音がした。

「なら、よかった」

翌朝起きると、もう枕元に櫛はなかった。女の髪にも挿さっていない。

「き、気に入らんかったか。すまん」

こざっぱりと髪を結った女は、頬をわずかに染めた。

「大切に仕舞(しま)っておくのだ」


おなじ年の秋口、真田と北条の国境争いの裁定に、ついに関白秀吉が乗りだした。結果両者の境が定められ、沼田城は北条の領有が決した。翌天正十七年七月、沼田城主真田信幸、豊臣からの検使、徳川家家臣・榊原康政(さかきばらやすまさ)立ち会いのもと、沼田城の引き渡しが行われた。

これにて「惣無事(そうぶじ)」、すなわち以後一切の大名間の紛争が禁止される、はずだった。

「三つの大戦さ」のうち二つ目、東国をめぐる大戦さまで、あと一年。

第四章

将器

一

天正十七年（一五八九）初秋、文月七月のこと。

関白秀吉の仲介により真田、北条間の国分けが決まり、あれほど死守してきた沼田城は、あっけなく北条に引き渡された。

沼田城引き渡しから三日後。上田の与左衛門の納屋を源三郎が訪ねてきた。彼が率いる函人十人ばかりも一緒だ。みな岩井堂砦で見た顔だが、詳しい人となりは知らない。

源三郎は人懐こい笑みを、与左衛門に向けた。

「しばらく泊めとくれ。家がある者はいったん帰した。あとは身よりもない渡世人ばかり。なによりおれがそうじゃ」

「いや、いや。こんな襤褸小屋でのうて、屋敷くらい殿が用意なさるでしょうに」

こういう鄙びた小屋が落ち着く、と源三郎は褒めているのかけなしているのかわからないことを言って、いくばくかの銭綴りを渡してきた。

「な、同業は助けあうもんじゃろ。頼む」

追い返すわけにもいかず、乃々や赤児、家主の喜三次、近所のツネ婆もやって来て、母屋でてんやわんやの炊事がはじまった。麦と玄米の菜飯のほか、鯉こく、小鮒と蒟蒻の煮つけ、蕎麦がきなどが大皿に盛られ、歓声があがる。銘々膳などあるはずもない。競って大皿をつつく男たちに、ツネ婆の曲がった腰が伸びた。

「息子を思いだすわいの」

「お婆さまの子息はいまどちら」

源三郎の問いに、ツネ婆は天井を指さす。

「天正三年、長篠で旦那と息子三人、みな死んだわいの。信綱さまの隊でございました」

箸と椀を置き、源三郎は手を合わせた。

「真田の御為に御立派な御働き」

「立派なもんかね。死ねば仕舞じゃわ」

からからと笑うツネ婆に、源三郎は目を伏せる。

「左様に……ございますな」

「ああ、御憐みくださるな。一人気楽に暮らしとります。ちかごろは出来の悪い孫の面倒を見るのが大変で」

菜飯のおかわりをお櫃で運んできた乃々が、口をへの字にした。

「そりゃわたしですかえ」

「お前は、孫なんて可愛いもんじゃないよ」

赤児が男たちに酒を注いで回り、沼田城の話をしてくれとせがむ。男たちがにやにや笑って話しだした。

「傑作は矢沢の爺さまよ。白装束で『死んでも城を出ぬ』と捨曲輪に大の字に寝転ぶから、関白の御使者も呆れ果ててのう。御目付の榊原さま（康政）が一筆、矢沢翁の忠君を称える漢詩をさらさら書いたんじゃ。そしたら爺さま、涙を流して喜んでのう」

「沼田城こそ引き渡したが、利根川を挟んだ名胡桃城は、わしらのもんじゃ。殿の言いつけで、引き渡す前にぜぇんぶ稲刈って、百姓も引き揚げさせた」

さすが昌幸というべきか。悪知恵が回る。驚嘆するやら呆れるやらだ。

「北条は歯嚙みをしたでしょうなあ」

酔いの回った男たちが雑魚寝をはじめるころ、与左衛門は納屋に呼ばれた。戸口に若い男が一人立ち、中には源三郎と年配の男が座っていた。

「改めてすまぬ。この機会におれの三ツ方を紹介したくて無理を言った。おれの函人たちだ」

源三郎が率いる砦衆は、三つの「方」にわかれているという。まず源三郎の横に座った丸顔禿頭の壮年の男が頭をさげた。岩井堂砦で真っ先に源三郎のもとへ駆けつけた男だ。

「鉄方棟梁、犬飼」

「大鍛冶、具足鍛冶が生業でごいす」

元は武田家の具足師で、武田が滅んだときに、妻子をすべて失い真田に身を寄せたのだという。言葉に甲州訛りがあった。

「犬飼がおらなんだら、不死身の具足はできなんだ。炉まわりはすべて任せておる」

源三郎が褒めると、犬飼は額を掻いて照れた。

「つぎ、具足仕立方棟梁。おおい、猿森。岩井どのに挨拶せい」

戸口に立っていた若い男が目を動かすが、無言のままだ。源三郎は軽く肩を竦めて話をつづけた。

「武田の具足師はもともと猿森の親父どのが頭を務め、おれは頭に具足づくりのすべてを教わった。残念ながら、織田の兵に殺されてしもうたが」

「なるほど。なれば息子の猿森どのもさぞ腕利きでしょう」

与左衛門がこう応じると、猿森が睨んでくる。

「よく言うぜ。おれが寝ずに仕立てた五十領、お前は上方で銭に替えたそうじゃねえか。守銭奴」

犬飼が猿森を叱った。

「岩井屋どのの働きで、真田は本領安堵となったのだ。なんども言うたろう、お主の仕立てた具足はいま、天下人の直臣が身に着けておる。光栄じゃないか」

「おれらの具足は真田のためだ。銭に替えるためじゃねえ」

戸口を乱暴に閉め、猿森は母屋に戻ってしまった。源三郎と犬飼が頭をさげた。

「与左衛門、すまぬ。若くて腕がいい男だが、我が強くてな」

「いや、骨のある職人は好きですわ。気にしとりません」

「助かる」

砦衆の三ツ方、残りは草、いわゆる透波や忍びだと源三郎は言った。三ツ方すべて合わせると五十人ばかりになるという。

「草にはいま北条の動きを探らせておる」

五十人からの配下を持つ源三郎を、信幸が警戒するのも無理はない、と与左衛門は思った。自分や乃々の素性もばれるのではないかと気が気でない。

「喜三次はんも忍びだと聞きますが、御身内ですか」

「いやあれは、禰津どのか出浦どのの下忍だろう。おれの身内じゃない」

真田の忍びは「柿渋」と呼ばれていたはずだが、別の家臣が統べているようだ。

「かような大事を、なぜ教えてくださるのです」

「岩井屋、『源氏の八領』は知っとるな」

突然源三郎の口にのぼった伝説的な具足の名に、与左衛門は目を瞬いた。

「無論。具足屋ゆえ」

源氏には、八領の伝説的な具足がある。

源氏の嫡男がはじめて甲冑を身に着ける具足始めで使われたという「源太産衣」。

剛力無双の鎮西八郎為朝が着用したという「八龍」。

堅牢さから盾がいらぬとまで言われた、甲斐武田家の家宝「楯無」。

いまは失われ、逸話のみ語り継がれるものがほとんどだ。

「不死身の具足は、この八領のうちの一を手本として作られた。が、いまだ本歌に遠く及ばぬ」

「それは初耳です。して本歌の名は」

「其れ、薄金」

源氏八領のうち、薄金はもっとも実態がわからぬものだ。ほか七領はすべて、革札を小桜文の韋糸で威し絵韋を張った伝統的な大鎧だが、薄金は名の通り、「胴を薄い鉄の板で作った」という伝承が残る。

元は源義家の家人・伴次郎が着用し、後三年の役のおり石弓（大弓）で射られ兜は失われたが、胴は貫けず、伴次郎は「極なきつはもの」と称された。そののち木曾義仲に譲られたそうだが実物が残っているという話は聞かない。

源三郎の目が怪しく光った。

「石弓は七尺以上。胴に当たれば体も紙のごとく貫く。それを跳ね返す鉄板で作られた胴、それが薄金」

牛の生革や鉄の小札を威した伝統的な大鎧ではなく、鉄板で作った胴――。

まさか、と与左衛門は腰を浮かせた。

「薄金は鉄の板物やいうんですか！　四百年も前やで、ありえん」

古くから、防御力を高めるため革札と鉄札を一枚ずつ交互に用いる一枚交や、胸部などに鉄札を用いる金交という手法はあるし、その手法はいまも活用されている。しかし、打ち延べた鉄の板札を矧ぎあわせる板物胴は、応仁の乱あたりから流行したというのが具足師の常識だ。

「おれは、薄金は一枚板物、すなわち本仏胴だったと考えておる」

与左衛門もむきになった。

「与太話は止めてください。源平のころに本仏胴はあらへん。一枚板を打ち延べる技もなかったはずや」

「ならば、己の目で見るがいい」

犬飼が外の荷車から一つの箱を持ってくる。焦げ目がついたそれは、与左衛門が岩井堂砦で選び取った最後の一箱だ。

蓋を開く。やはり不可思議な袖だ。六段下がり、冠板と絵韋はたしかに広袖の特徴がある。しかし、二段目よりは鉄札を白糸威にし、源平時代の大袖のごとく真っ直ぐだ。透き漆の下の赤い地斑も、類例を知らぬ。

「当代の誰ぞが広袖の冠板に大袖めいたものをつけた、偽作では?」

「疑り深いな」源三郎が苦笑して、箱の中から巻紙を取りだす。「この袖は倶利伽羅峠の合戦ののち、木曾義仲が木曾の神社に奉納し、武田に臣従した木曾氏から武田家に献上された。胴部分は、義仲とともに勢田の深田に沈んだか」

「由緒は一応もっともらしいですが……」

巻物を受けとり開くと、予想どおり次第が書き付けられていた。

薄金

胴　透漆塗鉄打出達磨形二枚胴、極めて硬シ、地斑を炎に見立ツ。大鍛冶に口伝有。袖六段、鉄札は胴ト同

大鍛冶に口伝あり、すなわち鉄の精錬に口伝えの秘義があるということだ。与左衛門は断って袖を手に取った。打音を聞き、地斑をまぢかで検分する。灯火の揺らめきのせいか、濃赤の地斑が

ぼおっと光を放つ。まるで火床で噴きあげる炎のように。気味が悪くなってきた。

「当時は騎射戦から馬上組討への過渡期。弓を射るための大鎧では体、とくに肩を守れぬと考え、具足師が苦心のすえ、時代を先取りするかたちで作りあげたのではと、おれは思う」源三郎は言って、顎を撫でた。「その具足師は大切な主を守れなかった悔いが、あったかもしれぬ」

犬飼がつけ加える。

「削りて、内にも地斑のあるのを確かめてごいす」

「朱漆などで絵付のように塗ったわけやないと。鉄に浮かぶ赤い斑といえば赤錆やけど、あれは赤茶けとるし。けったいな色や……」

鉄精錬の過程で生じたと認めざるを得ない。

源三郎は膝の上に置いた手を組み合わせた。

「やはり大鍛冶にこそ硬さの秘密がある。お主も知るように、不死身の具足は黒鉄。赤斑はない。おれのやりかたは――間違っていたということだ」

大鍛冶を成功させ次第を教えろ、と家康に命じられている与左衛門は、焦った。いま諦めてもらっては困る。

「もう一度炉をこさえて、いろいろ試しまひょ」

犬飼が首を振る。

「高温に十日以上耐える炉づくりには、鉄橄欖石が欠かせませぬが、上田では獲れぬのでごいす。下伊那では獲れるとも聞き申したが、いまやほかの大名の御領地でありますし」

母屋からは男たちの高鼾が聞こえてくる。源三郎の自嘲的な笑い声だけが、静まり返った納屋に妙におおきく響いた。

「信幸どのの言うとおりだ。おれにはもう価値がない。昌幸に御役目を解いてもらい、外つ国にでも渡ろうかと思うておる」

「そんな――」

「ついては具足二ツ方の四十人、お主に預けたい。犬飼も賛と言うた」

函人を与左衛門に譲る。源三郎は、これが言いたかったのだ。

函人は欲しい。喉から手が出るほど欲しい。だが家康の密命を達成するためには、いま源三郎に抜けられては困る。

与左衛門は「考える時をくれ」と言うので精一杯だった。

二

数日後、与左衛門は昌幸に呼ばれ、上田城に登城した。城中は禰津、矢沢はじめ重臣が集まって物々しく、荷車がつぎつぎ到着し、さながら出陣前のようだった。

昌幸は、自分の具足一式を誂えたいと言ってきた。

「意匠はいかがいたします。古式にそった胴丸か、当世風の素懸縅か。兜は、小具足は」

面倒くさそうに昌幸は手を振る。

「お主と出会うて三年。そろそろわしの好みくらいわかれ。見目よく、動きやすいこと。上方のごときぎらぎらと浮わついた具足は嫌じゃ。かといって野暮の極みは御免ぞ」

初対面で真田の具足を野暮の極みとくさしたことを、根に持っているらしい。与左衛門は威勢よく膝を叩いた。

「面白い。岩井屋に万事御任せあれ」

話は行き場をなくした呰衆函人たちのことになった。昌幸も事情は承知していた。

「上田の北に信繁の知行地がある。そこへ工房を作れ。信繁には京でわしから伝えておく。信繁も喜ぶだろう」

「御計らいありがたく。これから上洛なさるのですか」

まあな、と昌幸は言葉を濁した。

「具足は呰衆も使って三月で作れ」

いやに急ぐ。城内の慌ただしい様子といい、戦さが近いと見えた。

「ときに源三郎はどうしている。沼田で信幸と諍いがあったと聞いた」

嘘をついてもすぐに露見しよう。与左衛門は正直に話した。

「殿の御許しを得て暇を貰い、どこぞへ行こうかと」

突然、昌幸が拳で床を殴りつけた。額に青筋が浮く。

「いまさら自分だけ降りるは許さんぞ」

筆を執り、昌幸は紙になにか書きつけ、与左衛門に投げ渡してきた。

もう一領の具足注文だった。小具足はなく、兜と胴のみ。昌幸の具足とことなり、仔細に意匠が書かれている。読み返すごとに、紙を持つ与左衛門の手は震えた。

「殿、これは」

「秘密裏に作れ。誰の目にも触れさせるな。呰衆の函人にもだ」

「誰が仕立てるので」

低い声で昌幸は凄む。

「お主以外に誰がおる、南都の具足師」

自分が生唾を呑む音が、いやにおおきく聞こえた。

「源三郎は逃げぬよう、役目を与えておく。奴が留守のあいだ、お主が呰衆を仕切れ」

廊下の外から禰津昌綱が大声で「殿」と呼ぶ。もう行けと昌幸が顎をしゃくった。

城を出て夕暮れの道を歩きながら、与左衛門は頭を抱えた。

注文は二つ。二領の具足を三月で誂える。

一領は昌幸が着用する当世風具足。見目よく、動きやすいもの。

本来なら試作を含め、最低半年は時がほしいところだが、函人は四十人。三月あれば仕立ては十分可能だろう。注文主の無茶に応えるのも仕事のうちだ。

「具足屋の器量の見せどころや」

問題はもう一領だ。与左衛門一人で誂えろと命じられた具足。意匠を任されている昌幸の具足とは真逆で、こう作れと明確な指示がある。

賑わう夕刻の雑踏から逃れたくて、与左衛門はかたく目を瞑(つむ)る。

「これは『大将』の具足や」


昌幸の上洛とどうじに、源三郎は数人の忍びを連れ、行先も告げず上田を出立(しゅったつ)した。与左衛門と砦衆はさっそく、信繁の知行地である坂城(さかき)近くの里で、工房の普請(ふしん)にかかった。坂城は古く産鉄の里と知られ、土を掘れば古い鞴羽口(ふいごはぐち)（送風管）や鉄残滓(てつざんし)が出土する地である。

工房となる建屋(たてや)と、大鍛冶のための炉を整えつつ、並行して具足づくりにとりかかる。函人四十人を集め、与左衛門は三つ指をついて頭をさげた。

「源三郎どのの留守のあいだ、具足二ツ方を預かることになった具足屋の岩井や」

不安げに顔を見あわせる函人たちの最後列で、猿森と数人の仕立方が腕組みをして鋭い視線を向けている。与左衛門は努めて穏やかに言った。

「安心してや。仕事は犬飼はんと猿森はんに任す。口出しはせん。いままでどおり腕を振るってほしい。銭勘定(ぜにかんじょう)しかでけへんけど、なにかあれば責めはすべてわしが負う。それが具足屋の役目や」

みなが安堵(あんど)の表情を浮かべるのを確かめ、与左衛門は深々と頭をさげた。

「よろしゅうおたのみ申します」

晩、棟梁の犬飼と猿森だけを呼んだ。改めて与左衛門は「口出しはせぬ。責めはすべて岩井屋が負う」との念書を二人に渡した。犬飼は恐縮して受けとり、猿森は見もせず懐(ふところ)にしまう。

「大殿の具足とあってはやらぬわけにはいかん。さあ注文書を渡せ、岩井屋」

大名格ともなればまず、どのような具足を望むのか具足屋とすり合わせ、場合によっては鎧雛(よろいびな)形(がた)を作り、よしと決まれば「注文書」を発給するのが常である。

「注文書はない。具足屋差配や」

二人の棟梁が目を剝(む)いた。

「手前(てめ)え、どうするつもりだ。殿はもう京へ発(た)たれたぞ」

「殿好みの、見目よく軽快な当世風。採寸は終えておる」

猿森が舌打ちする。

「殿の好みなど知らん。遠目にしか見たことがねえからな」

「表裏比興(ひょうりひきょう)と呼ばれておるとか」

「それって悪名なのか、勇名なのかわからねえな」

与左衛門は風呂敷に包んだ紙束を、ざっと広げた。畳一畳ほどになるそれは、胴の前後を実寸で展開した鎧雛形、いわば設計図だ。各部の寸法や注意すべき箇所も細かく書き入れてある。

指さして各部を確かめ、猿森が唸(うな)った。

「お前が引いたのか」

「せや。具足を左右に流して銭を稼ぐだけが、できることやないで」

犬飼も驚嘆を隠せない。

「源三郎さまもかほどの図を引いたことはありませぬな」

「おいっ、おやっさんはどちらの味方だ」

「わしは器量ある頭に従うだけじゃ。好き嫌いではねえ」

与左衛門は声に力をこめた。

「それまで御着用の碁石頭(ごいしがしら)伊予札の素懸縅胴丸を見るに、殿は実用本位のものが御好み。地は黒」

昌幸が求めるのは、「大名・真田昌幸」にふさわしい形(なり)だ。

彼を採寸したとき、言葉を交わすよりも雄弁に男の形を、与左衛門は感じた。一見中肉中背だが、じつは猪首(いくび)で肩幅が広く、胸板も厚い。手足は短いが太い。骨が太いのだろう。無骨(ぶこつ)な気性を感じさせる。田舎武士とも言えるが、与左衛門は「純」と言いたい、と思った。

雛形を示し、与左衛門は仔細説明する。

「威糸、揺糸(ゆるぎのいと)は一色立て。色々縅(いろいろおどし)は一見雅(みやび)やか、けど遠目にはぼやけるさかい。火縄銃対策に鉄の板物としたいが、継ぎ目のない本仏胴(ほんほとけどう)はあかん。たわみがなく、動きにくい。長陣(ながじん)を考え、修理もしやすい横矧胴(よこはぎどう)。通例は段数七枚だが、腰の長側(ながかわ)を一段増やし御体に添うよう左右と背面を波形に切る。横矧胴の難点を言うてみい、猿森はん」

犬飼と猿森の顔が一瞬で引き締まる。猿森が小声で応じた。

「な、夏は暑い……？　考えたこともねえ」

「具足はなんでも暑いわ阿呆(あほ)んだら。ちゃうわ。手だけでのうて頭も動かせ。鋲(びょう)でカッチリ止めよるから威しさげるより屈伸せえへん。これが難点ひとつめ。これはいま言うた一段増やすことで補う。鋲止めは威糸目で色をつけられへんから、胴に合印(あいじるし)を入れたい」

おそらくつぎの戦さは、多数の大名が入り乱れるものとなる。兜の前立(まえだて)だけでは、「みずからがどこの大名家か」を示すには、弱い。よりおおきく、視認性の高いものとすべきだ。

「鋲止めの板物は、継ぎ目の上から合印を入れると、凸凹になって、見目がえらい悪い。これが難点ふたつめや。足軽の横矧胴に描いた家紋を思いだしてみい。餓鬼の落書きみたいやろ。足軽ならそれでええが、大名がそれは、あかん」

犬飼が膝を進めた。

「継ぎ目を、漆で塗りつぶしますか」

「いいや、革包がええ。長陣で破損したとき、漆塗だと乾かす手間が命取りになる。革ならすぐ張り替えられる」

革包とは、胴の上に革を張り、一枚様に見せる手法だ。なるほど、と二人が頷く。

「胴の合印は真田御累代も用いた洲浜か梯子。結び雁金は羽柴に負けた柴田と似るゆえ避ける」

「六文銭にはなさらぬので」

真田の属する滋野一族は、三途の川の渡し賃である六文銭を背旗などに用いることもある。与左衛門は首を振った。

「長篠合戦の縁起があるさかい避ける。ふたたび六文銭を掲げて大功でも挙げれば、使うこともあるかもしれんが。此度は格を重んじる」

腕組みをしてむっつり黙っていた猿森が、言った。

「革包はどうしても胴がのっぺり単調になる。先を尖らせた椎形で、変化をつけたらどうだ」

「立物はいくつか種類を作り、殿に選んでいただくがよろしいかと」

「二人とも、それがええ」

思わず与左衛門は手を叩いた。棟梁が絶対、年功序列の南都ではこのように考えを言い交すことはなく、心が躍った。二人もそれはおなじらしく、目が輝いている。

「好(よ)し。二人とも雛形を頭に叩きこめ」

頷く二人の脳裏には、完成した具足が見えているはずだ。与左衛門は熱い心と裏腹に頭をゆっくりとさげた。

「犬飼はん、猿森はん。よろしゅう」

「おい、よそよそしいぞ。呼び捨てにしろ」

猿森のふくれ面(つら)に、犬飼と与左衛門は微笑んだ。


問題は、もう一領の具足だ。

こちらは札物(さねもの)胴と昌幸の指示がある。

与左衛門は納屋の奥、天井から大きな布をさげ、一畳ほどの空間を作った。三月で一領、それも一人で仕立てるには、牛革を一から裁(た)って二千からの小札(こざね)を作り、一つひとつ孔(あな)を開け、下緘(したがらみ)し、漆を塗り重ねて威していては間に合わない。使用量が半分で済む小札頭(がしら)伊予札の胴をばらし、流用することに決めた。札の再利用は急ぎ仕事に欠かせない。ばらした札を革紐で綴(つづ)って横一枚の札(さね)板(いた)とする。これが下緘だ。つぎに札板に漆下地(したじ)の砥(と)の粉(こ)を塗り、黒漆を塗って乾かし、布で研(と)ぐ(磨く)。耐久性をあげる上でも見栄(みば)えの上でも欠かせぬ作業だ。塗り、乾燥させ、研ぐ。この工程を塗と称し、通常五、六回、大将格の上品の鎧では十回以上行う。

与左衛門は朝早く漆を塗り、喜三次の工房の隅に置いた室という箱で乾かし、昼は呰衆の工房へゆき、夜に戻ってまた漆を塗り、研いだ。

「塗はうまくいった。つぎが関門や」

いよいよ威しに取りかかる。札板を威糸で組みあげて形づくる、要の作業だ。

鳥居という台に組紐で一段目を吊り、縄目威といって緘の孔を一つずつ筋違いに威す毛引威の手法だ。仕立てから身を立てた岩井屋の本業ともいえ、与左衛門も父に厳しく仕こまれた。

真夜中、ついに声が漏れた。

「あかん」

右の中指と薬指が思うように動かない。目も揃っておらず、恐ろしいほど不格好だ。頭の中で丸めた背をした父の声が聞こえた。

――ズクやな。

鋭く叫び、気が狂ったように威糸を引き抜いた。すべて叩き壊してしまいたかった。

「こんな、もんッ」

布の向こうから乃々の声がする。ここ十日ばかり納屋に籠る与左衛門に代わり、呰衆の工房に飯炊きに出ていたが、暮れ方赤児を連れて上田に戻って来ていた。

「旦那さま、そっちへ行ってもよろしいですか。握り飯をこさえたのです」

「あかん、来るな！」

赤児も切々と訴えてくる。

「乃々さんも呰衆も、あんたが内証の仕事を請けていると、気づいている。真田の御家に関わることなんだろう。おれはあんたの弟子だ。及ばぬ腕だが、手伝わせてくれ。真田さまへ御恩を返し、奉公したい」

丸めた背ごしに父が振り返る。眼差しから、逃れられない。

「あかん、ああっ……」

涙が一粒零れる。必死で目を擦るが止まらず、ついに嗚咽が漏れた。

布を撥ねて二人が入ってきた。赤児は与左衛門の前に置かれた昌幸の書き付けを拾いあげた。

乃々は仕事に立ち入らぬよう書き付けから目をそらす。

「嘘だろ与左さん、この前立は……」

赤児も具足の意図に気づいた。

具足は、人の望む形に成る。前田の金具足は、前田利家の矜持の形、昌幸の具足は質実剛健な彼の気質の形だ。

逆にこの具足は、身に着ける者をある鋳型へと押しこめるものだ。

与左衛門は金切り声をあげた。

「いまなら見んかったふりができる。戻って寝てまえ」

とたん、頬を摑まれつよく額を打ちつけられる。乃々の真っ赤に染まった顔が目の前にあり、頭突きをされたのだとわかるまで、しばしの間が過ぎた。

「愛らしい花を櫛に彫るあなたの手指が、悪いものを作るものか。具足のことはわたしにはわからぬが、あなたの性根はわかる」

「ううっ……」

泣きじゃくる与左衛門をかき抱き、乃々はつよく言う。

「戦うのは武士だけではない。進め、あなたの戦場を」

赤児も頷いた。

「一人で苦しませるものか。注文通り作るのが函人の矜持だ。おれが威す。与左さんは前立を作ってくれ」

注文主がやれと言ったなら、具足師は作るしかない。赤児の言う通り、それが函人の矜持であり、戦いだ。

与左衛門は顔を覆った。

「堪忍、赤児。手伝うてくれ」

翌晩から、赤児に毛引威を任せた。

まず札板一段目の毛立の孔と、二段目の緘の孔を、一本の平組紐で隙間なく組む。順繰りに二段目、三段目と下へ形を作ってゆく。

孔に紐を通すとき、さーっと紐が擦れる音が鳴る。漆塗に使った細かい砥の粉が、孔から舞う。紐の張りを親指と人差し指で確かめ、つぎの列へ。赤児の肩越しに見守っていると、ついつい声が出てしまう。

「一段目はあとで下段に引っ張られて紐が伸びるさかい、もそっときつくせな。紐が裏返ってないか、孔で紐の肩がきちんと張ってるか、一列ごとに気ぃつけ。あとからやり直すのは手間や」

　赤児が振り返り、口を尖（とが）らせた。

「黙っておくれよ」

　小指の長さほどの札が一枚の札板になり、札板が鎧（よろい）を形づくる。威しという仕事が、与左衛門は好きだった。

「親指と人差し指ばっかりに頼ったらあかん。真（まこと）に大事なんは二つの指を支える中指や」

「ああなるほど。紐繰（く）りが楽だ」

「毛引のほうが難しい、素懸（すがけ）が楽やと勘違いする者もおるが、素懸のほうが大変や。孔がすくない分、一点一点に重さがかかるさかい。ちっとでも張りにばらつきがあれば、すぐに紐が傷（いた）む。そうなりゃ目も当てられん」

　赤児は紐を繰るのに没頭して、もう返事はなかった。きっと頭の中で例のお囃子（はやし）がシャンシャンと鳴っているのだろう。誇らしく、またすこし悔しかった。

　背中合わせになり、与左衛門は前立に取りかかった。

　丸く切った薄板を五分し、炭で下線を引く。彫るべき家紋は、いつか彫った小花（こばな）に似ていた。彫り終えると鑢（やすり）をかけ、金箔（きんぱく）を張り、黒漆と透（す）き漆（うるし）で塗り分ける。

「形」が姿を現しはじめた。内証の具足は口もないのに、与左衛門に雄弁に語りかけてくる。戦場に出たいと、訴えてくる。宿る悪意をねじ伏せるように、与左衛門は手を動かす。

「やかましいわ……」

背中ごしに赤児の手の動きを感じる。

衣擦(きぬず)れの音がし、布をあげると湯気の立つ握り飯が六つ、置かれていた。食(は)めば、甘い味が口一杯に広がった。

「武士を生かすも殺すも、わしらの腕一本や」

――腕よ心よ、負けるな。

三

約束の三月が迫る、十一月十三日のことだった。

名胡桃城で変事が起きた。

上野(こうずけ)国沼田城の川向こう、わずか一里半しか離れていない真田方の城を、北条方の臣・猪俣邦憲(いのまたくにのり)が突如寡兵(かへい)で襲い、陥(お)としたのである。猪俣の行動は「関東惣無事(そうぶじ)」違反、つまり関白秀吉への叛(はん)逆(ぎゃく)であった。

昌幸は、急遽上田に戻ってきた。京にいた信繁も一緒だ。すぐさま領内の将すべてが上田城に集められた。

「関白さまは北条征伐を御決断し、諸大名に軍役動員を命じられた。朱印状もこの通り。出陣は年明け三月。各々(おのおの)がた、当家が散々煮え湯を飲まされてきた北条をついに討つときが来た。七年間の鬱憤を晴らすべきぞ」

昌幸が秀吉の朱印状を家臣に見せると、元沼田城代・矢沢頼綱が、真っ先に声をあげた。

「この日を待っておったわ、皆々やるぞ」

応、と猛る声が冷えこんだ城を熱く響もした。

具足づくりも仕あげに入る。

信繁が、呰衆の工房を検分に訪れた。北条征伐には、真田全体で兵三千、信繁も七百の兵を率いる。秀吉の馬廻りとして重用され、京で屋敷や知行地も得ている彼は、もはや人質ではなく、立派な豊家の家臣だ。

数年ぶりの故郷を、二十歳の信繁は嬉しそうに見て回った。相変わらず背丈は伸びないが、裏地のついた海老茶麻地の大紋直垂も上等で、落ち着きが備わった。

工房で信繁は与左衛門の説明に聞き入り、函人一人ひとりに声をかけて回る。仕立方の猿森が、胴裏に張った鹿革を磨き、魔除けの九字を焼き入れているところだった。仏師が仏の目を入れるような大事な作業で、無事終えると信繁は手を叩いた。

「最後まで気が抜けぬのだな、具足師というのは。しかしうちの函人たちは京の具足師にも並ぶ腕だ」

「恐れ入ります」

「おれの知行地が役に立って嬉しいよ。家臣に任せてほったらかしだからさ。おれの具足も父上と揃いで誂えたかったんだが、すでに京で誂えてしまい、すまぬ。世話になっている奉行衆の大谷吉継さまの紹介を、断るわけにもいかなくて」

工房を出て、与左衛門は来る戦さについて尋ねた。

「関白さま御自ら御出陣なさるというのは、誠ですか」

「おう、二十万の兵で北条の本城、小田原を囲むそうだ。古今ない戦さになるぞ」信繁は指を三つ立てる。「進路は三つ。東海道の関白さま、甥御の秀次さまら本隊。そして海から海賊衆（水軍）、そして北から我ら北国衆が攻めこむ」

北国衆主力は、前田利家約一万五千、上杉景勝約一万。碓氷峠から南下し、上野松井田城、武蔵鉢形城、八王子城、江戸城など、北条の支城を攻略する役目だ。

「案内役が真田、小諸の依田康国どのが軍目付を務める。総勢三万を超える大軍で、一城として攻め漏らしは許されぬ。北条が降ればよし」

「降らねば？」

「滅びるまでやる。かつての武田のように。おれの考えでは北条氏政は降らぬだろう」

「惨い戦さになりそうですな」

かつて石田治部が示した「三つの大戦さ」のうちの二番目は、想像を超える規模だ。乗り遅れまい、と気が引き締まる。

「源三郎兄の姿が見えないが、此度の具足には関わっていないのか」

ぎくりとしつつ、与左衛門は曖昧に濁した。

「御役目があるとかで、しばらく留守にされておられます」

「ははあ」信繁は意味ありげに目を瞬く。「北条支城を調べてるんだな」

北に聳える山々はすでに雪を被って、葉が落ちた里に寒風が吹く。じきに里にも雪が積もろう。

出陣は春の雪解け後である。

「おれもついに真の初陣だ。一日一日が待ち遠しい」


年明け三月初旬。

軍目付の依田康国とともに、真田勢三千は出陣した。前田、上杉の本隊が到着する前に上野国へ入り、大軍展開に欠かせない街道筋を押さえる役目である。残雪と若芽が縞のように折り重なる山々を背に、黒い具足に身を固めた昌幸が大手口門から姿を現す。集まった人々が息を呑み、一瞬あたりは静まり返った。

誰かが呟く。

「山から降りてきた神さんじゃ」

昌幸の戦装束はつぎのようである。

兜は八間椎形筋兜。頭頂部を尖らせた兜で、突盔形兜ともいい、関東に多く見られた四十八間、三十六間筋兜を簡略、軽量化したもの。鉄の䩈は肩にかかる部分は短く、背側は長くなるようカーブを設けている。全体を黒錆漆で塗り、いぶした風合いを持たせている。

昌幸がみずから選んだ馬蹄型の天衝前立は、長さ一尺六寸余（約四十九センチメートル）。黒い頭から角を生やしたように銀箔が重々しい。
胴は皺革包仏二枚胴。
前胴、後胴をそれぞれ黒漆塗にした皺革で包み、一枚板に見せているが、実際は八枚板からなる横矧胴である。目を引くのは前胴正面に金銀箔でかたどった四段梯子だ。黒一色の胴でしぜんと存在感を放つ。草摺は七間四段下がりの毛引威。伊予札を模した碁石頭の切付札で、軽量化をはかっている。

　黒一色の兜と胴にくらべ、色鮮やかなのが小具足だ。目の下頬と喉を守る垂れや板佩楯は朱漆塗。籠手は八重鎖繋ぎで二の腕と腕に筏金をつけ、錆漆塗の摘み手甲をつける。錆漆塗の脛当も膝を覆う立挙の紅糸がきわ立つ。

　黒、朱、金銀の取り合わせは無骨な武士形にも、かつ公家の正装である束帯姿にも見えた。動と静、人と山神、雅俗。人々の静寂は、真田昌幸という武人への畏敬の表れであった。

「世間はわしを表裏比興と言うから、もっと変ちくりんなものをこさえるかと思うた」

　完成した具足を納めると昌幸はさっそく試し着用し、こう言った。

「御気に召しませなんだか」

「いや。悪い気はしない。それに軽いぞ、一日中着ても平気だ」

　昌幸がもっとも喜んだのは、この「軽快さ」であった。通常の大将格の具足の約半分の目方で、胴は約七斤（約四・二キログラム）。兜、籠手や草摺、脛当などの小具足を合わせても全体で十五斤しかない。胴だけ見れば、伊達政宗の黒漆塗五枚胴（いわゆる雪ノ下胴、約十三・一五キログラム）の約三分の一だ。

いま、群衆がいっせいに桜色に染めたちぎり紙を、空に撒いた。

水堀を渡ったところで昌幸は馬を止める。

静まり返る民の真ん中で、昌幸は拳を突きあげた。

春風がさっと吹き、その人は花吹雪のなかで天を衝く。

鉦が鳴る。真田勢三千の長い列は若草の野へと歩きだした。


主力部隊につづき、与左衛門たちも出立となる。

与左衛門が率いるのは猿森と仕立方二十人。陣中での具足や馬具を修理する繕い方だ。犬飼たち鉄方は里に残って鏃や鉄砲弾などを作り、前線へ送る。

赤児はできあがった「内証の具足」を入れた鎧櫃を背負っている。合印となる家紋も入れぬ無銘の鎧櫃は、厳重に錠前をかけ、鍵は与左衛門が持っている。

与左衛門はどうしても鎧櫃を見ることができなかった。見送りの乃々が与左衛門の頬に手を当て、見つめてくる。どきりとしたのもつかの間、鎧櫃へ顔を無理やり向けられた。

「いたたた」

「自分の仕事に胸をお張りなさい」

すべてお見通しか、と乃々に向きあい、額と額をやさしく合わせた。

「握り飯をたくさんこさえました。みな道中お腹がすかぬように」

おおきな竹の行器を受けとるとずしりと重い。家にあるありたけの米をツネ婆と炊き、握ったのだろう。乃々は与左衛門と赤児、そして函人たちに頭をさげた。

「猿森どの、旦那さまは一度熱中すると我を忘れます。赤児はときどき腹を壊します。くれぐれもお頼みいたします。みなが無事にお帰りになるよう、毎日天白神社にお参りします」

与左衛門は乃々をゆるく抱きしめた。

「かならず戻るさかいに」

別れがたく、腕を放す。

坂道の上で、女は姿が見えなくなるまで頭をさげていた。

碓氷峠に入る前、みなで道端に座り、握り飯を食んだ。中には川魚の佃煮、梅干し、野沢菜漬け、さまざまな具が入って、おれは当たりだ、とみなが沸いた。

米粒のついた指を舐め、猿森が言う。

「おかみさんも戦っているんだな」

「血が繋がってるとか他人だとか、関係ない。函人はみんな身内や」

具足師は生類の皮を扱うため、むかしからほかの職人より一段低いものとされてきた。それだけに結束も固い。

「卑しいもんだと思ってたがな、函人なんて。悪くねえよ」

与左衛門もおなじ気持ちで最後の一口を口に入れ、食んだ。

四

碓氷峠では北条の伏兵に急襲される一幕もあったが、いち早く敵襲を信繁が察知し、兄の信幸とともに応戦し、撃退した。無事峠を越え上野国に入ると、山裾に黒四方の本陣旗を立て、夜陣を張った。昌幸は大喜びで息子二人に祝杯を授けた。

「信幸よ、見事な采配。なにごとも『入りばな』が肝要とは甲州兵法の教え。初戦の勝ちはどの勝ちよりも尊きことぞ」

目尻がさがりっぱなしの父にも、信幸は真顔で窘める。

「北条家家老・大道寺政繁の入る松井田城はわずか三里。油断禁物です」

「油断などするものか。この高台からは安中平野が丸見え、松井田城から兵が出ればすぐわかる。今晩くらいは喜ばせてくれい」

酒を満たした盃に口をつけようとして、信幸は隣へ目を遣った。弟の盃は空のままだ。

「父上、源次郎の機転こそ、褒めるべきです。源次郎が追撃を進言したのですから」

「おおすまん」本当にうっかりしていたらしく、昌幸は笑って瓶子をとった。「源次郎も見事じゃ」

信繁は盃を掲げて酒を受けた。

「兄上の勇猛ぶりにはかないませぬ。父上、兄上をもっと褒めてください」

「兄弟仲がよいのはいいが、早う飲め」

父に促され、兄弟はそろって盃を干した。

ところが翌々日。軍目付の依田康国が真田の陣へ怒鳴りこんできた。

「おお康国どの、遅い御到着ですな。碓氷峠で迷ったのではと案じておりましたぞ」

素懸縅胴丸に三ツ蝶の前立をつけた兜姿の依田康国は、怒気を立ち昇らせた。

「ぬけぬけと言うものだ。わしを殺そうとしたろう」

「これは剣呑。いかな思し召しにて」

聞けば、北条と内通した信濃の国衆が、依田氏の白岩城を乗っ取ろうと企てたのだという。急報を受けて康国は取って返し、敵を鎮圧。いましがた追いついたそうだ。

「なんと。我々の背後を突くとは、油断ならぬ奴。依田どの御見事」

昌幸が手を叩くと、康国の癇癪声が破裂した。

「しらばっくれるな、安房守！　お主の差し金は明白」

周囲が呆気にとられるのも構わず、康国はまくしたてた。

「お主がわしの小諸六万石をずっと欲しがっていたのは、知っておる。此度のこと、父の旧友といえもはや我慢ならん」

依田康国は二十代、四十四歳の昌幸とは親子ほどの年の差がある。彼の父・依田信蕃は昌幸とともに武田家に仕えた猛将で、武田家滅亡後の「天正壬午の乱」で独立を保ったのは真田と依田、二将だけだった。人々が「信濃の二傑」と誇ったその依田信蕃は、志半ばで病没し、息子の康国は徳川家康に降った。家康は大変喜び、小諸六万石を安堵したばかりか、松平姓の名乗りを許し、今回は北国衆の軍目付を任すほど、信を置いている。

昌幸は扇(おうぎ)を開き、はたはたと扇(あお)いだ。

「落ち着きなされ。天下の大戦さを前に、某(それがし)が我欲にて田舎の一城を掠(かす)めとろうと？　天地神明に誓ってさようなことはせぬ」

「田舎城で悪かったな」

「あいや、失言でござった」

すぐに昌幸は引いた。康国は挑発と受け取ったらしく、話は名胡桃城の一件に飛び火した。

「名胡桃城の変事からして妙だったのだ。なぜ北条は名胡桃城を攻略できた？　お主が城代の鈴木主水(もんど)に、城を明け渡せと命じたのだろ！」

真田方の城である名胡桃城城代の鈴木主水は、主君である昌幸から「急ぎ上田城へ来い」という文(ふみ)を受けて城を出た。しかしそれは北条方の偽文(にせぶみ)だった。奸計(かんけい)に気づいた鈴木主水は急いで名胡桃城に戻るも、城は陥ちたあとだった。鈴木主水は、その場で切腹して果てた。

黙って聞いていた信幸が、敢然と反論した。

「依田さま、あまりな仰(おつしや)りよう。北条に城を渡しても身共(みども)に益はございません」

信幸と康国、二人は幼馴染(おさななじみ)といってもよかった。康国は一瞬怯(ひる)んだが、すぐに眉を吊りあげた。

「名胡桃城の件で、北条征伐が決まった。名胡桃城は撒き餌(まえ)だったのだ。北条が滅びたのち、上野一国まるまる手に入れる算段じゃろう」

「ありえませぬ――」

「ぬしの父はそれくらい平気でする男じゃ」

沈黙ののち、昌幸が扇をぱちりと閉じた。康国を仮名で呼ぶ。

「源十郎よ。そなたがわしを嫌うのは構わぬ。が、虚言を吹聴されれば、こちらも見過ごすわけには参らぬ」

話すことはもうないと康国は踵を返し、去り際にこんなことを言った。

「此度の件、権大納言（家康）さまに報告するゆえ御覚悟なされよ。上野一国は某にくださると、権大納言さまは仰っておられる」

揺れる陣幕を見遣る昌幸の顔が、この日はじめて歪んだ。

低く言う。

「塚原主膳を呼べ」


三月末、上杉、前田ほか総勢三万は碓氷峠を越え、支城攻略がはじまった。

北国衆はまず、上野国の要である松井田城を包囲、水の手を奪われた城主・大道寺政繁は降伏した。北条家代々の家老職を務めた大道寺が降ったことで、支城は動揺した。

上杉、前田勢は河越城を開城させ、ついで箕輪城へ向かう。真田は焼働きにより各城の連携を断つ。相模から徳川と浅野の別働隊も北上している。

北南から、どうじに関東を押しつぶす。

男が、荒川と利根川の流れを望む高台で「報せ」を待っていた。手にした絵図には草が調べあげた、北条方の支城と各城の兵数、食料の備蓄すべてが記してある。

初夏の熱をはらんだ風が、男の陣羽織の裾を揺らす。

「最後まで残るのは鉢形城か。八王子城か。あるいは忍城か」

陣笠を被った足軽が駆けてきて、膝をつく。具足をつけてなお、音ひとつしなかった。

「依田康国は赤坂郷和田城の開城へ向かったとの由。城内は開城派と抗戦派で割れており、引き渡しの際、ひと悶着あるやもしれません。狙うならそこかと」

「御苦労、留田間」

男は高台を降りた。熱風が吹きつけ、男が腰にさげた鉄鈴がちりんと鳴った。

◇

依田康国は開城の使いとして、和田城の堀に渡された橋から櫓門を潜った。城内の雑兵が騒ぎだす。「使者を殺せ」という声がして、ついに火縄銃が鳴った。開城派と抗戦派の対立は事前に聞くより悪化しているらしい。康国が身構えると、いましがた潜った櫓門が閉じられる。

行く先の虎口の通用門も閉じたままだ。

城内のあちこちで怒声があがり、同士討ちがはじまった。「徳川の使いを血祭りにあげろ！」という叫び声も聞こえる。

康国の家臣が青ざめた。

「閉じこめられましたぞ」

依田康国は大股で通用門へゆき、大喝した。

「某は開城の使者。駿河権大納言の直臣にして、軍目付なるぞ。いますぐ争いを止めよ」

二層の櫓門の上階、矢狭間から黒い筒先が見えた。細い煙が流れ出ている。

「まずい。門を破っていったん退け」

康国は背を返す。押しとどめる門兵と手鑓で数合打ちあった瞬間ぶつ、と音がした。前胴と後胴を引き合わせる緒が切れ、五枚から成る胴丸の右脇の二枚がだらりと垂れていた。これでは右半身が剝き出しだ。

——ばかな。

長い銃声を、康国は聞いた。

◇

北国衆は松井田城につづいて箕輪城を陥とし、玉縄城、江戸城を攻略した浅野長吉、本多忠勝と合流。北条一門・北条氏邦の籠る鉢形城を約一月におよぶ包囲の末、開城させた。和田城開城では軍目付の依田康国が誤って撃たれ、死ぬという悲劇があったが、抗戦派の将はすべて打ち首となった。

敵支城は、忍城と八王子城の二城のみとなった。

夜、北国衆と浅野、本多は陣で軍議に臨んだ。

まず秀吉の縁戚で、武蔵攻略の惣大将格である浅野長吉が各将を労った。

「難攻不落とうたわれた鉢形城開城の報、小田原へ早馬を飛ばしたゆえ、関白さまの御耳にも明日明後日には届こう。皆々、祝着」

茶糸縅桶側胴の浅野長吉は、色のとり合わせが野良着のようだ。おっとりとした物腰とあいまって、惣大将というより庄屋の旦那といった風体だ。

「残り二城。一気呵成に攻めるべしと」

こう進言したのは、秀吉の盟友・前田利家である。金小札白糸素懸縅胴丸に愛用の金箔押鯰尾形兜を小姓に持たせ、松明の光に赤々と照る金具足は、陽の光のもとで見る豪奢さとは違った、淫靡ささえ感じさせた。

浅野長吉が首肯する。

「石田治部が忍城攻めに取り掛かるゆえ、北国衆はそちらへ。八王子城は総仕上げじゃ」

承知と諸将は頷く。一人、上杉景勝がぼそりと呟いた。鉄黒漆塗紺糸縅最上胴具足に、金箔押卍と摩利支天の前立。兜は上杉御家流の重厚な二枚𩊱。諸将のなかでもっとも堅牢で、彼の慎重な性格そのものだった。

「北条安房（氏邦）の身柄はいかに」

降った鉢形城主・北条氏邦は当主・北条氏政の弟だ。礼を失せば関白の沽券にかかわる。

「大道寺とおなじく、小田原へ。わしは諸城を検見する役目があるゆえ。本多どのに御頼み申す。

『あれ』を持ち帰る必要もあろう。本多どの如何」

本多忠勝が、神妙に頭を垂れた。代名詞たる鹿角の脇立と獅子噛の前立がついた兜、胴、籠手や脛当など小具足すべてにいたるまで黒一色で統一し、僧形めいた厳めしさがある。

「承知いたした。持ちこんだはいいが、使う間がなく無念」

「なあに、小田原攻めで機会があろうて」

下座より真田昌幸が口を開いた。

「小田原の戦況は」

浅野長吉は手拭で額を拭う。妙に蒸す夜で、松明に群がる羽虫がやかましい。

「包囲より三月半。ようない」

箱根の山中城をわずか一日で突破したため、上方軍は小田原本城も易いと高を括っていた。しかし町そのものを土塁や堀で囲む「惣構」をほどこした小田原は意気軒昂で、攻めあぐねているという。

渋面をつくる諸将のなかで、昌幸だけが嬉しそうだ。

「武田も上杉も跳ね返した城ですからのう。内から崩すしかありますまい」

「ときに安房守（昌幸）どの。和田城で戦死した依田修理大夫（康国）どのとは縁深かったと聞き申した。無念にござろう」

本多忠勝が咳払いとともに話頭を転じると、昌幸はしょげて肩を落とした。

「左様。父君は武田時代よりの友であった。修理どのは息子も同然。徳川どののもとで互いに励もうと誓った矢先に……」

本多忠勝の眉間の皺が深くなる。

「軍目付の戦死は、ゆゆしき事。修理どのは松平姓の名乗りも許された将であられた」

「う、うむ」

微妙な緊張がはしる二人のあいだへ、浅野長吉が助け船を出した。

「本多どのに同行し、北国衆から修理どのの件、殿下へ御説明申しあげては如何。安房守どのが適任と思われるが」

ふだんなら難色を示しそうなところ、昌幸は快く膝を打った。

「よき御考えにて。当家の次男・信繁は、京で関白さまに御仕えしておるゆえ適任かと。如何」

全員が賛と頷き、浅野長吉はほっとしたように額を拭った。

「忍城、八王子城、二城を陥とせば小田原は孤立無援。御一同、改めて励まれよ」

「はっ」

みな頭を垂れ、昌幸も倣う。その口元にかすかな笑みが浮かんでいることを、誰も知らない。

五

二宮宿を過ぎ小田原まで三里を切ると、上方勢二十万の無数の陣旗が見えはじめ、信繁が頓狂な声をあげた。

「おいおい、これだけ囲まれてなぜ三月半も陥ちぬ。北条は化け物か」

箱根の山裾と海が間近に迫る平野部に、隙間なく陣が敷かれている。もっとも海に近い東側に徳川、北に織田信雄、蒲生氏郷、羽柴秀勝、西側を細川忠興、池田輝政、堀秀政、丹羽長重、名だたる大名が布陣し、北西の山地には権中納言秀次、宇喜多秀家といった秀吉の猶子たちが本陣旗を立てている。

包囲網は陸だけではない。相模湾には毛利、長曾我部、九鬼などの西国の海賊衆の安宅船が数え切れぬほど浮かんでいる。海から兵糧入れもできぬわけだ。

辻では遊女や放下芸の一座などが舞い踊り、戦さとは思えぬ乱痴気騒ぎになっていた。

馬に乗った北条氏邦が呆然と呟く。本多忠勝のはからいで手縄や腰縄などはすべて外されている。

「かような無法に敗れるは、げに口惜し」

先を進む忠勝の兵は、白布をかけたおおきな荷車を鉢形から引いている。なにかは与左衛門は知らぬが、鉢形城攻略のため運び、使う機会なく小田原へ持ち帰るそうだ。黒馬に乗った忠勝も、騒ぎを見て眉を顰めた。

「真田どの。御目通りのさいに関白殿下の御気色を見誤るなかれ。四月には、殿下の機嫌を損ねた茶人が耳鼻を削がれ、打ち首に処されておる」

はしゃいでいた信繁が、びくりと背を伸ばした。

「……肝に銘じまする」

一行は信繁と兵百、そして塚原主膳と岩井与左衛門。ほか猿森、赤児と具足師五人である。久方ぶりに再会した塚原主膳こと源三郎は、いつもの藍染めの指貫籠手に佩楯のみの軽装で、編笠を被って手拭で顔を隠している。目の下の隈が濃い。

赤児が額に汗を浮かべて背負う鎧櫃に、与左衛門は目を遣る。武蔵を出立する前の晩、昌幸に呼びだされ「ときが来れば、例の具足を源三郎に着せろ」と命じられた。この具足が使われるときが来ると思うだけで、足取りが重くなる。

「小田原はもってあと十日」

源三郎が呟くのを聞き、信繁が横に並んだ。二人が並ぶと頭ひとつ、背の差がある。

「崩すにはあと一手要るよ、兄」

「安房さまがお主を遣わしたのは、その『一手』を期待したのだろう」

「なるほど」信繁は無精ひげが薄い顎を撫でた。「参ったな」

小田原に着到後、信繁は豊臣本陣へすぐ出頭したが、一刻もせず使いが仮陣へ来て、与左衛門が呼ばれた。

「具足について尋ねたき儀あり、急ぎ本陣へ罷り越し候へ」

ただごとではない。休んでいた源三郎も身を起こした。

「源次郎の陳謝では不足があったということか。真田全体の問題となる。おれもゆく」

早川を越え石垣山を横目に、山地へ入った湯本に秀吉の本陣がある。石垣山では小田原城を見おろすように木を組んで幕を張り、普請が行われていた。噂では城を築くという。

本陣としている寺に着くと、念入りに刀や隠し武器を持ってないか調べられたのち、本殿の前庭に引き出された。独り待つ信繁が泣きだしそうな顔で振り返る。

雲ひとつなく日差しが照りつけ、じいじいと蟬がやかましい。

熱い玉砂利の上に二人は並んで膝をつき、額ずいた。

「南都具足屋、岩井与左衛門にございます。こちらは真田家具足方・塚原主膳」

庇には、三人の男が座っていた。

中央、唐形頭巾に金紗の広袖胴服、指貫姿の痩せぎすの男が、関白・豊臣秀吉。

左、紗の鉄紺の肩衣に突き出た腹を収めているのが、与左衛門も知る徳川権大納言家康。

右の男ははじめて見る顔だ。二人よりやや若く、細面で吊り目、髭を整えはねあげている。秀吉、家康と並ぶからには位の高い将だろう。

与左衛門の前に、なにかが運ばれてくる。素懸縅の胴丸だった。前後、左に各一枚、引き合わせる右側は二枚からなる五枚胴。左肩に残った飾り杏葉の三ツ蝶の家紋に見覚えがある。

依田康国の胴丸だ。

嗄れた、特徴的な声がした。秀吉がみずから喋っている。

「いつぞや、鍛えよき具足を納めてくれた岩井屋であるな。大儀であった」

たいして感謝もしてなさそうな尊大さで、秀吉はすぐ切りだした。

「面をあげてよい。この具足、見たままを申せ」

「は」

隠し立てては許さぬ、ということだ。

具足を改めるまでもない。運んでくるときに、気づいた。右側の二枚の板がずれている。引き合わせの緒にも緒を止める金具にも、変わったところはない。

なぜこうなったのか。

胴裏を見る。胴裏の革が切られ縫い戻した跡がある。許しを得て縫い糸を切ると、右二枚を前胴、後胴と接合している革製の蝶番がある。まるで隠したかのようだ。注意深く小鏨で剝ぎとれば、蝶番の中心部から折れた木軸が出てきた。一見摩耗して折れたようだが、目を凝らせば断面にわずかな鏨の痕がある。

一度鏨で折られ、それとわからぬように戻された。激しく動けばすぐ蝶番が外れ、板が落ちる。ずれていたのは、落ちたあと誰かが急いで戻したのだろう。

——誰がやった。

射るような日差しに汗が噴きだし、衣が体に張りつく。

与左衛門の手が止まったのを咎めるように、家康が口を開いた。淡々とした口ぶりに怒りが隠しきれていない。

「依田修理は和田城で敵によって虎口に閉じこめられた。そのさい具足が壊れ、運悪く、そこから弾を浴びて死んだという」

「は」

「具足に細工はあるか」

喉に痰が絡んで、声が掠れた。

「ございませぬ。右二枚を繋ぐ革の蝶番が摩耗して外れたに相違ないかと」

蟬の声が勢いづく。誰も言葉を発さなかった。

やがて「暑いな」と秀吉が呟いた。小姓が慌てて大きな団扇を動かす。しばらく風を楽しむように目を閉じ、秀吉は言った。

「具足屋が言うなら、そうなのだろう」

家康が「は」と同意し、満足した秀吉はつづける。

「信繁よ、お主が利発で正直なことは、わしがよう知っておる。しかし権大納言どのも直臣をみすみす死なせた、体面というものがある。北国衆先陣は依田と真田。依田は軍目付で真田より格上。あとはわかるな」

真偽はこれ以上追及せぬ。かわりに贖え、というのである。真田が屈服することで徳川は体面を保つことができる。

弾かれたように、信繁が額を玉砂利へ擦りつけた。

「某が！　権大納言さまの御下で鑓働きいたしまする。軍功一切、権大納言さまのものに。どうかそれで」

はたはたと風を受け、秀吉は薄く目を開けた。

「軍功はいらぬとな。真田がこうまで言うておるが、どうじゃ」

「承知。真田どの、明日井伊の陣へ参られよ」

「ははっ！」

「織田内府もよいか」

秀吉に問われ、右側に座った若い男も無言で頷いた。

とにかくそれで放免となった。信繁も与左衛門もふらつき、源三郎の手を借りてようやく立ちあがることができた。背を返したとき、声が飛んで心臓が縮みあがる。

それまで黙っていた右側の男だった。

織田内府。織田信長の次男、織田内大臣信雄。長男信忠、三男信孝亡き後、名実ともに織田家の当主であり、源三郎の腹違いの兄である。

「其方、塚原某と言うたな」

源三郎は目を伏せ静かに答えた。

「真田家家臣、塚原主膳と申しまする」

「何処の生まれか」

「上州沼田にて候」

長いこと、信雄は細い目を眇め、伏せた源三郎の顔を凝視していた。

「左様か。よい、行け」

仮陣に戻るなり与左衛門と信繁は頭から盥水をかぶり、ぐったりと座りこんだ。体から熱が抜けず、与左衛門は呻いた。

「織田内府に感づかれたのでは」

源三郎は淡々と答えた。

「茶筅の兄上（信雄）とは幼いときに一度と、甲州征伐の内祝いで会うただけ。簡単な挨拶のみで、顔を覚えているはずはないさ。それより天下人が見られて面白かった。鼠みたいな小男だったな、はは」

ぞっとする空笑いを残し、夕闇へと消えた。外は、小田原城の篝火がぽつぽつと灯りはじめている。

源三郎が行ってしまうと、与左衛門と信繁は頭を寄せた。信繁は顔を歪めていた。

「おれにだけは本当のことを言って呉れ。岩井屋。依田どのの具足は」

「細工されたに違いございません」

「源三郎兄にそれをやらせたのか、父上は！」

頭を掻きむしり、信繁は悲鳴をあげた。

与左衛門は口を噤んだ。謀略は、具足の細工だけではないと言いたかった。ときが来れば内証の具足を源三郎に着せろ、と昌幸は言った。「そのとき」は、闇に乗じて忍び寄る妖のように近づいている。

「おれが鑓働きで挽回する。それでも駄目なら、腹を切る」

「早まってはなりません」

「定めなんだ！」信繁は絶叫した。「碓氷峠の小競合いで、父上は兄上だけ褒めた。酒を注いでくれなかった。おれは真田のために人質に出、なにかあれば腹を切る。そういう定めなんだよ」

与左衛門は愕然と真田の次男坊を見た。武士の家とはそうまでせねばならぬのか。いっぽうで、父に期待をかけられぬ子の気持ちは、痛いほどわかる。

与左衛門自身がそうだったからだ。

「なあに、うまくやってみせるさ。これまでもそうしてきた」

信繁は真っ赤に腫らした目で、力なく笑う。


家康の言に従い、夜明けとともに信繁と与左衛門は、井伊直政という徳川の家臣が陣を張る山王口へ向かった。山王口は小田原惣構の東南側、酒匂川と山王川のあいだの低湿地に築かれた口で、河口から三町（約三百二十七メートル）しか離れていない。

昨日とうって変わり、海からの生温い風が吹き荒れ、雲が低く速く流れてゆく。

信繁は虚ろに曇天を見あげた。

「嵐が来るな」

三十歳になるという、徳川家でもとりわけ勇猛で知られた将・井伊直政は、小具足姿で床几に胡坐をかいていた。筆で引いたような真っ直ぐの黒眉に、三白眼が重く並んでいる。丸めた背でよくわからないが、背格好は信繁と似て小柄なようだ。

信繁が勢いよく頭をさげた。

「真田源次郎信繁、此度は井伊どのの助勢に参りました。なんなりと御使いくだされ。こちらは当家の具足屋、岩井与左衛門にございます」

「他家の助力など要らぬ」

ずばと言い放つ直政に、家老らしき男が慌てて耳うちする。直政が眉を吊りあげ、鬼のような顔になった。

「なにぃ、殿の御命じゃと」

言うや、直政は立ちあがり陣幕の外へ大股で出た。直政は陣の中央に建てられた櫓に身軽に登ってゆく。「早く来い」と怒鳴りつけられ信繁と与左衛門も続く。風に煽られ櫓が軋んだ。

三人は櫓から西側、小田原城を見遣る。山王川に沿って幅二十五間（約四十五メートル）もの巨大な水堀があり、その向こうに七丈（約二十一メートル）の土塁が反り立つ。

「あれが篠曲輪。明日夜、夜襲をかける」

惣構山王口の土塁から橋一本で繋がって、水堀に浮かぶような出曲輪を、直政は軍配で示した。

「氏政めが開城せぬから、ちと叩いて脅しをかけるのだ。いいか。殿の御命なればくっついてくるのは見逃すが、決してわしの邪魔をするな。邪魔すれば斬る」

目を細くし、信繁は篠曲輪をじっと見据えた。

「ざっと見て詰める敵は百ほどでしょうか。やるからには先へ行きとうございます」

「ああ？」

「篠曲輪を陥とすだけでなく、山王口を割ると申しました。城内に突入できれば敵もおおいに動揺し、他大名にまさる大功となりましょうや」

途端、直政は大笑した。口を開けると、信繁と似た八重歯が見える。

「野心家かただの阿呆か。どうやって攻め入る。実はな、金掘衆に城内に通じる坑道を掘らせているが、うまくいかん。海沿いの脆い地盤ゆえ、篠曲輪の手前までがせいぜいだ」

信繁の顔がぱっと輝いた。

「坑道！　それを崩しましょう、井伊さま」

「せっかく掘ったものを崩してどうする、阿呆」

「砂遊びのお山とおなじです。下が崩れればもろともに上も沈下する。そこを攻める」

ぎらつく目と目が交錯する。直政が唸り声をあげた。

「お主、面白いぞ！」

雨が数粒落ちるや、四半刻もせず嵐がやってきた。

井伊の陣へ呼びつけられた猿森と赤児、具足仕立方は目を剝いた。

「具足を朱赤に塗れですと？　しかも一日で百領」

陣幕がまくれ、雨が吹きこむ。濡れるのも構わず、直政は自身の後ろに飾り立てた己の具足を示した。朱赤に塗った桶側胴。頭形兜、籠手、草摺もすべて朱赤一色で、俗に赤備えと呼ばれる。古くは武田家の「飯富の赤備え」が名高く、勇猛果敢と戦場で恐れられた。

「軍装を統一せえ。朝日が昇ったとき誰しもが『井伊の赤備えがやりおった！』とわかるように」

声も出せぬ仕立方の代わりに、与左衛門がおそるおそる尋ねる。

「井伊さまの赤具足を御貸しいただくことは」

「誰が貸すか阿呆。真田兵百人、井伊の赤に揃えよ。できぬなら斬る」

信繁もにっこりと笑った。

「おれも赤がいいな。武田の赤備えは有名だし、朝焼けに照る赤備えはさぞ美しいだろうな」

「真田どのは戦さがわかっておる。そうせい具足屋」

井伊の陣後方にある荷駄隊の小屋に戻るなり、案の定与左衛門は猿森たちにとり囲まれた。

「岩井屋ァ！　朱漆に使う辰砂がどれだけ高いか知ってるだろ！　陣中で揃うのかよ」

「信繁さまの命がかかっとんのや、銭はうちが持つさかい、猿森頼む」

「手前ぇが素寒貧になったらいい気味だ」

「そないなこと言いなや……」

ぞくぞくと運び込まれる真田兵の具足百領を凝視し、赤児が言った。

「函人はおれと猿森さんを入れて全部で七人、一人あたりおよそ十五領。乾かすためのおおきな室でもあれば別だが、この嵐じゃ一日では漆は乾かない」

猿森が雨音に負けぬ大声で嘆く。

「おれたちゃ斬首だ！」

「いや」赤児は考えながら言う。「朱漆ではなく丹土（弁柄）だ。湯煎した膠に丹土を溶いて塗る。二刻あれば乾燥するかと」

丹土または赤土、すなわち弁柄は、緑礬とも呼ばれる酸化鉄顔料で、住居の赤壁などに用いられる。高価な辰砂にくらべ入手しやすい。溶剤に用いる膠は牛皮や魚から採れるゼラチン質で、通常は革や布、紙の接着剤として用いられる。漆より速乾性に優れるが、湿気に弱く、具足にはあまり用いられない。だが今回は夜襲の一晩持たせばよく、耐久性は二の次だ。

「丹土はどこでも手に入るし、安い。よう思いついた赤児」

「丹土で具足を塗るなんて、聞いたことねえ」

「一夜にして城が建つ。それとおなじや。一日にして赤備えが現れる。これや、わかるか猿森」

若い棟梁は「わからん」と言いつつ腰帯にさげた襷を取り、素早く袖を括る。

「砦衆は仕事を断らねえ。先代も先々代も、それが身上」

「おおきに猿森」

「おれたちは真田の具足師。御家のためだ。あと手前ぇが弱り果てるのが見てえだけだよ」

火が焚かれ、膠を溶く作業がはじまった。そこからは寝ずの仕事である。与左衛門も刷毛を握った。夜が明け、様子を見に来た直政と信繁が、小屋の人いきれと膠の刺激臭に顔を顰めた。二人はずっと軍議をしていたらしい。

「ほう。無理だと思うたが、やればできるものか」

にやにや笑って、直政が「棟梁」と猿森を手招く。

「井伊の兵は胴裏にありがたい真言をみっしり書いておく。お主らもそうしたらいいぞ」

直政が帰ったあと、堪えていた猿森が吠えた。

「そんな暇あるか！」


塗りに目途がついた翌日夕方、与左衛門は源三郎を探しに外へ出た。昨晩ふらりと出たきり姿を現さない。徳川の各将の陣を訪ね歩き、酒匂川の土手でようやく見つけた。

「どこに行ってはったんです。大変なことになっとるんです」

「赤具足の話だろ。あちこちの陣で噂になってるぞ。丹土と膠を使うとは、面白いことを考えたな」

昨日の異様な雰囲気は失せ、源三郎はいつもの気安い顔で与左衛門の前を歩きだす。

「面白いものを見つけたんだ、行こう」

酒匂川沿いに川上へゆく。嵐は峠を越え、小雨の降る中、具足屋が見世を出していた。聞きなれた上方言葉で、左近士系の具足師らしいと知れた。胴もあるが、兜がおおい。つぎつぎ手に取り口上を述べてゆく。

「戸次川で大負けした仙石どんが、じゃんじゃら鈴鳴り具足で大活躍、奥州の伊達が白装束で参陣し、どちらも関白はんが手を打って御気に召した話は、みな聞いとりますな。目立たなどんな武功も帳消しや。目立たな！」

並ぶのは珍妙な兜ばかりである。金箔押の桃形兜に、朱塗の鮮やかな𩋡と吹き返しのもの。日根野頭形兜の𩋡を外し、頭頂部に猿かなにかの毛皮を貼った野郎兜。

具足師の口上は熱を帯びてゆく。

「この小田原征伐、最後の戦さや。北条が滅んだら、奥州仕置で日の本一統。でかい戦さはこれが最後。目立たな御家ものうなるで！」

集まった武士の一人がおずおずと問うた。

「銭えらい取るんじゃろ？」

「それが！」具足師が膝を打つ。「一千石以上の御士なら、お代はいらん」

ただと聞いて、男たちが薄笑いを浮かべる。ただより高いものはない、からくりがあるのだろう、と口々に言った。

「からくりはある。左近士印の変わり兜をつけて、小田原で武功をあげてくれはったら、左近士の名もあがるいう寸法や。御士さまも、うちも名が売れる。八方よしや。立物だけなら、百石の御士さんでもただ！　さあ早い者勝ちや」

　広げられた筵の上には、三尺もある真っ黒に塗られた大鍬形の脇立や巴紋の前立、南無阿弥陀仏の透かし彫りなど、立物もあまた並んでいる。一人が立物に手を伸ばしたのを皮切りに、わっと無数の手が伸びた。

「な、面白かったろう」

　具足屋を離れ、源三郎が笑う。与左衛門は顔を顰めた。

「わしは、いらんですわ。具足は見目だけじゃあきまへん」

「嫌いか。与左は真面目よのう。ゆえに、苦しんでいる」

　図星を突かれた。泥色に増水した川の向こうの小田原城を、源三郎は見ている。痩せた背中が痛々しかった。

「殿は酷い。源三郎どのに具足の細工をさせるとは」

　背を向けたまま、声がする。

「昌幸をあまり責めてくれるな」

「しかし」

「さっきの具足師は正しい。小田原攻めが最後の戦さだ。天下は一統され、論功行賞で誰がどの国に入るか決められる。以後ひっくり返すことは能わぬ。誰にも」

雨が、二人の体を濡れそぼらせ、泥色の景色に溶かしこんでゆく。

「昌幸を一国の主にしたい。滅びを二度見たおれの、ただひとつの夢だ」

「そのために北条が滅びるのは構わぬ」

「鬼にも外道にもなるさ」

ずぶ濡れの源三郎が、虚ろな顔をして振り返る。

「赤児がずっと背負っている鎧櫃。あれはおれの具足なんだろう？」

猿森たちが作業する小屋の隣、米俵が詰まれた小屋へ赤児を呼んで、与左衛門は内証の具足の鎧櫃の錠前を開けた。

具足は主を待ちかねて、手燭の明かりに鈍く赤みを帯びて照る。

「紺糸縅胴丸、四十四間筋兜の写しにございます」

ついにそのときが来てしまった。

与左衛門は心を殺し説明した。

「伊予札を紺糸毛引威にした伝統的な胴丸で、古風をよく伝え、かつ十二間の草摺、小ぶりな兜の吹返しや𩊱は当代風。此度は時が限られていたゆえ、略式の写しにて」

鍍金（ときん）の鍬形と金箔押の織田木瓜（もっこう）前立。草摺の茜（あかね）色の×字の菱縫（ひしぬい）が、華やかさを添える。

「鍬形台（くわがただい）の鍍金魚子地枝菊文彫（ななこじえだきくもんぼり）の部分じゃな。手間がかかる飾り彫りだものよ。毛引威の胴が締まってよい仕立てだ。お主ら二人で仕立てたのか」

「は」

源三郎は、胴丸にそっと触れた。

「父上が南蛮胴を召されたのは後年、御馬揃（おうまぞろ）えのときのみと聞いた。実際はこういう形（なり）で戦場を駆けられたのだな」

「信長公の具足注文が来ると、南都じゅうの具足師が色めき立ったものです。公なりの好みがございました」

そういえば信長は顔を覆う面具などをあまり残していない。戦場で己の面（おもて）を晒（さら）し、兵を鼓舞することを望んだのかもしれない。

「いま身に着けたい。手伝（てつど）うてくれるか」

言うや源三郎は小具足を解き、鎧下着（よろいしたぎ）と褌（ふんどし）のみになった。弱い灯火（ともしび）が源三郎の体を浮かびあがらせる。長い腕は太く、指は扁平（へんぺい）、毛脛（けずね）の肉は薄く色が白い。長年の座り仕事で、背中の歪みが見てとれる。函人の身体（からだ）だ、と与左衛門は思った。

まず自前の脛当、籠手をつけ、下肢（かし）を守る佩楯（はいだて）を胴に結びつける。

「織田の四男の戦装束には立派すぎるほどじゃ。うまく篠曲輪を陥とせば、論功行賞で一国くらいは貰えるやもな。信濃か上野か」

「それはあまりに――」

言いかけ止める与左衛門に、源三郎は問う。

「絵空事か？　だがここまで、ことは昌幸の絵図どおり。名胡桃城をきっかけに北条が惣無事違反をし、此度の大戦さが起きた。邪魔な依田もいなくなった。あとは真田が一国に見合う功をあげるだけ。それには支城攻めだけでは足りぬ。織田の遺児が真田におり、小田原城攻めで大功をあげる」

筋張った肩に肩上をかけ、体に当てる。「重いな」と源三郎が呟いた。引き合わせの緒で右側をきつく締め、緒をからげる。

鎧で覆われゆく体を見ていると、与左衛門はどんどん心細くなった。

「信繁は功をすべて井伊に譲ると言った。だが、この具足をつけた織田の息子が出てきたら。織田は井伊や真田とは格が違う。関白も無視はできまい」

上帯を締め、胴の重さを浮かせ軽減する。太刀を佩き、小ぶりの打刀を上帯に差し支度が出来した。源三郎が兜に手を伸ばしたとき、与左衛門は声を絞り出した。

「それは真田昌幸の絵図で、あんたの『望み』やない。行ったらあかん」

織田木瓜の前立の兜を被れば、源三郎は消えて織田信房と成り、戻ることはない。

「おれと昌幸はおなじ思いでおる」

「違う！」あとはもう止められなかった。「あんた織田信長の息子として大名に成りたいんか？違うやろ。第一、いまさら織田の息子がのこのこ出ていって、みながいい顔をしますか。織田内府の顔を見たでしょう。あんたはいずれ殺される」

あとは言葉にならなかった。

なぜこうなる。

どこで間違った。

源三郎は兜を脇に抱え、与左衛門の肩に手を置いた。

「これは聞いたら忘れてくれ。本当はな、織田の息子になど成るつもりはなかった。けれど、この具足を見たら気が変わった。函人が心をこめて仕立てたのがわかる」

こみあげる嗚咽（おえつ）を、与左衛門は必死で堪（こら）える。

「意に添わぬ注文だったやもしれぬ。だが、お主らはけっして手を抜かなかった。着て戦場に出てやらねば具足が可哀想（かわいそう）だ」

嵐の最後、旋風（せんぷう）がごうと鳴る。しばらく源三郎は風の音に耳を澄ませていた。

「与左衛門。お主は、おれが具足の形（なり）に引きずられると案じておるんだろう。けれど具足のもっとも肝要なるは――」源三郎が兜を被り、緒を締めた。「武士の身体を、命を守ることだ。そのことにかけて、おれはお主を信じている」

◇

嵐は過ぎた。暗い板間で二つの声がする。

「あれはやはり我が腹違いの弟と存じまする」

「弱ったのう。今更出てこられても。天下が乱るる」

近習をさがらせ二人きりとなった男たちは額をつきあわせ、囁きあう。証拠などない。だが憂いは除かねば二人とも気が休まらぬ性質だった。

「すでに出陣のとき。武功を挙げられたあとでは取り返しがつきませぬ。わしの尾張領を一反たりともやりとうない」

天下人は、子供をあやすように微笑んだ。

「徳川にあれを使うてもらおうかの。そもそも居なかったようにしてくるるが、もっとも吉じゃて」

六

六月二十二日、亥の下刻（午後十時すぎ）。

源三郎は、ぬかるんだ酒匂川の西の土手を歩いている。嵐がなにもかも流していったかのように、青草と泥の匂いにまじって、剝き出しの殺気が土手下に固まっているのがよくわかった。井伊勢七百、真田勢百。夜襲の下知を待っている。

ぬるんだ空気を掻き分け、源三郎は早足で本陣へ向かった。井伊の家老に呼び止められ、名を告げると、篝火のもとで家老の顔がはっきり青ざめた。すぐに陣幕の内に通された。

二人の将が、報せを待っている。篠曲輪下にまで掘った坑道を火薬で爆破し、陥没させる。その準備が整ったという報せを。

源三郎の姿を認めた瞬間、直政が床几から飛びあがった。

「お主、い、いや、貴殿、誰じゃ。まさか――ありえぬ」

いっぽうの信繁は、男を凝視したまま、微動だにしなかった。

「織田前右府が四男、信房と申す。坑道崩し用意出来との由」

「前右府の、四男」直政は目を白黒させた。「本能寺で死んだ――」

「見ての通りぴんしゃんしておる。いまは真田家の世話になっておる。さあ時がないぞ、迷うのが井伊の赤鬼か？」

八重歯を剥きだし、直政は隣の信繁を睨んだ。この怪しい男を徳川本陣に注進すれば、夜襲は取りやめとなるかもしれない。そうすれば井伊の軍功も水の泡。直政は、注進より軍功を取る男だった。

「真田信繁、あとで説明してもらうぞ」

三人の将は陣を出、味方の潜む土手下に向かう。具足屋・岩井与左衛門がどこからかやって来て、源三郎の後ろについた。

「引き合わせはきつくあらしまへんか。肩上はいかが」

「ずっとこれでいたかのごとく、ぴったりじゃ」

「汗を吸って胴裏の革が馴染むまで、しばしかかります。出だしはとりわけ御注意を」

「そうであったな」

真田兵へ源三郎は呼びかけた。

「真田家客将・織田信房。皆々よしなに頼む」

観念したように信繁が触れた。

「精鋭のお主らであれば、上田合戦や沼田合戦で猿面武者を見た者もおろう。前右府四男、信房どのは当家の客分であらせられる」

兵たちの目に、力が宿った。


雲はまだ厚く、堀の水が岸に寄せる音がする。八町（約八百七十二メートル）先の篠曲輪の櫓の灯が、水面に揺れていた。荒天で曲輪にいる兵はすくない、との報もあった。

三将が並び立ち、敵の城を睨む。

紺糸縅胴丸に大袖、織田木瓜の前立と鍬形を備えた筋兜の織田信房。

朱漆塗革包仏胴、頭形兜、「赤備え」の井伊直政。

朱膠塗「不死身の具足」に椎形兜の真田信繁。

兵は朱赤の横矧胴に身を包み、闇夜でも見えやすい白の袖印をつけた。

直政は軍配を真っ直ぐ城に向ける。それが合図だった。

呼子笛が鳴った。

ずず、ん……と下から突きあげる振動とともに、地下の坑道が爆破された。

篠曲輪攻めは、静かにはじまった。

山王川へ竹筏を浮かべ、兵は渡河をはじめた。先頭から声があがった。

「曲輪の東の一角が崩れており申す」

渡り終え、源三郎は崩れた曲輪の土塊にとりついた。息があがっている。周りを見ればすでに井伊兵が曲輪の斜面に梯子をかけようとしている。

出遅れた。信繁はまだ渡河を終えていない。源三郎は真田兵を鼓舞した。

「井伊なぞ里山の雀。真田の山猿、山の登りかたの手本を見せえ」

「おおっ」

崩れかけた曲輪の高さはなお六丈（約十八メートル）あるが、山城のおおい真田の兵にとっては、造作もない。下段を五人で肩を組み、上に三人が乗る。さらに木盾をつぎつぎ土塁に立てかける。土塁の赤土は滑りやすく、盾で登攀道を作るのだ。

源三郎はだん、と盾を踏んだ。

水を吸ってなお具足が軽い。不死身の具足は刃金の強靭さゆえ、堅さと重さが難点ではあった。この具足は背溜めの湾曲が体に添い、具足が動きについてくる。肩上の高紐も重さを背に流すよう、工夫がされている。

一見古風な具足にさまざまな改良が加わっているのが、具足師源三郎にはわかる。

――与左衛門と赤児め、やりよる。

自分を凌ぐ具足師と具足屋はもう、真田にいる。それが嬉しかった。

土塊を摑み、川べりでまごついている信繁を怒鳴りつけた。

「遅い！　一番鑓を井伊に取られていいのか」

　一番鑓の武功はもっとも重みがある。惑っていた弟が、歯を剥いた。

「嫌じゃ！」

　夜襲に気づいた敵方が、土塁の上から火矢や礫（つぶて）を降らせる。大型の十匁筒（じゅうもんめづつ）を構えた敵兵がいて、炸裂音（さくれつおん）がするや、源三郎のすぐ隣を登っていた兵の頭が弾け飛んだ。顔にぬめぬめしたものを浴び、煙と血の臭いが鼻をつく。一瞬目を瞑（つむ）り、かっと見開いた。

「木盾掲（かか）げえ！」

　曲輪中段に足場を組んで盾で防ぐ。十匁筒がまた火を噴いた。木の盾など軽々と吹き飛ばされる。耐えるだけでは進めない。どうする、と源三郎の額に汗が浮いたとき、信繁の声がした。

「撃ち落とします」

　信繁の兵が火縄銃を構え、十匁筒の筒兵を狙う。一射、二射。三射目に筒兵にあたり、十匁筒を抱えたまま土塁を転げ落ちれば、味方が沸いた。

　ようやく追いついてきた信繁に、源三郎は不敵に笑いかけた。

「助勢忝（かたじけな）い。だが一番鑓はおれだ」

　信繁も挑むように見あげてくる。

「源三郎兄には負けぬ」

　火縄銃を撃ちかけ、敵の手が緩んだすきに、また登る。二十間（約三十六メートル）北側を攻める井伊のほうが大軍で、敵はそちらに気を取られている。源三郎は兵を鼓舞し、あるいは踏み台にして急ぎ登った。信繁が頭ひとつ上へ行けば、逆に半身引き離した。雄叫(おたけ)びと悲鳴、怒声、火縄銃の火薬の音、鏑矢(かぶらや)の音。氾濫する音で頭が揺れる。礫が兜に当たり、ぐらりと体が傾(かし)ぐ。落ちる、と思った。信繁の声が耳に届く。

「兄(あに)！　飛べ」

無数の兵の手が伸び、源三郎を支える。それで我に返った。

曲輪頂上まであと一間半。鑓を高く掲げて敵を怯(ひる)ませ、源三郎は斜面を強く蹴った。

飛ぶ。鑓を構えた敵兵が目の前にいた。源三郎は太刀を中空で抜き、横薙(よこな)ぎに振るった。がつ、と刀が敵の胴に食いこみ腕が痺(しび)れる。よろけた敵を蹴り、踏み倒した。喉輪(のどわ)を摑んで白い喉に切っ先を押し入れる。肉と筋をぶつ、と断つと血が噴き出した。血を浴び源三郎は叫んだ。

「織田信房、篠曲輪一番乗り」

祓立(はらいたて)から前立を外し、鑓の尖端(せんたん)に括りつけて高々と差しあげる。金箔を押した織田木瓜の標(しるし)が、松明(たいまつ)の光に浮かんだ。

瞬間、体が震えた。

——違う。おれの標は「これ」ではない。

真田勢がどっと曲輪に雪崩(なだれ)こむ。遅れて井伊も乗りこんだ。乱戦となった。直政の吼(ほ)え声が聞こえた。

「皆殺せ」

勢いづいた味方が、手あたり次第に敵に斬りかかり、あるいは突き殺してゆく。一刻半（約三時間）後の子の刻過ぎ（午前一時ごろ）、曲輪は制圧された。雲間から星が瞬く空へ、歓喜の咆哮が放たれる。

　来たほうを振り返ると、酒匂川沿いの徳川の陣で、松明がせわしなく動き回っている。おや、と源三郎は思った。伝令にしては数がおおすぎる。後詰を出すのだろうか。そんな話はなかったが、と思ったところで怒鳴り声が響いた。

「喜ぶな阿呆！　井伊の負けじゃ」

　血塗れの顔のまま、井伊直政が悔しがっている。

　信繁は傷を負った左腕を縛らせ、土塁の向こう、小田原本城へ目を向ける。真田は油紙に包んだ火縄銃を二十挺持ってきている。まだ余力はある。

「おれはまだやります。井伊さまは如何」

　直政も噛みつくように言い放つ。

「問われるまでもない」

　鬨の声をあげ、真田と井伊が一塊に橋を渡り、山王口の門へ殺到する。源三郎は小田原の広大な城域を見渡した。あちこちの櫓で鉦が鳴り、急を告げている。ここからは北条方も死に物狂いで反撃してくるだろう。

「当たる前に退かねば、全滅だ」

　山王口は混戦となった。信繁が二十の火縄銃を門直下左右に分けて撃ちかけ、間隙をついて井伊兵が門を破ろうとする。一刻後、門の裏側へ回りこむことに成功した井伊兵が、門を開いた。

山王口に井伊の井桁の旗が立てられた。えいおう、と声があがる。

「逃げる兵を追って付け入れ」

鑓を振って真っ先に駆けだす直政を、源三郎は呼び止めた。

「北から無数の松明が近づいてくる。五百はいる。敵の反撃だ。ここが退きどき」

「打ち破ればよい、織田の御子息は武功が欲しくないか」

鬼のような男だと源三郎は思った。

そこへ背旗を差した伝令が走ってきた。井伊の家紋ではなく、なぜか丸に立ち葵の本多の家紋である。報せを家老から耳打ちされた直政は、逆に家老を怒鳴りつけた。

「退けだと！　おれは退かぬ。退くは名折れ」

無視して進もうとする直政を、家老と重臣が数人がかりで押しとどめ、なかば担ぎあげるようにして退かせた。源三郎は思わず苦笑いし、信繁にも言った。

「お主も退け」

「兄は」

血と泥に塗れた顔を合わせる。信繁の目の奥に獣のような光がある。

「殿を務める。兄の言うことに従え。行け」

「……承知」

信繁が山王口から退いてゆく。ほっと笑む源三郎の隣に、井伊から殿を買って出た侍大将が並び、会釈をしてきた。

「あのように勇ましい殿では、家臣は命がいくらあっても足りませぬのう」おなじ年頃の三十路らしく、そう言って源三郎は相手の肩を叩いた。「命の捨て甲斐がある」

「甲斐須玉の生まれ、細田勘三郎と申す。そちらが真に、わたしの知る方かは存ぜぬが、いま命を落とすべき御方ではないはず」

依田康国がそうであったように、武田家滅亡後、おおくの遺臣は徳川家に仕官した。なかでも井伊家は武田の旧臣を多数召し抱え、赤備えも武田に倣ったと聞く。この侍大将もその一人だったのだ。源三郎は黙して頭をさげた。

ついに北から兵五百が着到した。火縄銃を乱れ撃ち、竹束が焼ける。弾かれた鉛弾が飛び散る。距離五十間（約九十一メートル）にいたり、十匁筒が投入された。音と衝撃で全身が竦む。竹束を押さえていた兵の頭が、竹束ごと吹き飛んだ。

源三郎と細田勘三郎は、頷き合った。太刀を抜く。敵が撃ち止んだ頃合いを計る。

「壱、弐の、参」

合図とともに、全員で飛びだした。走る兵がぱっと血飛沫を散らし、倒れこむ。源三郎の右胸にも弾が当たって弾かれ、殴られたような痛みが走った。体ごと敵にぶち当たり、射手の腕を摑む。籠手の隙間を闇雲に刺し、腕を上下に裂いた。敵が火縄を取り落とし、火薬が爆ぜる。いくつもの破片が源三郎の体にめりこんだ。

おれの望みはなんだ、と飛びそうになる意識のなか、源三郎は必死に考える。

父と子、母と子、兄と弟。姉妹。

「違う」歯を食いしばり意識を繋ぎとめる。「血の繋がりじゃない」

血の繋がらない者とこそ、命をともにした。源三郎が自分で選びとったのだ。誰もが誇れ、脅かされることなく、心豊かに生きられる国を望んだ。傍(かたわ)らには友がいた。

年の離れた、頑固な男だ。一等頭が切れるくせに、意地っ張りなやつだ。

「まだ死なん」

そうして半刻(はんとき)も耐えたころ、細田勘三郎が叫んだ。

「殿務め終え候、あとは各々(おのおの)退け、退けッ」

与左衛門たちは、酒匂川の川べりで山王口を見つづけた。

丑(うし)の下刻（午前二時すぎ）、山王口で松明が振られ、水堀を竹筏が渡された。全身泥に塗れた井伊直政と、真田信繁が這(は)うようにして戻ってきた。与左衛門や函人は信繁に駆け寄った。

ぜいぜいと荒い息を吐き、信繁は手を振る。

「おれはいい、かすり傷じゃ」

「源三郎さまは」

「殿となった。まだ山王口の内に」

川べりに集まるのは与左衛門や井伊勢だけではない。黒馬に乗った黒具足の男も、山王口を睨みつづけていた。その後ろから荷車に載せられたなにかが運ばれてくる。

与左衛門はむかし堺で目にしたことがあった。

「大筒(おおづつ)や」

大筒（フランキ砲）。長さ一間半（約二・七メートル）ある鉄筒の胴部に、砲弾と火薬を詰めた「小筒」を装塡(そうてん)し、横穴から火縄で点火する仕掛けだ。本多忠勝が引いてきた布のかけられた荷車はこれだったのか、と与左衛門は息を吞む。

「小筒出来」

兵の声に、本多忠勝は「装塡」とだけ命ずる。井伊直政が驚き、忠勝に詰め寄った。

「おい本多どの、なにを勝手なことを。信房どのが殿より戻っておらぬ」

「殿とは見事也(なり)。本懐を遂(と)げられればよいのだが」

直政が太い眉を吊りあげた。

「なにを言っている？」

「これは主命にて」

小筒が胴部に装塡された。信繁も走り寄った。

「本多どの、まだ味方がおるのです！」

子供の頭ほどの四貫玉が、筒先からこめられる。面頰(めんぼお)から見える忠勝の目が、かたく瞑(つむ)られた。

「許されよ。跡形もなくとの仰せなのだ」

与左衛門は山王口を見た。城門を破り、数人がまろび出てくる。殿が戻ってきた。兜の金の鍬形が、空が白みはじめてよく見えた。

　与左衛門と忠勝の声が重なった。

「源三郎さまが戻られましたぞ」

「撃て」

　筒先から火が迸(ほとばし)る。地が震え、熱風が吹いた。数瞬遅れて山王口でがあんと音がし、土が高く吹きあがった。泥土が、水堀を越えこちらにまで降りそそぐ。

　誰も声も発さない。忠勝が二つ目の小筒と玉を用意させた。与左衛門は筒のなかほどを見て声をあげた。

「あかん。砲身にひびが入っとる。次撃てば砲身ごと吹き飛びますぞ」

「む……連射には耐えられぬか」

　いっぽう、信繁がふらふらと水堀に入ってゆく。自らが乗ってきた竹筏に乗り、漕(こ)ぎはじめる。赤児と猿森が追い、与左衛門も竹筏に縋り、必死で止めた。

「行っては危のうございます」

　うつろな声がした。

「せめて、首を持ち帰らせてくれ」

　筏が対岸に辿り着く。まだ土埃(つちぼこり)が立ちこめる水際は、無数の足跡の形に赤い水が溜まっていた。

　猿森が堪えられず吐いた。

「ひでえ……」

倒れた兵が呻いている。砲弾の破片を浴びて絶命した者、飛び散った腕や手指の一部、腹が破れて泣き叫ぶ男。敵が山王口から反撃してくるかもしれないとわかってなお、うろうろとただ一人を探した。

与左衛門は、見つけた。

胸から上が跡形もなく吹き飛び、内臓をぶちまけた下肢を。茜色の菱縫のある草摺。わずかに残った上帯に括りつけられた鉄鈴に、与左衛門は手を伸ばした。真田の六文銭が刻まれた鉄鈴は、中で湿った玉が鈍(にぶ)く鳴った。

はっと顔をあげると、信繁が幽鬼(ゆうき)のように立っている。

顔の乾いた泥の上を、涙がひと筋落ちた。

「源三郎兄の具足は、お前が仕立てたんだろ、岩井屋」

骸(むくろ)の前に膝をついたまま、与左衛門は動けない。

山王口から、たーん、と銃声が響く。信繁の声が遠く聞こえた。

「人の死なぬ具足を作ってくれよ、なあ、岩井屋」

真田勢の手柄は信繁の言葉通りすべて井伊家にゆだねられ、撤退時に討死した塚原主膳は、小田原城ではなく、真田本隊が参加した忍(おし)城攻めで、信幸について出丸(でまる)を攻めたさい、横から火縄銃を射かけられ、春原権助(すのはらごんすけ)らとともに討死したと、真田家家臣の河原綱徳(かわらつなのり)による『本藩名士小伝』には記された。

滋野世記に、塚原主膳ハ　神公（信幸）御従弟也とあり、いか成御続なるや外に所見なし、（『本藩名士小伝』巻之三、翻刻『校注　本藩名士小伝』）

第五章

ふたたびの天下争乱

一

北条征伐から六年が過ぎた慶長(けいちょう)元年（一五九六）、師走(しわす)。

天下惣無事(そうぶじ)すなわち日(ひ)の本(もと)一統を果たした秀吉は太閤となり、戦いの場を海向こうの国へと定めた。

黄昏時(たそがれどき)の伏見木幡山(ふしみこはたやま)の普請場(ふしんば)に、煌々(こうこう)と篝火(かがりび)が焚かれている。閏(うるう)七月の大地震で倒壊した指月山(しげつやま)の城のかわりに、新しい天守が築かれるそうだ。普請場から帰る人足(にんそく)でごったがえす道を、笠(かさ)を被(かぶ)った家康は木枯らしに身を縮めて歩いた。

五十五歳。老境にさしかかった彼は、身に肉を溜(た)め、目の奥に宿る光以外は、のったりと鈍重(どんじゅう)だ。従うのは本多正信(まさのぶ)ら数人の供(とも)のみ。

「倒れては打ち立て、の繰り返しじゃの」

ぴたりと後ろについた腹心の本多正信が、耳ざとく応じた。

「江戸のほうが普請が進んでおるやもしれませぬな」

家康は、洲浜(すはま)の紋が描かれた武家屋敷の門を通り過ぎた。用があるのは屋敷の主(あるじ)――真田安房守(あわのかみ)昌幸ではない。裏手に回る。築地(ついじ)がまだできあがっていない敷地に、小さな門だけがあった。置提灯(おきぢょうちん)が一つ、灯(とも)っている。門番も迎えの者もいない。奥は竹林で、家康は構わず進んだ。

「安房守に感づかれませぬか」

「むしろ筒抜けの心構えでいるべきだ」

それでもここへ来なければならぬ理由が、家康にはある。

やがて、枝折戸の中門が見えた。門の先に茶室風の小屋がある。門の前に、小袖に野袴の若い男がいて、手を膝につき頭をさげる。筋ばって太い、職人の手だ。

「おめでとうさんです、江戸内大臣さま」

今年五月、家康は正二位内大臣に叙任された。秀吉の親族をのぞけば、大名で並ぶ者は五人の大老でも前田利家、上杉景勝だけだ。

躙り口を模した戸を若い男が引く。刀を帯から抜き、背を屈めて入らねばならぬところも茶室風ではある。だが中は茶室ではない。八畳ほどの土間に入った瞬間、家康は無数の視線を感じ、息を呑んだ。

「亡霊が出たかと思うたわ」

甲冑具足が隙間なく並べられている。二十領はあろうか。どれも一見して上品とわかる。

北条氏の抱えた雪ノ下派風の、魚の鱗を模した札を重ねた珍しい黒漆塗魚鱗札二枚胴具足、鉄錆地の南蛮胴と椎形兜は、具足の白眉と言われる伝・明智光春の具足を模したものだろう。ほかも古風な室町風から当世風まで、燈火に照り、物言わぬまま鎮座する。

「圧巻でありましょう」

先客がいた。聞いていないぞと思いつつ、瞬時に愛想笑いが浮かぶのは長年の苦節ゆえだ。

「主計頭どのか」

短く整えた口髭と豊かな顎髭、日に焼け締まった体。二度目の朝鮮渡海が決まっている加藤主計頭清正だった。文禄年間（一五九二〜九六）の一度目の渡海でも小西行長とともに、朝鮮出兵の主力として働いた。

清正は背を屈め詫びた。思いがけず柔和な眼差しだ。

「申し訳ござらん。明後日には京を発ち名護屋で出陣に備えるゆえ、無理を申して寄らせてもらいました」

「正月明けには渡海なさるとのこと。御苦労にござる」家康は話頭を転じた。「どなたの伝手でここを」

「黒田どのに御指南いただき申した。岩井屋の噂は聞いておりましたが、これほどとは」

言って、具足を見回す清正の目が光る。

「朝鮮での具足は写しを含めて揃えておるが、こんなに見せられれば、欲しゅうてたまらぬ」

先ほどの若い男が言葉を挟んだ。

「どれと御決めくだされば、五日後には御渡しを」

「たった五日で！　間に合うではないか」

清正とおなじく、家康も驚いた。通常、大将の皆具具足ともなれば仕立てに半年かかるのはざらで、このように凝った意匠は一年待つこともある。

「このように、ある程度組みあげておるゆえ、能うのです。あとは御体に合わせ手を加えます。それで五日」

「与左衛門どのはたいした才覚よ。一度御目にかかりたいものじゃ」

「具足納めの日には主人も伺いますゆえ」

「承知した」

清正は一領ずつ仔細に眺め、金箔押伊予札(いよざね)二枚胴と長烏帽子形兜(ながえぼしなり)を購(あがな)うと決めた。胴に朱赤(しゅあか)で二重丸の蛇(じゃ)の目紋(もん)が描かれ、金と朱の色合いが華やかで、体格のよい清正が着ると家康ですら惚れ惚れする武者ぶりだった。

若い男が竹ひごの尺で手早く清正の裄(ゆき)や胴回りを測り、帳面に書きつけてゆく。

そのあいだ、清正は家康に向きなおった。

「内府どの。御会いするのも最後かもしれぬゆえ、御頼み申す」清正は頭(こうべ)を垂(た)れた。「殿下によくよく御話しくだされ」

唐入り(からい)の早期幕引きを秀吉に根回しせよ、ということと家康は受け取った。この男は秀吉の子飼い中の子飼いながら、天下の趨勢(すうせい)がよく見えている。秀吉はすでに六十一歳。跡継ぎであった秀次を自害せしめたのちは、側室の淀(よど)殿が産んだ幼い秀頼(ひでより)を溺愛(できあい)して、気鬱(きうつ)になったり、とつぜん激怒したりと、家康ですら扱いかねる。彼が死んだのち、日の本を動かすのは秀頼でも秀頼を支える奉行衆(ぶぎょうしゅう)でもなく、大老の座に就(つ)いた徳川家康だということを、清正は理解している。

家康は力強く頷いた。

「わしも殿下にずっと息災でいてもらいたい。骨折りは惜しまぬ」

「忝(かたじけの)う」

本音半分、建前半分だ。清正も理解していよう。

具足の引き渡しと銭払いの話を終えると、清正は「先に失礼する」と小屋を去った。弟子の若い男も、清正を送りに出ていった。

残った家康は小屋の奥、勝手戸に向けて言った。

「茶室であれば奥に水屋がある。そこに潜んで客を定めておるのだろ、与左衛門」

からり、と戸が引かれた。二畳ほどの奥の間に男が座って、左手を突いた。

「江戸内府はんには、かないまへんなあ」

岩井与左衛門である。

年は三十一だったか。秋草文様の黒羽織に、紺鼠の袴。顔をあげると、右目に眼帯を着け、右半分の顔が赤く爛れている。棒のようにぶらさがる右腕は椀を持つのがやっとらしい。六年前の小田原城篠曲輪攻めで、山王口から北条の鉄炮弾を右肩に受けた傷と、家臣の井伊直政から聞いている。二月に一度、真田の動静を報せる文を欠かさないが、実際に会うのは六年ぶりだ。

――化けたな。

よく言えば人懐こそうな、悪く言えば頼りない商家の若旦那という風体は変わらないが、中身が変わった。どう変わったかはまだわからない。

「隠れておったのは、内府さまだけに御目に掛けたいものがございまして。不死身の具足の真の堅さ、ついに摑んだのでございます」

「竜宮城にでも探しに行ったかな。ずいぶんかかったのう」

与左衛門は微笑んだ。この男もまた、自分とおなじく愛想笑いが板についている。そういうところが気に食わない、と家康は唇を嚙む。

「乙姫さまに願えば、人が死なぬ具足を土産にもらえると思いますか」

今晩は、お愛想に付き合うつもりはない。

「そんなものはない。いくら堅く強い具足を作ろうと、戦さで人は死ぬ。ゆえにわしらは具足が無用の長物となる世にせねばならぬ」

与左衛門の笑みに一瞬影が差し、消える。

「よう言わんわ。まあ好いでしょう」

与左衛門は大儀そうに奥から鎧櫃を持ちだし、中から二枚胴を出す。本多正信の息を吞む音が聞こえた。

燃えている、と家康は思った。

全体が淡い朱色で、腹から胸にかけて、深い紅蓮がとぐろを巻いている。京の大火を描いた王朝絵巻を思いだす。無作為に入った斑を打ち延ばし、焰の形にする。どれほどの技量か。

「薄金写し、銘『巻焰』」

技量ではない。執念。いや。怒りだ。

「不死身の具足には欠点がございました。堅くて脆い。強い衝撃に晒されると砕けるのです。まるで――」

家康が真に欲しいのはそれだ。不死身の具足を、家康は別の具足師にも調べさせ、結果、鉄精錬が肝であることまではわかっている。だが、どんな手を使っても「堅くて脆い」、不死身の具足の劣化したものしか作れない。

「なんども玉を撃った大筒が砕けるがごとくに」与左衛門が低く笑う。「けったいやなあ不死身の具足の性質に似た大筒がそちらにあるなんて」

「……巻焔はどのように作られた」

「大鍛冶を根本から変えました。文禄の役で、朝鮮に渡ったさる御方から、唐の大鍛冶法の書物を入手し、読み解いたのですわ。まあ実作に落としこむまで四年かかりましたが。函人たちの喜びようたら。みなで坂城の、前の頭のお墓へ報告に参りました」

与左衛門は片目で家康を見あげてくる。「織田信房を殺したのは、わしの判断ではない」と家康は弁明したかった。だが呑みこんだ。結局命をくだしたのは、自分だ。

「内府さまは具足が欲しいのではない。堅い大筒が欲しいんや。数発撃っただけで砲身がたわみ暴発するズクでは、実戦には使えんさかい。戦さのない世やて？　よお大口叩きましたな。誰よりも戦さに備えとるんはあんたや」

無礼であろう、といきり立つ本多正信を手で制し、家康は低く言う。

「唐の大鍛冶法とやらを教えよ。天下のために必要だ」

歪んだ顔で、与左衛門が嘲笑う。

「わしは具足屋でっせ。具足以外のものは売れしまへんなあ……」

「いくら欲しい」

「売るとしても、高値（こうじき）で買（こ）うてくれる御方を選びますな」

加藤清正の態度、いまの文禄の役の話から、いまや岩井与左衛門には家康のみならず、黒田や加藤、福島など西国大名の後ろ盾があることは容易にわかる。

たかが具足屋風情（ふぜい）が、いつのまに伸長した。

――消すか。

すると唐突に、与左衛門は話頭を転じた。

「上杉はんが会津（あいづ）に行かはる話、時期は先やけど、ほぼ本決まりらしいですわな」

寝耳に水の話だ。本多正信が声を裏返した。

「なっ、誠か。どこの手筋（てすじ）の話じゃ」

「たしかな筋、とだけ」

知らずのうちに親指の爪（つめ）を噛もうと手を動かしていたのに気づき、家康は腕をおろした。会津の蒲生氏郷（がもううじさと）死去後、宇都宮（うつのみや）家中もきな臭く、北関東から南奥（なんおう）が非常に不安定となっている。いまだ野心を抱く伊達（だて）への押さえとして上杉景勝が会津に移封となれば、徳川と上杉は境を接するようなもの。秀吉も自身が永くないことを悟り、徳川封じに動いたということか。考えたくないが秀吉の死で、一気に開戦となる可能性もある。

百万石を超える大名同士がぶつかれば、どちらも無傷ではすまぬ。

なにより、上杉移封の話は徳川の間諜（かんちょう）も一切摑んでいない。家康はそのことに驚愕した。

この男、どれほどの「網」を持っている。

与左衛門は気を収め、微笑んだ。

「わしはいまでも内府はんの間諜でっせ。そして商人（あきないびと）や。ゆえに一つ、『御土産』を差しあげました」

「売るものは具足だけではなかったのか」

「せやから、御土産でっせ」与左衛門はからから笑う。「朝鮮なんぞ攻め取れるはずがない。餓鬼（がき）でもわかる。みいんな嫌々（いやいや）戦さをするふりをして、太閤はん、はよ死ね思うとる。あんたが一番願（ねご）うとる。ゆえに御土産は、役に立ちますやろ」

沈黙は是（ぜ）と言うに等しいとわかっていながら、家康は黙るほかになかった。

見送りから戻った弟子が、技折戸を開く音がした。話し声もする。

「つぎのお客が来はった。話は仕舞（しまい）や」

戸口から追いたてられるようにして、家康はかろうじて声をあげた。

「なにが望みじゃ、岩井屋」

武士の屍（しかばね）のごとき具足に囲まれ、岩井与左衛門は眼帯の下を掻いた。

「日の本にもう一度、大戦さが欲しいわなあ」


外はすっかり暗く、家康は、ざわめく竹林のなかに無数の気配を感じた。

「決して振り返るな」

無数の気配は、与左衛門の飼う忍びか。徳川屋敷に帰るまで、ひたひたとあとをついてきた。まるで三方ヶ原(みかたがはら)の決戦で武田本隊に追いまくられたときのような恐怖で、無事に帰りついたときには、全身汗だくになっていた。

「奴(やつ)に甲賀(こうが)の女をつけていたはずだ！」

正信は汗を拭き拭き答える。

「女からは常と変わらぬ、とばかり……」

「奴の函人を探り、かならず唐の大鍛冶法とやらを奪え」

与左衛門の殺気に当てられた。久しく戦さの気配を忘れていた自分を恥じ、家康は我が身を腕(かいな)で抱いた。

二

家康が帰ったのち、小屋に小柄な男がおそるおそる入ってきた。

与左衛門の腹違いの弟、八左衛門だった。

与左衛門が南都を出て丸十年。今年二十六歳、具足師として脂(あぶら)ののった時期であるはずが、木綿(もめん)の小袖一枚から突き出す手足は細い。下を向いたままぼそりと言った。

「銭を貸してくれんか」

与左衛門は内心舌打ちした。年二領の具足注文。それが家康の間諜になるための当初の約定(やくじょう)だった。この様子では徳川の注文も請けていないだろう。

「仕事はどうしたんや。父さんと義母さんは」

「父ちゃんは三年前、母ちゃんは去年死んだわ。病で」

さすがに与左衛門も言葉を失う。厳しい父の丸めた背中、継母が機嫌がいいときは文句を言いながらも着物を繕ってくれたことを思いだした。

「そうか。葬式にも行かず堪忍な」

「おれが報せんかったんや。信濃にいると、与七郎叔父から聞いてはいた」

「……なんでいま借銭にきた」

八左衛門は俯いたまま拳を握りしめている。

「息子が死んだ。まだ二つだった。高熱が出て、薬も買えんで、一晩で。なんや恐ろしゅうなって、おれは工房にも入れんようになった。函人たちもみな別のところへ行った。いまや、南都の具足師もこぞって『与左衛門形』を真似とる」

「巻焔」を作る資金を稼ぐため、与左衛門はとにかく当世風の、大名が好む具足を作らせた。紹介がない注文はすべて断った。最初こそ見向きもされなかったが、黒田や細川といった数寄者の大名の目に留まると、岩井屋で具足誂えをできることが一種の格となるのに、時はかからなかった。千利休目利きの茶碗に破格の値がつくのとおなじ理屈である。利休は秀吉に疎まれ切腹させられたが、具足に金をかけるのは戦さに備える大名の務めだから、秀吉も「ほどほどにせよ」と言うのみだった。とうぜん、奉行衆に賂を贈った上での沙汰だ。

与左衛門は、弟の手に銀の詰まった袋を握らせた。

「これを元手に簪(かんざし)でも鍔(つば)でも作って売れ。かみさんにたんと食わせて、寺で坊の供養(くよう)もせえ」

銭袋を抱き、八左衛門は無言で頭をさげた。来たときとおなじように背を丸めてうつむいたまま消えた。その背を見送り、与左衛門は燈火を吹き消した。具足が闇に消える。

「赤児(あかじ)。八左(はちざ)みたいになったらあかんで。すこしでも精進を怠(おこた)れば転げ落ちる。腕を常に磨け。まっとうな具足師でいるんや」

「与左(よざ)さん。あんたは」

小屋から出た瞬間、吹きすさぶ北風に身が揺らぐ。右半身がほぼ使えなくなって、不自由が増えた。

「手を汚すんは、わしだけでええ」


正月は伏見に真田父子(おやこ)が集まった。与左衛門も昼すぎ、挨拶に参上した。家臣をまじえた酒宴がはじまっており、昌幸の妻や、信幸の妻小松姫(こまつひめ)も姿を見せた。しかし信繁はすでに自身の屋敷に帰ったという。

赤ら顔で昌幸が管(くだ)を巻いた。

「去年七回忌をできなかったゆえ、法要をやりたいと言うたら、無言で出ていきよった」

「そんなこと言わはったんですか」

北条征伐の忍(おし)城攻めで死んだとされた塚原主膳(しゅぜん)、源三郎のことを、信繁は一切口にしなくなった。実際は小田原の山王口で、徳川の命による大筒砲撃で上半身を吹き飛ばされて死んだ。首を持ち帰るどころか、髪の毛一すじ、指の一本すら拾えなかった。信繁の信濃所領坂城近くの寺に、供養塔がひっそりと建つだけだ。

　山王口のことは、与左衛門も記憶が曖昧（あいまい）だ。源三郎の一部を見つけたとき、与左衛門も撃たれた。北条兵が撃った火縄銃の弾は、与左衛門の右目と右肩に当たった。目の方は貫通したらしく、その場で意識を失った。目を覚ましたのは約一月（ひとつき）後、上田城下の自分の間借りする納屋だった。手当てをし、信濃まで運ぶ手配もすべて信繁がしたとあとで聞いた。

　枕元に乃々（のの）がいて、動かぬ右手をさすってくれた。弾の破片が肩に残り、疼（うず）くような痛みに顔を顰（しか）めた。

「お帰りなさいませ。旦那さま」

　女の頬を濡らす涙を拭ってやれぬのが悔しいな、とぼんやり思った。

　復調に時がかかったものの、与左衛門は執念で砦衆（とりでしゅう）をまとめた。猿森（さるもり）、犬飼（いぬかい）、そして忍びである草方棟梁（とうりょう）の留田間（とめたま）という男も傘下（さんか）に引き入れ、大鍛冶法を探しつづけた。

　転機は思いがけなかった。太閤秀吉が全国の大名に号令をかけた文禄の唐入りで、朝鮮に渡った「ある大名家」から『天工開物（てんこうかいぶつ）』という明（みん）の技術書を入手したのだ。

　源三郎の大鍛冶法とはまったく別の、驚くべき精錬法が、そこには記されていた。

　書物によれば、名を「炒鋼法（しょうこうほう）」という。

　通常通り四日砂鉄（さてつ）を熔（わ）かしたのち、土で作った四角の塘（ふね）（プール）に生鉄（なまがね）を流しだす。ふるいにかけた細かい海底の泥を塘に撒（ま）き入れ、数人で柳の棒で手早く攪拌（かくはん）すると――刃金（はがね）ができるというのだ。

かの国では宋朝から炒鋼法で刃金を作っているという。銑鉄中のケイ素、マンガン、炭素といった不純物を空気中の酸素に触れさせて酸化させ、取り除くこの方法は、イギリスで十九世紀に開発されたベッセマー転炉と原理はほぼ同様である。

与左衛門はじめ、函人はみな半信半疑だった。

『天工開物』の記述は簡潔だが、実際やってみると、なかなかに困難だった。真田領は海のない土地ゆえ、まず他国から泥を運んでこなければならない。最初は上杉を頼ったが、うまくいかなかった。四方八方手をつくし、長曾我部家から得た讃岐の海泥に行き当たるまで、三年を費やした。

鉄が冷えたとき、塘のなかに炎のような斑が見えた。海泥に含まれる成分と鉄が反応したのだろう、ゆるくうねり、朱よりも暗い炎色。待ち望んだ濃赤の斑だった。

「薄金や」

爆発した歓呼の声は、与左衛門の耳の奥に残りつづけている。犬飼は声をあげて泣き、猿森は与左衛門に抱きついてきた。赤児は、建屋の隅で一人合掌していた。

「源三郎さまの望みが叶った」

歓喜とどうじに、与左衛門だけは危うさも感じた。

理由は炒鋼法の「簡単さ」である。特殊な小型炉で、十一日もの不眠不休の作業が必要となる源三郎の二場法に対し、炒鋼法はたった四日。木炭も銭もかからず、海泥さえ手に入れば、どこでも生産できる。

他国にこれが知れれば、まずい。

与左衛門は炒鋼法で鍵となる塘の大きさ、海泥の産地および量を極秘とし、それらを記した巻物を厳重に隠匿した。真田家には秘伝があることは知らせているが、仔細は昌幸にも教えていない。巻物の隠し場所を知るのは、与左衛門と犬飼、猿森の三人のみである。

いま与左衛門は巻焰型桶側胴を年五十領、真田に納めている。数年後には、主たる将や馬廻りにはゆきわたる計算だ。戦さの準備は着々と進んでいる。

真田は沼田城をふたたび取り返したが、北条の旧領の大部分には徳川とその家臣が配置された。昌幸はつねづね太閤の沙汰が不満だと、公言して憚らない。

「おれは諦めぬぞ。ときを待つ」

昌幸の愚痴はまだつづいている。

「太閤を憚って葬式もあげず、ろくな供養もできなかった。法要くらいしたってよかろう……あんなに懐いておったのに、源次郎は指の一本も持って帰らなかった。薄情な奴じゃ」

喉までこみあげた恨み言を、与左衛門は呑みこむ。

なにを持ちかえればよかったのか。残った脚を引きずって帰ればよかったのか。内臓か。そのたびに考える。「源三郎」とは、どこに在ったのかと。

首か、髻か、骨か。

もし魂魄なるものがあるなら、死した体の一部はなんなのだろう。

「ぬしもじゃ」昌幸の悪言は与左衛門にも向く。「唐の大鍛冶法をわしにまで隠しよる。源三郎は逐一具足づくりを話して聞かせてくれたぞ」

「他家が狙うておりますれば、どうか御寛恕くださりませ」

いい加減耐えかねたように、信幸が鋭く咎める。

「そのへんになさいませ、父上」

「信幸、ぬしも偉い口を利くようになったのう」

父子が一触即発になったとき、襖が開いて、鮮やかな朱の打掛を羽織った小松姫が顔を覗かせた。

「義父上、熊丸（のち信吉）が起きました。独楽を回して見せてくださいな」

信幸のもう一人の妻・清音には、五つになる男児が生まれていた。昌幸は途端に目尻をさげ、信幸を一瞥すると、さっさと広間を出ていった。小松姫は微笑を残して去り、広間に安堵の息が複数漏れた。

「信幸さま、助かりました。小松姫さまにも御礼を」

「こちらこそ、毎度すまぬ。いまや岩井屋は天下の大店。父の我儘はほどほどに聞き流されよ」

与左衛門が広間を辞すると、対屋で昌幸が孫をあやす声がする。ちょうど部屋を出てきた薄浅葱の打掛の女がこちらに気づき会釈した。信幸の妻で従姉の清音だ。小松姫とともにいまは京暮らしで、二人の妻は助け合い信幸を支えているという。清音に会うのは二度目だった。三年ほど前に婆さまこと、真田の祖母が大往生して、供養を取りまとめたのは彼女だったと聞く。

与左衛門も深く頭をさげ、清音に見送られて屋敷を辞した。

二度目の唐入りから一年半がすぎた慶長三年（一五九八）、葉月八月。

太閤・豊臣秀吉は伏見城で死んだ。

翌慶長四年、あとを追うようにして家康の押さえ役だった大納言・前田利家が死ぬと、翌日に福島正則ら渡海勢を中心とした武断派が奉行石田三成を襲撃し、三成は蟄居、政権中枢から遠ざけられた。目に見えぬ戦さの火種は、確実におおきくなっていった。

与左衛門は京へ向かい、動静を探らせていた草方棟梁・留田間と京郊外の荒れ屋で落ちあった。忍びの棟梁は三十代半ば、中肉中背であらゆる職に化けるのを得意としている。今日は菅笠に丈短かの小袖を尻からげした、馬借の姿をしていた。日に焼け、無精ひげが伸びた精悍な顔立ちだ。

「内府め、ほんまに大戦さを起こしよる。相手は前田か、上杉か」

五人の大老、すなわち徳川家康、前田利長、上杉景勝、毛利輝元、宇喜多秀家は大坂にいて幼い秀頼を支え、許可なく国許に帰ることは秀頼への謀反とされた。しかし一月前に前田利長が所領の加賀へ、上杉景勝が会津へ無断で帰国し、大問題となっていた。家康はこれを口実とし誅伐の兵を起こすらしい。

「まず若輩の前田利長に狙いを定むるようです。前田が詫びを入れれば、上杉」

家康の檄に諸大名は従うかどうか。異を唱える者は出てくるか。

真田はどう動く。

「引き続き諸大名の動きを探れ。些細なことも報告してや」

「承知」話は真田領内に移った。「御国のことですが。犬飼と猿森が、銭を積まれて駿府へ来ないかと誘われたそうです。とうぜん断りましたが。徳川の忍びは、複数入っておる模様」

家康は、与左衛門の足元を切り崩そうとしている。銭で動かぬとなれば、つぎは汚い手を使ってくるだろう。大鍛冶の仔細を記した巻物を、どうしても手に入れたいはずだ。

「急ぎ、犬飼と猿森に草を二人ずつつけてくれ。徳川の忍びは見つけ次第始末せえ」

「承知。あと……」

留田間が言い淀んだ。なんでも淡々と話すこの男には、珍しいことだった。

「言っていいのか、どうなのか」

「是非はわしが決める。話せ」

「信幸さまが、お二人の奥方をひそかに沼田に帰らせたとの由。弟の信繁さまが止めたにもかかわらず、拒否されたと」

二年前の正月に屋敷で姿を見た小松姫と、清音を思いだす。

「人質を帰国させたというのか」

小松姫の養父である家康の許諾（きょだく）があるにちがいない。でなくば前田、上杉とおなじ道を辿（たど）るからだ。信幸はすでに徳川方に近いのか。

「あのかたはなにを考えている……」

与左衛門は考えを巡らせた。はっきりさせねばならない。

最後の大戦さで、誰が天下を得るのか。家康が言うように「具足が無用の長物」となる泰平の世が本当に訪れるのか。

具足屋はなんのために具足を作り、売るのか。
岩井屋は、誰につく。

前田利長は母芳春院（まつ）を人質に出して平身低頭詫びたため、前田討伐の危機は避けられた。残る上杉景勝は領地から戻ろうとしない。

戦さの気配は日に日に濃さを増し、どの大名も備えに余念がない。

師走のおわり、与左衛門は信濃へ帰った。すぐ上田城下には入らず、まず北へ三里の坂城近くの小さな寺に向かう。

師走二十二日。六月二十二日に——正確には二十三日の払暁——死んだ源三郎の月命日である。山門からつづく石段にうっすら雪が積もり、足跡が点々と残っている。墓地へゆくと、線香の香りが鼻に届いた。

小さな供養塔の前に、人がしゃがんで手を合わせている。たった一人、供も連れずに。五十をすぎた男の丸めた背中に、白髪交じりの髻に、雪が積もりゆく。

無言で与左衛門も隣にしゃがみ、手を合わせる。函人たちによれば、月命日ごとに自分たちが参るまえに、新たな花が供えられているそうだ。ただ、昌幸が上洛しているときには、ない。

線香が尽きた。

「お主や信繁に見限られるのもとうぜんじゃ。わしは源三郎を利用し、犬死させた」

葬式もあげず、戒名もない。無銘の供養塔の下には、織田木瓜の前立だけが埋められている。

与左衛門は首を振った。

「真田だけが上田、沼田、二領を維持できたのは、公にはされねど、源三郎さまの篠曲輪一番乗りの功によるものと聞いております」

北条征伐ののち論功行賞で、徳川家康が三駿遠甲信を捨てさせられ江戸に飛ばされたように、東国大名はことごとく転封となった。織田信雄は家康の旧領に玉突き式に転封となったが、本貫地である尾張から動くのを嫌がったため下野・烏山、ついで出羽、伊予にまで流された。のちに許されたものの大名には復帰できず、御伽衆扱いである。

真田だけが本領安堵となったのは、異例中の異例だった。

昌幸の白濁した黒目が、与左衛門を睨む。

「太閤さまが殿に直接仰ったと聞きました」

「さようなこと、誰に聞いた」

昌幸が舌打ちする。

「あのとき、禿鼠に斬りかからなかった己を褒めてやりたいわ。お主、源三郎の草方をそっくり受け継いだのだったな。嫌な耳ざとさよ」

緩慢な動作で昌幸が立ちあがり、供養塔の雪を払う。与左衛門も倣った。

手の熱で、雪がじわりと溶ける。

「わしを恨め、岩井屋」

「恨んでおりました。が、消えてしまいましたわ」

昌幸は背を揺らした。笑ったらしい。

「お主を利用しようという策略かもしれんぞ。わしは表裏比興の者ゆえ」

「あなたさまとつるんで十年余。根っこまで識っとるつもりです。みんなあなたさまを置いて逝った」

武田の屋形と家。信濃の国衆、友。そして源三郎。

昌幸の手が止まる。ぼた雪が手の甲に落ちた。

ぽつりと声がする。

「息苦しい。戦ささえあれば、息ができるのに」

見たいのは徳川の天下か。昌幸の勝ちか。どちらを望む。

胸のつかえがすっと取れた。

「簡単なことでしたわ。炒鋼法を大筒に使わせたらあかん。具足屋の矜持にかけて」

昌幸の頑迷さが、与左衛門は好きだ。いや、嫌いになれぬ。

不器用なこの男を独りにして、ゆけぬ。

きっと、源三郎もそうだったのだろう。

——徳川とは「手切れ」だ。

「最後の大戦さ。わしはすべてを賭ける」

「こちらは商人やさかいに、武人とちごうて一蓮托生は嫌でっせ」

昌幸が驚き与左衛門を見る。はぐれた迷い子が、もう一人迷い子を見つけたような顔をした。やがてたがいに肩を揺らす。

　雪が、強くなりはじめた。

三

　最後の大戦さは、慶長五年（一六〇〇）の夏のおわりに勃発した。

　家康は秀頼の代理として、上杉討伐のため会津へ出兵、真田にも出陣命令がくだった。

　七月、真田昌幸は京から戻った信繁とともに、上田城を出陣した。北条征伐のときとおなじく碓氷峠を越え、沼田城主の信幸と上野国で合流する。依田康国のあと小諸に入った仙石秀久の着到を待つ算段だ。

　与左衛門は赤児と猿森、仕立方二十人を連れ、本隊より一日遅れで上田を発った。草方の忍びが二十人、足軽姿でつき従う。もはや与左衛門は足軽大将と同格といってよかった。

　乃々が縫った袖付紋無の黒陣羽織に、諸籠手と佩楯をつけた小具足姿。編笠に蚊よけの手拭をさげる。

　いつもの坂から見える秋空は高く澄んで、点々と鱗雲が流れゆく。隣の女を見れば、唐輪を解いて垂れ髪にし、駿府で与左衛門が買って小花を彫った櫛を挿している。目を伏せたままの乃々の顔色は、青白かった。

　仕舞いこんでいた櫛を出してきたのは、こんどの戦さはおおきいと肌で感じているからだろう。

口に出さずともみな、今生（こんじょう）の別れを胸に秘めていた。

与左衛門はできるだけ明るく言った。

「乃々さん、毎日天白（てんぱく）さん詣（もう）ではせんでええで。仕事も控えめにな。ツネ婆に手伝ってもらい」

乃々が手を取り、与左衛門の指と絡（から）める。どきりとした。

「旦那さま」

「ん？　会津土産はなにがええ」

長く黙し、乃々は小さな声で言った。

「御無事で戻られるのが、なによりの土産」

「危のうなったらぴゅうと逃げるわ」

走るふりをすると、ようやく乃々の顔がほころんだ。

「そうしてくださいな」


碓氷峠の手前で、本隊に追いついた。本陣へ挨拶に行くと、いでたちを見た昌幸がにやりと笑う。

「見目（みめ）まで誰ぞに似てきおった」

「誰でっしゃろ」与左衛門はとぼけた。「仙石さまを待つんなら、先に発たずともよかったのでは」

「信幸が、急ぎ相談したいことがあると急（せ）かすゆえ」

すでに家康に深く取り入った信幸がなんの相談だろう。昌幸はこのまま徳川に従うつもりだろうか。不安を隠し、与左衛門は口を差しはさむのは避けた。

碓氷峠を越え、上野国に入る。東に進み、信幸と合流したのは七月十七日、板鼻（いたはな）という平野部の入口だった。日暮れ頃から本陣が騒がしい。

上方（かみがた）からの急使が着到した、と夜になってやって来た留田間は告げた。

「使者は大坂奉行衆の書状を持って参ったようで」

「さすがに中身はわからぬか」

「は。ただ、先刻から大殿、若、信繁さま三人だけで談判され、御家老すら入ろうとすると下駄が投げつけられるほどの大事のようにて」

ならば、大坂奉行衆がなにを言ってきたのか、想像はつく。

考えを巡らそうとしたとき、陣幕の外で家老・禰津昌綱（ねつまさつな）の大声が響きわたった。

「岩井屋、本陣へ出頭せよ、疾（と）く参れ」

さっと留田間を見ると、忍びの棟梁は「心当たりはない」との意で首を振る。舌打ちをして与左衛門は立ちあがった。

「只今（ただいま）」

禰津昌綱は、弟の幸直（ゆきなお）とともに二十人ばかりの兵を連れていた。刺すような口調で「来い」とだけ言う。尋常（じんじょう）ではない。逆（さか）らわないほうがよいと、与左衛門は従った。

本陣で待っていたのは、信幸一人だけだった。

「岩井屋、参りました。大殿と軍議と伺いましたが」

「もうすんだ。父上は文を書くと仰って退出された」

使者が昌幸の返事を待っているのだろう。それほど急を要することだ。局面が大きく動いている。

そのさなか己が呼ばれる意味を推し量りつつ、与左衛門は膝をつく。顔は無表情を貫いた。

信幸の切り出しは、静かだった。

「正直に申せ岩井屋。お主、徳川に通じておるな」

ついに知れたか。いつかは来るかもと、はじめて上田に入った十四年前から「このとき」を幾通りも思い描いてきた。まずは騒がぬこと。与左衛門は淡々と返した。

「なにを以って仰るのか、承りましょう」

篝火の薪が弾けた。信幸が大仰にため息をつく。おない年の二人は、瞬きもせず見つめあった。

「きっかけは些細なこと。浜松生まれのお主の女房だ」

「はい」

「十四年前、女が河原で客を取っているという報せがあった。信濃ではしない帯結びをして、変わった女だと思ったそうだ。調べてお主の女房と知れた」

上田へ着いた初日だ。宿で美しく化けた乃々の帯結びを、直してやった。

凪いだ顔の皮一枚下で、血が沸騰する。

「若も御存知やと思いますが、はじめわしらは生活が苦しゅうて」

「女房に女郎働きをさせ当座を凌いだ、まあそういうこともあろう。お主は用心ぶかく、尻尾を出さなかった。確信を得たのは、ほんの数日前のこと」

「……とは」

「櫛。お主が出立する際、女房が櫛を挿していた」

与左衛門は眉をすこし動かし、つぎを待つ。

「あの櫛には櫛屋の一つ引両の標が入っている。調べて駿府の櫛屋とわかった。小松の侍女が知っておった。駿府の出だそうだ」本多忠勝の娘、己の妻の名を、信幸は言った。「お主は女房を連れて浜松に里帰りしたことがあったが、徳川内府の本拠である駿府にも立ち寄ったのか？　なんの用で？　そもそも浜松ではなく駿府へ行ったのではないか」

ちょっと待て、と言いだしたいのを与左衛門は必死で堪えた。

櫛の標を、誰が見ることができた？

見た者は上田の者のはずだ。それを沼田に報せ、小松姫の侍女に確かめ――早すぎる。

与左衛門の反駁を封じるごとく、信幸が畳みかける。

「遡って調べ、北条征伐のころから、女房が熱心に天白社詣でをしていると知った」

「天白社は息子の赤児の氏神さんです。女房は子の無事を願掛けしております」

「実の子ではないいな」

鋭い言が深々と胸に刺さった。怒りに任せて信幸を睨みつけた。芝居でやっているのか、本当に怒りゆえか、自分でもわかりかねた。

「血の繋がりがなかろうと、我が子や」言って御無礼を、と頭をさげる。「あの子の親は、上田合りました」

戦で敵方に通じた罪で刑死しとります。裏切者の子と白い目を向けられながら、必死で生きてまい
しばし信幸が黙る。はよなんぞ言え、と与左衛門は焦れた。

「天白社詣でのとき、お主の女房が、参拝に来た別の女へすれ違いざま、文らしきものを渡すのを確認している。頻度はだいたい二月に一度」

やはり。信幸が疑念を持ったのはここ数日ではない。最初から、信幸は与左衛門を怪しんでいたのだ。十四年前からずっと。

だが、証は櫛と参拝の二点のようだ。まだ逃げられるやもしれぬ。あえて喧嘩腰で怒りを示した。

「櫛の標と、女に文を渡したことだけですか。ずいぶん薄っすいですな。具足屋は銭さえ貰えばなたの具足も作ります。黒田や加藤、毛利、上杉の注文も請けとることは御存知でしょう」

素直に信幸は頷いた。与左衛門はにじり寄った。

「これまで真田のために何千貫つこうたか、おわかりか。岩井屋は真田と一蓮托生。儲けをドブに棄てたことも数え切れん。その岩井屋を、御疑いか」

「……」

黙る信幸に、違和感を抱いた。なぜ信幸は父の昌幸に報せず、一対一で話そうとするのか。さっさと捕え、尋問でもなんでもすればいい。

ひとつ、探りを入れた。

「上方からの早馬は奉行衆の使いでしょう。たとえば石田治部。内容は『徳川内府は大坂城西の丸

に主がごとき天守を建て、禁止された誓書を他大名らと取り交わし、上杉景勝に謀反のいわれなく、討伐軍は亡き太閤殿下の惣無事の法度に背く』。そんなところやないですか」

信幸の太い眉根が寄せられた。いま上方が執る行動は「徳川内府こそ誅伐すべし」。家康との決裂以外に考えられない。

「石田治部は蟄居しとるから、長束、増田、前田玄以あたりの奉行の連署やもしれませんが、いずれにせよ、徳川討てとの密命に相違なからん。大殿は大喜びでしょう。豊家に呼応して徳川と一戦構えるべしと即断しましょうな」

与左衛門は一呼吸置いた。

深く一手を置く。

「しかし若は違う。本多忠勝どのの娘を妻に娶り、徳川内府の覚えもめでたい」

喋りながら、頭を目まぐるしく動かす。

「若は、徳川につきたいんや。血の繋がった父子ですら、袂をわかちますか」

激高するかと思った。だが信幸は目頭を手で覆った。押し殺した声がする。

「そうではない。わしは、父上にも徳川についてほしいと説得した」

なるほど。与左衛門は、にこりと微笑んだ。

――わしも、意地が悪くなってきた。

「御父上は徳川に深い恨みがございます。篠曲輪の塚原主膳の件を御忘れではございますまい」

「ゆえにお主を呼んだ。具足の秘伝があると聞いている」

「なるほど。徳川への『御土産』にわしを使えまいか、と」

おそらく家康は、以前から信幸を懐柔していたに違いない。与左衛門に唐の大鍛冶を渡させよと。さすれば真田を悪いようにはせぬ、と。

信幸は声を詰まらせた。この人の懊悩もまた、深い。

「わしこそが裏切者だ。だが誰かが泥を被って真田を生かす道をとらねば。頼む岩井屋、是と言うてくれ」

是とは言えぬ。

家中どれだけが昌幸につき、あるいは信幸に従うか。矢沢、禰津、河原、鎌原、家中の重臣たちを順繰りに思い描く。自分を呼びにきた禰津昌綱と幸直兄弟はすでに信幸側だろうか。ほかはどうだ。家中も割れるやもしれない。

「ひとつ、伺ってよろしゅうございますか」

「なんなりと申せ」

「『見た』のは誰に」

乃々の櫛の、小指の先ほどの標を、まぢかで見ることができる人物。

天白社詣でに、乃々と一緒に行っていた人物。

思い浮かぶ人物は一人しかいない。

「ツネ婆という老婆じゃ。ただの老婆にあらず。柿渋棟梁、四代千代女」

——ああ、やはり。

はじめに与左衛門を襲い、指を折った、柿渋の忍びは、源三郎も棟梁や元締（もとじめ）、すなわち雇い主が誰であるか知らなかった。長篠（ながしの）で夫も息子ももろとも失った、ツネ婆が棟梁だというのか。では元締は――。

「忍びの元締はあなたでしたか」

ここにきて、奇妙なことに信幸は否定した。

「わしではない」

いずれにせよ、乃々が危ない。立ちあがろうとした瞬間、禰津昌綱が陣幕（じんまく）を払って現れた。鑓（やり）を携えた兵がどっと雪崩（なだれ）こみ、穂先をこちらに向けてきた。信幸が声を荒（あら）らげる。

「なにごとじゃ！」

「若、動かないでくださりませ」

頭をさげる禰津昌綱に、やはりと与左衛門は理解した。口から乾いた笑いが漏れた。

「若。わしらは掌（てのひら）の上だったようですぞ」

草摺（くさずり）を鳴らし、具足姿の男が悠々現れる。いまのやり取りをすべて聞いていただろう。すでに刀の柄（つか）に手をかけていた。

表裏比興の者、真田安房守昌幸。

「岩井屋……、貴様」

与左衛門は地に手をつき、額をついた。

「言い訳一切いたしませぬ」

「父上、御聞きくだされ。いま岩井屋を殺して益はございませぬ。うまく使うことこそ真田の――」

諫める信幸の言葉を、絶叫がかき消した。

「ぬしも、ゆくのか！」

――わしを置いて。

額ずいたまま、与左衛門は奥歯をぎり、と噛んだ。

涙ながらに「心は真田とともにあった」と訴えたところで、なにになろう。具足屋として真田に取り入るいっぽう、二月に一度、乃々を使って徳川に真田の内情を流しつづけていたのは事実だ。

怖ろしく静まり返った夜陣に、昌幸の刀の柄がかたかた鳴る音だけがし、やがて、止んだ。

「捕らえおけ。一刻を争う。具足屋に構っている暇はない」

その場にいた全員がほっと弛緩した。

昌幸が大股で陣を出てゆく。与左衛門は土に額を押しつけ、石のようにしていた。


陣の一角へ押しこめられて、一刻あまり。戌の下刻（午後八時すぎ）ごろ。陣幕の向こうで話し声がし、しばらくして男が姿を見せた。

与左衛門は思わず声をあげた。

「信繁さま」

北条征伐以後、二人はほとんど顔を合わせていない。信繁のほうが与左衛門を避けているらしかった。赤茶けた髪を髻に結い、奉行衆の大谷吉継の娘を妻に迎えてもなお、三十一歳の信繁はどこかあどけない。

驚いたことに、赤児がつき従っている。目を合わせぬまま、信繁は守刀で与左衛門の手足の縄を切った。

「逃げよ岩井屋」

与左衛門は、ぽかんと信繁を見返した。

「父上はあんたを殺すと言って、兄上と禰津幸直が必死に止めている。これ以上は無理かもしれぬ」

禰津も兄弟で割れたか、と思う。

「なら、斬られるまでです」

なにか言いかけた信繁の横から、赤児が腕を伸ばす。勢いよく襟を掴まれ、左の横面を拳で殴られた。肩から地面に転がり、脳髄が揺れた。

赤児の怒鳴り声が、遠い。

「乃々さんのお腹に、子がいる。いつも結っていた髪をおろしたのも、悪阻で頭が痛むから。出陣前に心配かけたくないから黙ってろと言われたが、黙っていられるか」

「は……?」

ぼんやりと意味を考えた。あの女はいくつだったか。たぶん三十をすぎていよう。若くはない自分と偽りの女房の、初子が。

胸ぐらを捩じりあげ、赤児が歯を剝く。

「仕立方が、半里先の秋山川の橋の下で待ってる。信繁さまが手配してくださったんだ。絶対上田に帰れ。いや引きずってでも連れ帰る」

また殴ろうと拳を振りあげる赤児を、信繁が押しとどめた。

「急げ。父上が気づくかもしれぬ」

「若。おれは悔しいです。師と慕った奴が裏切者だった。小田原ですでに、おれたちは源三郎さまを殺した。織田木瓜の具足を作ったのはおれたちです。どう償えば」

信繁の顔が歪んだ。

「赤児、責められるべきは、源三郎兄を殿にして生き延びたおれだ」

さあゆけ、と信繁は与左衛門を立たせ、外で待たせている矢沢三十郎に目配せした。

「小田原征伐後、父上は徳川を憎み、兄上は徳川に活路を見いだした。去年、小松姫と清音姉を京から引き揚げさせた兄上を、豊家の臣となったおれは許せなかった。真田はもう、ばらばらだ」

いつになく強張った面持ちの三十郎が、馬に乗るのを手伝ってくれ、こう言った。

「岩井屋どのを死なせたくない。家中そういう者はあまたおります。早まってはなりませぬ」

前に乗り手綱を握った赤児に摑まる。馬が走りだし、三十郎が先導する。与左衛門は陣を振り返った。満天の星明りのもと、立ちつくす信繁の顔は泣いているようにも、笑っているようにも見えた。

「どうして、こうなっちまったんだろう。みな気持ちはおなじ。真田を生き残らせるためだったのに」

三十郎が速度を落とし、先導を離れた。

手綱を持つ赤児が、体を震わせ泣いている。篝火に照る黒四方の本陣旗も闇に溶け消え、やがて見えなくなった。

四

橋の下で猿森ら仕立方と合流した。赤児がみなに声をかけた。

「上田に帰る。しばしおれが仮の頭となる」

猿森が言う。

「草方はすでに道を探りに出た。留田間は、碓氷峠経由の東山道は仙石勢と鉢合わせする可能性が高いから、榛名山の北を回る吾妻街道を使えと」

「そうしよう」

闇に紛れ厩橋へ、厩橋から東山道を外れ利根川、吾妻川と北上する。夜が明けはじめ、見知った景色が現れる。途中で留田間が来て、追手が出たと報告してきた。

「本陣から出たとは思えませぬ。早すぎる」

――早すぎる。

昨晩も、与左衛門はおなじことを思った気がした。それがなんなのか、混乱して思いだせない。

動揺する函人へ、猿森が吾妻川の対岸を指さした。

「岩井堂砦が見えるぞ。与左衛門がいなかったら、おれたちはあそこで北条に焼き殺されていた。

誰のおかげでいまがある」

みなが頷き、落ち着きが戻ってきた。逃げる者は誰もいなかった。

与左衛門は馬に揺られ、黄色く色づきはじめた山々をただ見ていた。考えなければならぬことがあるのに、頭が動かない。糸のように細い雨が降りはじめ、体を冷やしてゆく。

手綱をとる赤児が言った。

「ずっと聞きたいことがあった。いつから徳川に通じてた。伏見で徳川と会ったときか」

「……はじめのはじめからや」

「なら『巻焰』は、徳川のものか」

川幅が細くなり、屏風岩が反り立つ岩櫃城が山霧に霞んでいる。主のいない御殿跡は、いまも誰かを待っているのだろうか。

「……真田のものに決まっとるやろ。源三郎さまの御遺志を継いで、四年を費やした極みの具足やぞ」

「極みの具足を、なぜ真田だけのものにしておく。真田も徳川も、名もなき雑兵も。死にたい奴は一人もいない」

「徳川は巻焰の技術を、城攻めの道具にしようとしとる。渡したらあかん」

「なら広めればいい」

赤児がなにを言ったのか、与左衛門には理解できなかった。

「なんやて？」

「炒鋼法を日の本じゅうに教え広めたらいい。人の命を守る具足でなく、攻城のために使う者がいたならば、みなの、後世の誹り(そし)を受ける。御伽草子(おとぎぞうし)の業突張り(ごうつくば)の爺さんみたいに隠す必要はない」

唐入りのとき、炒鋼法を秘匿(ひとく)せず各地の具足師に教えていたら、どれだけの兵が命を落とさずにすんだか。かの地から帰れなかった兵は、詳しくは誰も知らないが二万とも、五万とも聞く。何百人、いや何千人。与左衛門の喉を、吐き気がせりあがる。

「それこそ御伽草子や」

赤児が首を振った。

「五年で鉄炮は広まった。種子島銃(たねがしまじゅう)が伝来して数年後には、もう京の将軍さまが鉄炮避(よ)けの土壁を築いたそうだ。おなじことは具足でもできる」

上野と信濃の国境にあたる鳥居(とりい)峠が近づいたとき、草方の一人が山の斜面を跳ぶように登ってきた。

「追手五十、追いつかれました」

振り返れば、折れ曲がった山道の後方で陣笠(じんがさ)が動くのが見えた。筒先がこちらに向いている。赤児は叫んだ。

「走れ！　日の入りまでに逃げきれ。日が落ちれば追ってこられまい」

火縄銃が鳴った。こちらは所詮(しょせん)函人、たいした具足は身に着けていない。函人が一人、また一人と斃(たお)れた。敵は、距離を取ったままひたひたついてきて、火縄銃を撃ちかけてくる。

死者ばかりが増える。猿森が声をあげた。

「荷を捨てろ」

荷車から荷を捨てさせ、横に倒し、猿森は陰に隠れた。手に仕立方唯一の火縄銃が握られている。

「食い止める、赤児あとは頼んだ」

与左衛門は馬上から手を伸ばした。

「あかん、一緒に逃げえ」

敵の射撃の間断をついて筒を構え、猿森の声がする。

「しょぼくれるな。あれこれ新しい具足を考え、駈けずり回るのが具足屋だろ」

「猿森！」

「人使いは最悪だが、手前えはいい頭だった」

赤児が馬の尻を叩いた。嘶きとともに馬が山道を走りだす。びょうびょうと寒風が耳元で鳴り、数発ののち火縄銃の音は聞こえなくなった。最後、おおきな銃声が一発、山間に残響となってこだました。


逃亡五日目の七月二十一日、与左衛門らは上田領内に入った。

失ったのは猿森以下、十人。不思議なことに追手の姿は鳥居峠を過ぎると、ぴたりと見なくなった。真田の守り神である山家神社から、棚田と平野部を見おろした瞬間、十人ばかりとなった仕立方はへたへたとその場に座りこんだ。河原に人だかりがある。市でも立っているのか、日の本を巻きこむ戦さが起きようとしているのに、山河も人も長閑に時が過ぎていた。

先に上田城に物見に入った留田間が戻ってくる。常に平然としている忍び頭も、さすがに疲労の色が濃い。

「いつも堪忍(かんにん)な」

銭で動く留田間は、いつまで自分に仕えてくれようか。案外もう、昌幸に身を売っているのではないか、疑念が頭に渦巻(うずま)く。

「河原に刑場が。おそらく、頭をおびき寄せるためかと。行かぬほうが」

ツネ婆が柿渋を率いていたとて、命を下す元締がいるはずだ。いったい何処(どこ)にいて、どうやって命を出している。

「なぜわしらより先に報せが届く。ずっと天気が悪かったから狼煙(のろし)は使えんはずや。早すぎる」

与左衛門が市と思ったのは、刑場だった。止める忍びを振り切り、与左衛門も函人も転がるように山を駆けおりた。

河原を木柵で囲った周りに、人が鈴なりになっている。

低い台に、虻(あぶ)がたかる晒し首が二十。上田に残った鉄方(かねかた)の首だ。無念に目を見開いている者、歯を食いしばっている者、右端の首は拷問(ごうもん)を受けたのだろう、目鼻が埋もれるほど青黒く腫れあがっていた。

「犬飼、そんな」

それが鉄方棟梁、犬飼の首だと判るまで、しばらくかかった。朴訥(ぼくとつ)で博識な男だった。炒鋼法での刃金づくりは、炉(ろ)をよく知る彼なくしては実現しえなかった。

鐺を振り兵が触れた。

「この女の亭主は具足屋岩井与左衛門、長年真田の御抱え具足屋でありながら、徳川の間者であった。見せしめに、女房を殺す」

首台の横で、女が丸太に架けられている。ぼさぼさの垂れ髪に、麻の肌着一枚だけの姿だった。女が無惨に殺されるという興奮が河原に満ち、野次馬の外側にたどり着いた与左衛門と函人たちに、まだ誰も気づかない。

野次馬たちが口々に言った。

「岩井屋の具足は高うて、うちのお父ちゃんも買えんかった」

「ちかごろはほとんど上田にいなかったじゃろ。やっぱり怪しかった」

与左衛門は唇を嚙んだ。真田や他大名の具足を作るために、京や名護屋を行き来し、雑兵の胴など儲けのすくないものは、小田原征伐以後、作っていない。

ぼんやりと秋空に流れる雲を追っていた罪人の女が、一瞬こちらを見た。

与左衛門は口の動きだけで言った。

――助けるで、乃々さん。

乃々はゆるゆると首を振る。死にたくないと、見物人の目には映ったのだろう、罵声が飛んだ。

「裏切者じゃ、早う殺せ」

瞬間、誰かが走りだす。唸り声をあげ、刀を抜いた赤児が木柵に突進した。

「お前たちになにがわかる！」

もうどうしようもなくなり、与左衛門も走りだしていた。野次馬がどよめき、兵が叫ぶ。

「岩井屋じゃ」

函人たちもめいめい火搔（ひか）き棒や鋤鍬（すきくわ）を手に柵に乗りかかり、あっというまに引き倒した。襲い来る兵を押しとどめ函人が叫ぶ。

「頭、早くお内儀（かみ）さんを」

無我夢中で丸太に取りつく。首だけになった函人に詫び、首の台を引きずって踏み台とし、乃々の体に手を伸ばした。小刀（こがたな）で縄を切れば、差し伸べた左手を摑んで乃々が体に縋（すが）りつく。嗅（か）ぎなれた女の匂いがした。

「阿呆（あほ）、助けるな」

泣きじゃくる乃々の頭を抱き、与左衛門も声を嗄（か）らした。

「乃々さんを見捨てて逃げたら、わしは、もうわしでのうなる」

刑場は混乱に陥（おちい）った。兵は十五人ばかりで、乱入した与左衛門に加勢する野次馬、逆に取り囲もうとする野次馬が入り乱れ、収まりがつかない。

与左衛門は、兵と睨み合っていた赤児を呼んだ。

「一度しか言わん。よう聞け」

炒鋼法の巻物のありかだ。それは、源三郎の五輪塔（ごりんとう）の下、織田木瓜の前立を収めた石櫃（いしびつ）の中にともに隠してある。

「織田木瓜とともにある。回収したら千曲（ちくま）川を渡り西へ、摺鉢山（すりばちやま）から室賀（むろが）峠の裏道をゆけ。深志（ふかし）に出る。木曾(きそ)経由で近江(おうみ)の石田治部を頼れ。ええか、徳川には絶対に渡すな！」

家康が炒鋼法を手に入れれば、決して手放さないだろう。

赤児が荒い息で問う。

「なぜ教える気になった」

正道を外れた具足師は、自ら始末をつける。喉を食い破るように声がせりあがった。

「わしは今日限りで与左衛門を降りる。函人、乃々さん、全部連れてゆけ」

そのとき、与左衛門の腕からするりと乃々が飛び出た。中空に身を投げた女は、赤児を狙って繰りだされた鐺を蹴飛(けと)ばした。兵の頭に取りつき、足を絡めて胴を締め、首をへし折る。

乃々は落ちた鐺を拾い、乱れた髪を払って唾を手に吐いた。

「舐(な)めるな。甲賀の女は自分で血路を拓(ひら)く」

「やめえ。あんた……」

身ごもっているのだろう、という言葉を呑みこんだ。そんなことは彼女自身が一番よくわかっているはずだ。腹の子の命と赤児の命、彼女は瞬時に天秤(てんびん)にかけ、自分で決めた。非情さを与左衛門に負わせずに。

乃々が慣れた手つきで鐺を左右に薙(な)げば、空気が鳴る。ざっと兵や野次馬が退(ひ)いた。

「餌食(えじき)になりたい奴から来い」

乃々は、嗤(わら)った。腰が引けつつ鉈(なた)で打ちかかってきた百姓の手を、鐺の柄で叩いて鉈を落とし、つづけざまに横腹を打つ。乃々が一歩進めば人が一人倒された。群衆の外側から留田間が十人ばかりで斬りこみ、内と外に道が拓いた。

惑う赤児の背を、与左衛門は強く叩いた。

「お前に託す、二代岩井与左衛門。炒鋼法を広め、天下の命を救え」

赤児は風のように走りだす。函人が従った。

——まっとうな具足師でいろ。わしになるな。

追手を食い止めるように与左衛門、乃々、留田間が立ち塞がる。兵と本気の斬りあいになった。

与左衛門も刀を抜いたが所詮利き腕でない左手一本、打ち負ける。相手の兵は、鍛冶屋で忍びの喜三次だった。たがいに顔が歪む。鑓を構え繰りだす刹那、喜三次は躊躇した。

乃々が喜三次の頸にずっ、と鑓の穂先を押し入れる。倒れる体から細く血飛沫が噴きあがる。男は、薄く笑って死んだ。

与左衛門と乃々は背中合わせに声をかけた。乃々が低く言う。

「迷うな。みな斬り殺す覚悟を決めろ」

「喜三次はんは恩人やった……」

「甘ったれるな！　赤児のためだ」

二人はともに千曲川を見遣った。川の瀬を渡って、赤児と函人が逃れゆく。振り返った蓬髪が、深々と頭をさげた。まぼろしか、声が遠く聞こえる。

「父上、母上。美味い飯と御恩を、生涯忘れませぬ」

背中の振動で乃々が笑ったのがわかる。

「母などと呼ばれる筋合いはない。ただ飯を食わせてやり、ともに信州の冬の寒さに震え、ときに叱り飛ばしただけだ」

しっかりしろ、と与左衛門は歯を食いしばった。

「乃々さん、それがきっと身内というもんや」

女の声は明るかった。

「へえ、そうなのか」

「血の繋がらずとも。ちかくに居れば苦楽をともにし、遠くあればただ無事であれと願い、かならず死に別れ――なにかを願う」

騒ぎを聞きつけた城から、増援が坂を走りくだってくる。砲兵が火縄銃を構え、筒先から細い煙が流れているのが見えた。動くのは乃々のほうが早かった。鑓を捨てて物凄い力で与左衛門を引き倒し、上に覆いかぶさるのと、弾が放たれるのはどうじだった。

あたたかい皮膚と皮膚が重なる。濡れた腹の辺りが、ちいさく蠢いた。

与左衛門は女の腹に手を当て、消えようとする命に語りかけた。

「堪忍なんて言わぬ。ずうっと、わしを恨んでくれ」

「それも身内か。難儀だな」

与左衛門が顔をあげると、口元から血を流した女が目を細める。震える細い手が与左衛門の頬を包み、唇を押し当てた。

「幾千の命の上になお、作りつづけろ。与左衛門」

五

兵に捕縛(ほばく)され、与左衛門は上田城本丸の西側、小泉曲輪(こいずみくるわ)の半地下牢に入れられた。

夜になると、堀の水が染みこんで凍(こご)えるほど寒い。松明(たいまつ)を持って背の曲がった小さな人影が牢へ降りてきた。ごま塩の髪を垂らし、牢を覗きこんだ皺(しわ)だらけの顔がにいっと笑う。

「女房は死んだ。定めどおり磔(はりつけ)にして晒したわ」

ツネ婆だった。与左衛門が見慣れた絣(かすり)の小袖姿でなく、諸国を勧進して回る巫女(みこ)が着る白い千早(ちはや)に朱の切袴(きりばかま)といういでたちだった。どちらもぼろぼろで、千早は白と言うより汚れた茶色だった。

腹の子は暴(あば)かれなかった、と与左衛門はそれだけを救いに思った。

柿色の小袖に、手拭を顔に巻いた者が三人、牢の錠(じょう)をあけて入ってくる。与左衛門は両手足を摑まれ、濡れた土の上に仰向(あおむ)けに転がされた。

ツネ婆はいちど与左衛門の右手をとり、はたと気づいた。

「右は不自由だったなあ。乃々が飯のとき椀を持ってやっていたねえ」

左手に取り換え、人差し指の爪と肉のあいだに、三寸ばかりの太針を押し入れた。

爪先(つまさき)から髄(ずい)、脳天に焼けつくような痛みに絶叫する。与左衛門の胴は打ちあげられた鯉(こい)のように跳ねた。

「ああああっ」

「当然の報いだよ。真田の御家に逆らうとは。唐の大鍛冶法とやらを吐け。楽にしてやる」

「あんた夫と息子を戦さで失ったのに、なぜ真田に尽くす。また戦さが起きる。人がおおぜい死ぬ。それでいいのか」

　ツネ婆の顔から表情が失せた。

「あれは、作り話よ」

　嘘だ、と直感が告げる。討死など立派なものかと源三郎に口答えしたのは、きっとツネ婆の本心だ。

「わしの主さまは、ずうっと真田の御家を守る御歌を伝えておる」

「歌？」

「そうじゃ。その御歌さえあれば、ごんがねさまはおいでになる。戦さも終わる」

　御歌も、「ごんがねさま」も、与左衛門には意味がわからない。むかしどこかで、誰かが口にしたような気がするが、思い出せなかった。説明する気もないだろうツネ婆は、喜悦に歯茎を剥きだした。

「ほれ、つぎは親指じゃ」

　深く針を穿たれ、かき混ぜられる。気を失うと水をかけて起こされる。失禁し、糞を垂れ、それでも与左衛門は口を割らなかった。何昼夜が過ぎたろう、地上が騒がしくなってツネ婆と柿渋が引き揚げ、誰かが牢にやってきた。

　抱えあげられ、静かな板間に寝かされる。朦朧と人影を見る。声で昌幸とわかった。

「ぬしは三度殺しても殺し足りぬ。が、此度は天下分け目の戦さ。ぬしや、ぬしの草、一人でも手が欲しい」

「……」

「ぬしの始末をつけるのはわしだ。忘るるな」

　牢から引き出された与左衛門は、信繁の居室がある二の丸の一室で手当てを受けた。牢に閉じこめられていたのは四日間で、いまは七月二十五日。昌幸と信繁は昨日帰城したばかりだという。

　寝入る与左衛門の枕元に信繁がやってきて、ぽつぽつと語った。函人と乃々の遺体は晒したままにせず、寺に丁重に葬るように命じたという。喜三次ら死んだ兵も供養された。

　与左衛門の目に涙が溢れた。

「おおきに……」

「おれのことは気にするな。上方には母上も妻もおるゆえ、結局上方につく以外になかったのだ」

　与左衛門の逃亡後、昌幸は妙に落ち着いたのだという。父に手討ちにされてもやむなしと覚悟を決めていた信繁も、正直驚いた。

　徳川につく信幸と、上方につく昌幸と信繁。父子は別れの盃を交わし、日の出とともにそれぞれの家臣を率いて別れた。沼田城在番の者は信幸に従い宇都宮の徳川本陣へ、上田在番の者は昌幸とともに上田城へ。陣払いは粛々と行われた。信繁が「どちらかはかならず」と言うと、朝日に照らし出された兄は、わずかに微笑んだという。仙石秀久との鉢合わせを避けるため、昌幸たちは与左衛門とおなじく吾妻街道を進み、昨日ようやく上田城に帰り着いた。

「道中父上は、沼田城を陥としてやろうか、と言うたが、義姉上たちの守りが堅くて退散したよ」

義姉上とは信幸正妻の小松姫と、前正妻で従姉の清音だ。どちらも猛将の娘だから、と信繁は久々に笑みを見せた。

こうしてゆっくり話すのは、じつに七年ぶりだ。

信繁の上帯から鉄鈴がさがっているのに、与左衛門は気づいた。小田原山王口で与左衛門が拾った、源三郎の形見だった。

この人は、ずっと苦しんでいる。

「唐の大鍛冶法を、赤児に託しました。徳川だけには渡すなと」

「恩に着る」

信繁は立ちあがった。鈴がちり、と鳴った。

「また明日、話させてくれ。戦さのことを考えているときだけは、気持ちが楽だ」

二人は痛みを忘れるため、数日にわたり話した。

「このあと大局はどう動きます」

信繁によれば、石田治部は大坂に入り、西国を中心に兵を集めている。噂では毛利輝元も大坂に入るらしい。五大老のうち西国最大勢力の毛利輝元、秀吉の猶子である宇喜多秀家、東国大名上杉景勝が徳川に敵対する。

西国勢はかなりが豊臣方につくのではないか。兵数も五万を超えよう、と信繁は言う。

「上方と西国勢、わかりやすく『西軍』としよう。西軍の動き次第では、徳川内府は会津攻めを中止し、東海道を戻るかもしれない。そうすれば、街道筋のどこかで『西軍と東軍』の大戦さになる。西軍につく者、東軍につく者、諸大名はばらばらだろうな。信濃も北陸も、きっと割れる。あちこちで戦さが起きるはずだ」

早口でまくしたてるように喋っていた信繁が、急に真顔（まがお）になった。

「東海道は内府。東山道はおそらく息子の結城秀康（ゆうきひでやす）か、秀忠（ひでただ）が進むと、おれは睨んでる。これを食い止めるのが真田の役目」

「後詰（ごづめ）の見こみもなしに能（あた）いますか」

信繁は目を輝かせた。信繁がむかしのように楽しそうにしていると、与左衛門も気が休まる。

「なんと、あるのさ！　仔細は言えぬがいま父上が謀（はか）っている。父上は、兄上の去就（きょしゅう）を隠したまま、石田治部に甲信二か国をくれとふっかけた。おおきく出たものだ！」

驚いた。昌幸は本当にこの戦さで利を得るつもりだ。

「さすがは真田安房。勝てば武田家旧領回復となりまするな」

「先陣はきっと兄上だ。帰参した兵を先兵に使うのは戦さの習わしだからな。ああ。矛（ほこ）をまじえるのが楽しみだ」

本気かどうか、わからぬことを言う。

「信幸さまは戦上手（いくさじょうず）ですからなあ」

「そうなんだよなあ！　困ったものだ」

二人は顔を見合わせ、くっくと喉を鳴らして笑った。

「こんなことを言えた義理ではないが、岩井屋。真田を見捨てないでくれ」

「信繁さまだけに話しますが、あなたがおられる限り、わしは真田と心中する覚悟」

信繁の鼻頭が見るまに赤らんだ。

「忝し、岩井与左衛門」


与左衛門たちが上田に帰城して一月が経った、八月の末。

信繁の見立て通り、徳川秀忠率いる三万余の軍勢が宇都宮を出陣、上野松井田を経て碓氷峠に入ったと報せがきた。報せたのは留田間である。

「なあ、留はん。なんであんたはわしを見放さぬ。忍びは銭で動くもの。こんな下衆、愛想も尽きるやろ」

いつものように片膝をついた留田間は、感情のない声で答える。

「我らも下衆なれば、下衆の主が要るのでございます」

与左衛門も復調し、ツネ婆の監視を受けつつ、一月領内を忙しく駆け回った。支城である砥石城の強化、神川のせき止め、虚空蔵山の小屋普請など、人を使う仕事は山ほどあった。色づく山里で、百姓は急いで稲刈りを行っていた。

ツネ婆が耳元で囁く。

「馬のように従順なふりをして、隙を見て逃げるつもりじゃろう」

「ようせんわ。それよりあんたの主さまとやらは、誰や」

「言わぬ」

軍議には不思議なことに、与左衛門も呼ばれ末席に座した。あれほどおおくの家臣でひしめきあった評定の間も、いまはうら寂しい。

絵図に目を落とし、昌幸が呟いた。

「小笠原や諏方ら徳川の金魚のふんはわかるが、信濃国衆もかなり転んだのう」

敵は三万余。秀忠に従うのは、榊原康政、大久保忠隣、本多正信といった徳川譜代の歴戦の武士。与力に小笠原信之、諏方頼水、そして真田信幸。

小諸城主仙石秀久、松本城主石川康政、松代城主森忠政、諏訪高島城主日根野吉明らも秀忠の軍に合流する。合わせて四万ちかく。対する真田はどんなにかき集めても五千を超えぬ。籠城戦は十倍の敵をも防げるというが、兵数差は歴然としている。

上方からの後詰は、いつどれくらい来るのかは判然としなかった。

「岩井屋。巻焔はいま何領ある」

自分が呼ばれたのはこのためか、と与左衛門は合点がいった。

「坂城の里に置いてあるものが百五十領ほどと、あと一枚……」

言いかけた与左衛門は、昌幸に睨まれた。

「その話はするな」

「へえ……」

「百五十領、すべてわしの騎兵に配れ」

父の横に座していた信繁が、慌てて腰を浮かせる。

「父上、お……わたしには」

「古びた腹巻でもつけておれ。大将が傷を負う戦さなど、もはや負けよ」

昌幸はこう突っぱねると、矢継ぎ早に命をくだした。

「虚空蔵山裏手の神川と、上流の洗馬川をせき止めよ」

「信繁は砥石城に入れ。先年の上田合戦では砥石城の伏兵にやられたゆえ、徳川はまず砥石城を押さえにくる」

「上田城まわりの稲は刈るなと百姓に伝えよ。手当ては出す」

「それと小諸城主仙石秀久には酒でも送れ」

昌幸は一同をぐるりと見渡した。白髪のまじった眉を動かし、口の片方を動かせば、深い皺が影を作る。目は爛々と光って、丸めた背中から気が立ち昇る。

「みな知っておろう。わしは勝ちの見こみがない戦さはせぬ。天正壬午上田合戦、徳川の奴ばらは泣いて逃げおった。此度は秀忠を泣かすぞ」

低くよく通る声が、板間を抜ける。信繁もほかの家臣も、背筋が伸びた。与左衛門も体を震わせた。この人の、もっとも生き生きとするのが、合戦なのだ。

ぱん、と昌幸が膝を打つ。

「以上。手はじめに、秀忠に降る」

九月三日、秀忠の三つ葉葵の陣旗が、上田と小諸の中間まで押して来た。

昌幸は直筆の書状を陣僧に持たせ、信幸の陣へ向かわせた。「安房守は頭を丸めて降参します」

と書いた書状はすぐに秀忠の手に渡り、「降伏を受けいれる」と返事がきた。

「おお、徳川の若殿は慈悲深き御仁よ」

そこからが昌幸の戦さのはじまりだった。

昌幸は一日で降伏を翻し、挑発に出たのだ。直筆の書状に、「うちの信繁はもう三度戦さに臨んでいるが、お前は初陣だな？　ちなみにわしは大小合わせて四十九の戦さに出ている。五十回目が初陣の若造とはつまらぬ」と書いた。

秀忠は激怒し、上田から一里しか離れていない神川まで兵を進めてきた。まずは信繁が籠る砥石城を押さえるつもりらしい。

九月五日は、いまにも雨が降りだしそうな曇り空だった。与左衛門と留田間は、砥石城から南東に張りだす、かいこ山とも呼ばれる虚空蔵山近くの小屋に潜んだ。敵の寄せ手を見極める役目である。

「信幸さまが来た。徳川の将も一緒だ。榊原、大久保といった大将格やないな」

緩やかな坂を、兵三百ほどが登ってくる。先頭は六文銭の朱旗で、後方の旗は、徳川譜代の土井利勝と思われた。信幸が来れば、抵抗せず城を明け渡せと昌幸は信繁に言った。今日の戦さはなしだ。

唐冠形兜に黒漆塗素懸縅胴丸姿の信幸が進み、こちらを見た。おそらく気づいている。だが馬を止めることはせず、本丸へつづく坂へ向かう。

「あとは無事、信繁さまが城を明け渡すのを願うばかり。さほど時はかからぬはず」

四半刻（三十分）もせず、異変が起きた。

だーん、と火縄銃の音が山に響き、鬨の声が聞こえてきた。

与左衛門は、留田間と視線を交わす。

予想外のことが起きた。慌てて窓から見遣れば、六文銭の朱旗が転がるように坂を走りくだってくる。兵に守られ、信幸の兜の纓の脇立がちらりと見えた。

砥石城に入っていた草が、小屋に走りこんできた。

「仕掛けを切れ、と信繁さまが」

砥石城の本丸よりさらに山奥に入った洗馬川沿いの砦、そしてここ虚空蔵山裏を流れる神川の二か所に、昌幸の命で川の水をせき止める「仕掛け」が施してある。堤を切ればたちまち敵が流される。土井もろとも信幸も殺せというのか。

坂をくだりきった信幸は土井利勝を先に逃がし、兵を反転させた。山上から、馬蹄の音を響かせ、兵五十ほどが駆けくだってくる。

「それはあかん」

与左衛門は叫んだ。兄と矛をまじえるのが楽しみだ、と信繁が言ったとき、そんな考えはならぬときつく叱り飛ばすべきだった。仲の良い兄弟であるいっぽう、信繁がときおり見せる強烈な負い目に気づいていたのに。裏腹に口から罵りが漏れた。

「あの糞坊主、三十にもなって兄貴と張りあいよって！」

先頭に、信繁が立っている。父の言う通り頬当に腹巻、簡素な戦装束の信繁は、脇立のつもりか一対の鹿角を頭に布で巻きつけて、山から降りてきた雄鹿のようだった。朱鑓を真っ直ぐ前に向け、大音声で呼ばわった。

「兄上、いずれが強いか試そうぞ」

信幸が自ら火縄銃を構える。いまにも雨が降り出しそうな雲空のもと、火縄から煙が細く流れた。

「お主は一生涯、わしに敵わぬよ」

長い銃声が響く。

信繁の右の鹿角が弾け飛んだ。衝撃で体が仰のけになる。与左衛門は小屋を飛びだし、信繁のもとへ走った。刈り残された金色の稲穂が揺れる。

「まだまだッ」

馬の腹を蹴ろうとする信繁の馬の轡に、与左衛門は取りついた。信繁の瞳孔は開ききって、八重歯を剝いて怒鳴ってくる。

「どけ、蹴り殺されたいか与左衛門」

「あきまへん。御兄弟殺しあうなかれ」

「武士として戦わせろ、最後の大戦さだ」

もみ合う二人をよそに、信幸は馬首を返す。ちらりと兜の庇をあげた。与左衛門も頭をさげて応じる。

山霧が湧き、冷たい雨が降りはじめた。

信幸は悠々兵を退き、絶叫がむなしく山間に響いた。

「勝負せえ、兄上」

翌朝、秀忠本隊は神川を渡った。

小雨のなか、三千の先兵が上田城へ近づき、苅田をはじめた。真田を誘き出す作戦にほかならない。残る兵は上田城を迂回し、支城攻略に向かったとの報もある。

昌幸は顎髭を捩じり、渋い顔をした。

「あちこちら、ばらけられるのは困る。わしが出よう」

例の梯子具足に天衝の兜を被り、昌幸自ら八百の兵を率いて討って出た。敵が見えるところまで近寄り、昌幸は采配を振り回した。

「おう鎮目に朝倉、百姓の真似事か。おなじ武田家臣といえど、一国一城の主であるわしとは、ずいぶん差がついたもんだのう」

苅田を指揮していた鎮目、朝倉は、元武田家臣で徳川に降った者たちだった。怒った二人が火縄銃を撃ちかければ、昌幸はおどけて背を見せる。

「おお、怖や怖や」

すこし逃げると昌幸は懲りもせず、また嘲る。いよいよ鎮目と朝倉も我慢ならず、横一列に火縄銃を据えた。

昌幸は鐙を踏んで立ちあがり、拳で天を衝いた。

さっと山から風が吹く。

霧雨を降らせていた雲が割れ、淡い陽光が差した。濡れた稲穂の海が、黄金の粒を撒いたように光を放ち、昌幸はそのなかで悠然と笑んでいた。

「白山大権現、御照覧あれ。真田の武を」

　田畑の道々から伏兵が立ちあがり、いっせいに火縄銃を放つ。至近での撃ちあいとなった。耳をつんざく轟音、黒煙が立ちこめ、煙の切れ目から、真田の騎兵が躍り出た。鉛弾の飛びかうあいだを割って、敵の据えた竹束を蹴散らし、どっと乗り入れる。火縄銃を持つ敵の腕を斬り落とし、脳天から鑓を打ち据えて叩き潰せば、血飛沫が散った。

　ある程度攻撃するとさっと退き、徳川方が追えば、火縄銃を釣瓶撃ちにする。決着は一刻もせずついた。神川から退き太鼓が鳴ったのだ。昌幸は深追いをとどめた。

　屍が折り重なる稲穂の海で、高台に立つ金扇朱丸の馬印を睨みつける。

「徳川秀忠どの、おいでなされ。戦さの醍醐味教えて差しあげましょうぞ」

　本陣でいきり立った秀忠が、本多正信ら家臣に羽交い締めにされ止められているとは知らず、昌幸は馬首を返すと高笑いして、上田城へ引き揚げた。

　昌幸は、手をすべて打ち終えた。


　その日の夕暮れ、与左衛門は本丸の昌幸の居室へ呼ばれた。武装した兵に襖を引かれて中に入ると、驚きに声が漏れた。さっぱり部屋が片付いている。山積みにしていた文や書物、文机、長持はもちろん、なにより「信玄公より賜った」南蛮具足が消えていた。

　たった一つ。障子越しの西日に照らされ、見慣れた具足だけがある。皺革包仏二枚胴。いましがた戦場へ着て行った通称、梯子具足だ。

「直せ。おかしな真似をすれば、外に控えし者がぬしを殺す」

天衝の前立は弾が貫通して割れ、錣の威糸も二、三、切れている。もっとも酷いのは胴で、革包が破れ胸元に直径一寸半ばかりの凹みがついていた。火縄銃の弾が当たったあとだ。一つではない。数えると六つあった。

冗談のつもりか、昌幸がぼそりと言う。

「六文銭じゃ」

どれか一つでも弾が胴を貫通していたら――命はなかった。与左衛門は天を仰いだ。

「信じられへん！　なにゆえこないな無茶を」

「つべこべ言うな、黙って直せ」

「心得のある者がほかにおりましょう。見ての通り右手がようないのです」

昌幸の眦が吊りあがる。

「直せ」

使いをやって道具を届けて貰い、修理にとりかかる。とはいえ炉もないから裏革を外し、鎚で凹みを打ち直し、切れた威糸を繋ぎ合わせるくらいしかできぬ。足で胴を固定して目の詰まった孔を鑢で削り、口と左手で威糸を通す。破けた表の革包は小さく切った革を当てて膠で接着する。

昌幸の視線を感じつつ、手指の感覚を研ぎ澄ます。

兵たちが城内を行き交う音、松明の爆ぜる音、遠くで梵鐘も聞こえた。手元がおぼつかなくなり、灯りがぱっと灯されてはじめて、日が暮れたことに気づく。

顔をあげると、昌幸と目が合った。

「討って出たのは、後詰の見こみがのうなったからだ」

「え？」

昌幸は立膝（たてひざ）に己の顎を載せる。

「しかとはわからんが、岐阜城が東軍の手に陥（お）ちたらしい。想像以上の早さだ」

岐阜経由で送られるはずだった後詰が、もう来ないということだ。木曾から近江へ向かえと伝えた赤児は、どうなったろう。なにより、大局が昌幸の軍略を凌駕（りょうが）したことは、与左衛門にも信じがたかった。

「焼きが回ったものだ。将が具足に傷をつくるなど負け戦さよ。明後日決戦に出る。あとは籠城だ」

言葉がなかった。後詰の見こみのない籠城、その最期は悲惨だ。数々のむごたらしい落城の列に上田城も連（つら）なるのか。

小さな燈火では、昌幸の表情が読みにくい。

「いよいよとなれば、ぬしを徳川に遣（や）って助命を請う。命を助けてやったのだ、働けよ」

相変わらずの傍若無人（ぼうじゃくぶじん）さに、怒ることも忘れ与左衛門は手で制した。

「また騙（だま）されるところでしたぞ。信繁さまの御姿が、見えませんな。一緒に出陣なされたのに戻っておられない。いったいどこへ」

昌幸はにたり、と笑ったが、答えはしなかった。肩の力が抜けた。

「やはり奥の手が」

「当然じゃ」

「ほれ、終わりました」

押し出した具足を灯りに向け、昌幸は満足そうに頷いた。

「相変わらず、怠るということをせぬ手よ。どう転ぶかわからぬゆえ、いまのうちに言うておく。あの一枚な。そのときが来れば、ぬしの作りたいものを作れ」

「そんな――」

具足師のみならず、職人は客の注文があってはじめて仕事ができる。望みのないところに、ものは作れない。

昌幸の声はちいさく、呟くようだ。

「わしはあいつを、具足師として死なせてやらなかった。一日じゅうでも工房に座って、手を動かすのを至上とした男を。いまのぬしの姿と重なったわ」

「違います。源三郎さまは自ら選びとって、戦場(いくさば)へ往(ゆ)かれた」

「知ったような口を利くでない」

手を伸ばし、昌幸は与左衛門の額を指で弾いた。

「最後の一枚でぬしの望むものを作れ。それがわしの奴への供養で、ぬしへの仕置よ」

八日、澄み渡った空の下、徳川方はほぼ全軍が神川を渡って上田城に接近した。

渡河(とか)が終わると急に背後の川の水量が増し、濁流(だくりゅう)を見た徳川方は退路を断たれたことを悟った。

鉦（かね）がけたたましく鳴り、上田城から兵が討って出る。先陣を切る騎兵五十騎は燃えるような濃赤（こきあか）の具足で揃え、地を舐（な）めつくす炎のように迫ってきた。徳川方は恐慌に陥り、染屋台（そめやだい）に布陣する秀忠本陣の備えが薄くなった。

そのとき、虚空蔵山からもう一つ鉦が鳴った。

本多正信は秀忠に土下座して告げた。

「伏兵にて。挟撃されては危のうございます。いますぐに御退（おひ）きを」

一昨日、昌幸自ら討って出た理由が知れた。自ら囮（おとり）となって目を引き、両軍の目が小競合（こぜりあ）いに集中している間に、息子の信繁を移動させて虚空蔵山に伏兵として配した。

「奥の手」であった。

折れた鹿角の脇立が風を切る。馬上で朱鎗を構え、信繁は言った。

「やろう、ねえ」

答える相手はない。秋風だけが信繁の呟きを聞いた。

徳川方を増水した神川に追い詰め、真田方の大勝で九月八日は暮れた。

敵を散々討ち果たした信繁は、返り血を浴びて上田城の門を潜（くぐ）り、出迎えた与左衛門へ手を挙げて応えたが、歓呼する兵や民に囲まれてすぐに姿は見えなくなった。城内は喜びに沸き、昌幸は

「小諸城に命からがら逃げた秀忠は、いまごろわしの贈った見舞いの酒を目にしているはずじゃて」

と高笑いした。

しかし翌朝、信じられないことが起きた。

徳川全軍が、小諸城から諏訪に転進したという。

与左衛門も信繁も、昌幸すら、化かされた心地になった。戦況が動いたに違いないが、真田には皆目わからぬ。

十日ばかりのちから、断続的に驚くべき報が入りつづけた。

九月十五日、美濃関ヶ原にて東軍西軍合わせて十五万とも二十万ともいう大軍が激突、合戦はわずか数刻でかたがつき、西軍は壊滅した。石田治部少輔三成、肥後宇土城主・小西摂津守行長、毛利家重臣・安国寺恵瓊らは、首魁として斬首に処されたそうだ。赤児がどうなったかは、まったくわからなかった。

信繁は兵を率いて葛尾城など東軍方の城をなんども攻めたが、それも九月末までだった。兄の信幸が文で降伏を呼びかけ、昌幸はそれを受けいれた。

家臣がみな「真田の御家存続のため」耐えてくだされと、涙ながらに訴えたためだ。


枯葉が落ち、水堀をゆるゆると流れてゆく。一枚の葉が淀みに捉まり、沈んでゆくのを見る。水堀にかかる橋の欄干に腰掛け、足をぶらぶらとさせながら、信繁は呟いた。

「もうわからない。残す残すって、真田はさほどに価値のある家か?」

「観念せえ糞坊。負けは負けや」

「おいその糞坊っての、無礼だぞ」

砥石城での無茶な追撃から、与左衛門は信繁を坊と呼んでいる。逸ったという自責が信繁にもあるのか、口を尖らせても本気では怒らない。

「やかまし。坊。真田だけやない。西軍八万がすべて敗残兵や」

「反吐が出る――来た来た」

大手口門に連なる大通りを、物々しく警護された女が歩いてくる。与左衛門は信繁とともにこの人の出迎えを命じられていた。浅葱色の小袖の裾をあげ、脚絆をつけた旅姿の女は、笠の端をあげた。信繁が欄干からぴょんと飛び降り、女に駆け寄る。

「義姉上。兄上の名代御苦労さまにございます。悪路で大変だったでしょう」

徳川の陣で戦後処理に奔走する信幸の名代として、徳川からの沙汰文を持って来たのは、信幸の妻、清音だった。もちろん徳川方の取次役も一緒である。

「嫌だ。幼き頃からあなたと虚空蔵山や太郎山を駆け回り、婆さまの御歌も一緒に教わったでしょう。碓氷峠なんて小山のようなものよ」

信繁が苦笑した。

「懐かしいことを仰る。婆さまの御歌は女子相伝というのを、知りたがりのわたしが泣いたゆえ、義姉上がとりなして特別に教わったのだった」

「まだ覚えておりますか？」

「もちろん。婆さまや義姉上ほどうまくはございませんが」

力強く頷く信繁に、義姉は目を細めた。

「源次郎。御歌をよく覚えておいてね。ごんがねさまは、良きにつけ、悪しきにつけ歌に感応し巡り来て、うち滅ぼしてくださいますからね」

傍で聞いていた与左衛門の頭に、瞬間稲妻が閃いた。

「まさか」

ツネ婆の言っていた、御歌と「ごんがねさま」だ。

かつて上田城で会ったときにも、清音は祖母からごんがねさまの祝詞を教わったと言った。

点と点が繋がり解の形を帯びる。ツネ婆が気づいたことを信幸に伝えられたのは誰だ。上野国から逃げる与左衛門へ、真田の早馬に応じて追手を出すことができる人物。どうじに距離の短い碓氷峠から急使に仕立てた忍びを先回りさせ、上田城へ裏切りを伝えたのは。

早すぎる、と思われたすべてのことが、できる。

沼田城にいたこの女が、柿渋を動かすことができれば。

「ツネ婆や柿渋の元締は、あなたでしたか」

ざあ、と落葉が大通りを吹きすさび、信繁を見ていた女が、ゆるりと首を動かした。弦月のように反った目で、女はこともなげに言う。

「そうですよ。わたしは真田の女。戦うのは男子だけではありますまい」

信繁も異変に気づき、眉間に皺を寄せた。

「ああ、岩井屋さん、あなたの息子はわたしの手の者が、深志の手前で捕らえました。安心してくださいな。殺しませぬ。大事な御土産ですもの。いまごろ駿府に着いたでしょう」

赤児が徳川に捕らわれた。

足元が崩れ落ちるような感覚に、与左衛門はよろめいた。

「内府さまはたいそう御喜びになり、叔父上（昌幸）と源次郎の斬首を、流罪に減じてくださいました。ああよかった！」

「義姉上」

「いまから御沙汰があります。さあ、御城に入りましょう」

乃々と赤子、犬飼、猿森や函人、喜三次を死なせた。すべては炒鋼法を徳川に渡さぬためだった。

膝をつき、泣き喚きたかった。地団太を踏んで暴れたかった。

軋んだ音をたて、城門が開かれた。女が笠を取り、背筋を伸ばして門を潜る。兵を引きつれ、勝軍の大将の入城のようだった。

「源次郎、いよいよとなれば、ごんがねさまに縋りなさい。ごんがねさまは、滅ぼしてくださる」

与左衛門は、反射的に口を挟んだ。

「――誰をです」

答えは、なかった。

すっかり雪を被った山々に見おろされ、閉じられる城門の前で、信繁と与左衛門はただ立ち竦む。

閂をおろす重々しい音がし、泰平の世の到来を告げた。

その内に、二人はいない。

日の本を二つにわける大戦さの結果、豊臣秀頼はひきつづき大坂城に残るものの、改易（かいえき）は八十八家、日の本総石高の四割におよんだ。五大老のうち関ヶ原本戦にも参戦した宇喜多秀家は八丈島に流され、毛利輝元は周防（すおう）、長門（ながと）の二か国のみ安堵。いっぽう勝者は池田、黒田、福島ら本戦で功を挙げた者のほかは、徳川一門や譜代家臣が大幅に加増された。

慶長八年（一六〇三）二月、家康は征夷大将軍、右大臣に任じられ、江戸に幕府を開府した。二年後には将軍職を息子の秀忠に譲り、将軍職は世襲（せしゅう）であることを天下に知らしめる。天下は大坂の豊臣と江戸の徳川、二つの公儀が並び立つ奇妙な状態となり、とうぜん、それは長くつづかなかった。

慶長十九年（一六一四）の冬、大坂の陣開戦。

第六章

遊行する神

一

その銃声は、さまざまな人の浅い眠りを覚ますように、長く尾を引いた。

まだ明けやらぬ早暁、乳白色の霧海が揺らめく向こうの「篠山」も、音に呼応するように黒い四方旗が翻る。

慶長十九年（一六一四）、十二月四日。

ようやく東の空が白みはじめた卯の上刻（午前五時ごろ）。大坂城を囲む徳川勢、井伊の陣。

「抜け駆けは誰じゃ。井伊でなかろうな」

井伊家名代・直孝が叫ぶと、伝令が走りこんできた。

「前田の先手が、篠山の堀際で撃ちはじめました」

伝令がつぎつぎ駆けこんでくる。火縄銃の音は一発、また一発と増えてゆく。

「越前少将さまの一隊が堀の柵を除けようと、篠山に近づいております」

「加賀さまの先手、堀柵を越える由」

前田のみならず、大坂城の南面を任された将が、こぞって抜け駆けをはじめたという。総攻撃の押し太鼓は、辰の上刻（午前七時ごろ）と決まっている。抜け駆けは死罪だ。だのに灯りに吸い寄せられる蛾のごとく、兵は霧の海を前進している。

あの「城」がみな、怖いのかもしれぬ。

直孝も床几から立ちあがった。

「手柄をば逃さじ」

暗く深い穴へどさりと放りこまれる、裸の屍を思い描く。直孝が幼いころから見る悪夢だ。裸の屍は自分だ。冷たい泥が皮膚に張りつく感覚が蘇る。

身震いした直孝の後ろから、控えめな声がかかった。

「おそれながら、御支度をば」

振り返ると、小姓のさらに後ろに男が膝をついている。二十五歳の直孝より年上の、四十がらみの男で、武士ではない。藍染めの小袖、野袴に脚絆を巻いて、襷がけをしている。男は、徳川家御抱えの具足師である。丸顔で団子鼻の愛嬌のある顔で、目尻の皺が優しげだ。「御隠居さま」、すなわち征夷大将軍をすでに退いた徳川家康の側にあがるときも、つねに微笑を浮かべ、弟子を叱っているところを見たことがない。

「御隠居さまの具足師・岩井与左衛門どのみずから、着つけていただけるとは」

与左衛門の前には、井伊の家紋を刻んだ鎧櫃が置かれている。

朱漆塗燻韋威縫延腰取二枚胴具足、いわゆる「井伊の赤備え」。

初代直政が好んだ朱赤漆塗の板札素懸縅二枚胴はそのままに、板札は碁石頭で見目よく、藍糸を好んだ父とは違い、山吹色に似た薫色の革紐で威し、腰から下は毛引威の段替わりと一見質実ながら手がこんだ作りである。

手早く具足を身に着け、兜の緒は自分で締める。直孝はきつく締めるのが好きだ。父はすぐ脱げるよう緩く締めると言っていた。長さ三尺（約九十センチメートル）もの角型天衝脇立を与左衛門が持ち、「御無礼を」と断って踏み台に乗る。

脇立をつけつつ、与左衛門は直孝にしか聞こえぬ声で囁いた。

「黒い四方旗の立つ隅櫓を攻めなされ」

直孝はかすかに頷いた。昨日、各大名陣地の仕寄り、竹束や柵を据えた攻め手の拠点を見回りに来た御隠居さまが、なにも言わず、この具足師を井伊の陣に置いていった意味が、ようやくわかった。

詳しい経緯は知らねど、この男は信濃の生まれと聞いた。「あの城」の城将も、信濃の将の息子だという。

「黒旗の下に、直孝さまの求む者がおりまする」

前夜から城まぢかに潜ませた者から、前田勢が堀底で出られなくなっていると報せがきた。この霧だ。堀底で的になるのがおちだ、味方を援けるためなら、名分もたつ。

直孝は采配を振った。

「見殺しにするなかれ。出る」

軍を四手に分け、重臣木俣守安らに二から四軍を任せ、自ら一軍三百を率いて討って出る。重臣木俣は不満げに眉を動かしたが、止めはしなかった。所詮あなたは当主の名代だ、と顔に書いてあった。

正妻の侍女についつい父が手を出し、生まれたのが自分だ。ひっそりと寺で育てられ、はじめて父に会ったのは、たしか十二のとき。対面のあいだじゅう父はひどく饒舌だったが、自分はずっと平伏して、一度も父の顔を見られなかった。

対面は半刻ばかりで終わった。去り際、父はすこし不機嫌になった。

「ぬしは頭がよい。ゆえに厄介じゃ」

おない年の腹違いの兄、すなわち嫡男の直勝に背くな、ということだと理解した。

父が存命のころはそれでよかった。だがいまは。

井の字を染め抜いた朱の旗が、強く鳴る。

鐙を踏んで直孝は前だけを見据えた。東の空が淡く色づき、世に光が満ちてゆく。遠い海面がきらと光るのが見えた。冷たい海風が、霧を払ってゆく。

「見えてきた」

大坂城惣構から張りだし聳える「その城」が。

味方がざわめく。

ふたつの自然の台地を合わせて土塁を積み、二十間（約三十六メートル）もの広い堀で囲んだ出丸、いわゆる丸馬出である。通常は城の出口を守る機構だが、これほど大きな馬出は古今例がない。東西一町半（約百六十三メートル）、奥行きはどれほどあるかわからない。土塁の高さは五間だが、土塁の天辺の土居を木塀でぐるりと囲んで、高さは倍以上となる。塀の一部は二層で、無数の狭間があった。

狭間から火花が散る。鉛弾がばらばらと降りそそぎ、堀底から無数の悲鳴があがった。

「援け――」

前田勢に助勢しようとしたとき、西側から使番が駆けてきて、強い口調で告げた。

「少将さまより、助勢請うと。急ぎ来られたし」

前田勢を見捨ててこちらを援けろ、と言っている。

現将軍秀忠の兄・結城秀康を家祖とする越前松平家は、「制外の家」としてあらゆる徳川・松平係累でも別格扱いだ。外様の前田とは格が違う。秀康の嫡男で現当主の忠直は気性が荒いと聞く。要請を断れば、どんな難癖をつけられるか。

「承知、西へ回れ」

堀底の叫泣に背を向け、直孝は馬出の西へ回った。

西側は堀がやや浅いが、水が溜まって攻めるのは容易ではない。一昨日も昨日も、井伊勢はあの馬出を攻めたのだ。手も足も出ず、死者ばかり増えた。

丸く弧を描いた馬出が本城と結節するところに、隅櫓が立っている。無紋の黒四方旗が直孝を見おろしていた。

この丸馬出の守将、城の主がいる。

先で、黒馬に乗った若い男が直孝を手招いた。

越前少将、松平忠直。直孝より五つ下、二十歳。黒地に銀糸の刺繡の入った陣羽織に、黒の縦剝胴、黒の頭形兜と黒ずくめだった。直孝が下馬しようとすると、忠直は手で制し、顎をしゃくる。

激しい一斉射撃に、頭が割れそうに痛んだ。黒煙がもうもうと立ちこめ、渦巻き、城に這う龍のように見えた。黒煙のなかで火花がちかっ、ちかっ、と光る。

忠直は特徴的な引き笑いをした。吊り目の下にたるんだ皮膚が隈（くま）になっている。

「禍々（まがまが）しきものよ。守将は真田左衛門佐（さえもんのすけ）というらしい」

二度も徳川を破った真田安房守（あわのかみ）の名は、日（ひ）の本（もと）に轟（とどろ）いている。嫡男は今は亡き本多忠勝（ただかつ）の娘婿（むすめむこ）で、これも堂々たる人品（じんぴん）だ。直孝も一度江戸城で遠目に見たことがあるが、背が高く凛（りん）とした佇（たたず）まいに、気後れしたのを覚えている。

左衛門佐という男はよく知らぬ。次男か三男、あるいは傍流だろう。

忠直は言った。

「あの隅櫓の下、おそらく塀に隠し口がある。が、合横矢（あいよこや）があって攻められぬ」

丸馬出は本城の土塁の凹（へこ）みに収まるように築かれ、これを合横矢と言う。隅櫓を攻めれば、馬出、本城、隅櫓、三方からどうじに狙われ、死に絶える。

「隅櫓もあり、三方から的となりまするな」

「さすがは井伊の赤鬼」

父はそう賞された。だが自分はその名にふさわしいか。具足に着られておる、と重臣たちが陰口を叩いているのを、直孝は知っている。

関ヶ原合戦から十四年。二十代の若い将はみなこれが初陣（ういじん）だ。直孝も例外ではない。

それでも、才覚の差は出る。忠直はぎらつく目を黒四方旗へ向け、大音声（だいおんじょう）で命じた。

「夜陰（やいん）のうちに堀底の柵を取り払った。国丸（くにまる）が兵二百で一気に登り、崩す。井伊も助勢せよ」

将軍秀忠の甥の命だ。逆らえるはずもない。直孝は頭(こうべ)を垂(た)れた。

「はっ」

「国丸、来い！」

忠直が呼ぶと、弟の松平直政が赤馬を走らせてきた。まだ幼子(おさなご)の面影(おもかげ)が残る、十二、三の少年だ。こんな少年まで駆り出すのか、と直孝はなんとも言えぬ気持ちになる。

直政は、声変わり期のいがらっぽい声で兄に反論した。

「幼名はおやめくだされ、兄上。直政という名がございます」

「その名はまだ早い」

忠直はちらと直孝を見る。父の直政とおなじ名に、気を遣われたらしい。ちょうど朝日が幾筋もの目映(まばゆ)い光線を放ち、黒ずくめの忠直は地に這う龍へ挑む目を向けた。

「陥(お)とせ、真田丸」

本陣で押し太鼓が鳴る。地響きのような馬蹄(ばてい)が近づいてくる。地の底から声が沸く。直孝も知らずのうちに声を出していた。

前進すべく直孝が手綱(たづな)を緩めたとき、背後で忠直が言った。

「便所の下の豚小屋に投げこまれる夢を、見たことがあるか」

ぎくり、と心臓が跳ねる。まさか将軍の甥であるこの男も、自分と似た夢に苛(さいな)まれているのだろうか。まさか。

「貴君(きくん)は妾腹(しょうふく)の次男であったな。兄君(あにぎみ)は失礼ながら軟弱で、家臣も弱りはてているとか。この戦(いくさ)

さで貴君が武功を挙げれば、井伊家は貴君のもの。いや。武功を挙げねば、家自体が危うい」

「……」

大人より一回りも二回りも小さな具足をつけた国丸が、赤馬の腹を蹴って走りだす。からかうように、忠直の声がする。

「無礼を許せ、井伊。真綿で包むように育てられたゆえ、性根がねじけた」

東側、前田勢の攻め手から奥村因幡守どの討死、と声が聞こえた。

「おうおう、千石の侍大将格が命をあたら散らして」忠直は笑う。「加賀どの（前田利常）も庶子の四男であったか。失態あらばすぐお払い箱よ」

直孝の口からなぜか、安堵の息が漏れた。不思議なほど心が落ち着いた。

「我らみな、おなじ夢を見ておるのですな」

忠直の引き笑いが止む。

「ゆえに、無名の男が才覚を示すあの城が、恐い」

直孝は勢いよく馬の腹を蹴った。

堀際まで馬を進めた直孝は、堀底を覗いて思わず呻いた。底に、無数の人の頭が蠢いている。柵を取りはらっても、ふくらはぎまで浸かるひどい泥濘で、先に攻めた松平勢二百が一瞬で半分に減った。死体と生者の見わけがつかぬ。

「若君を御守りしろ」

雑兵にまじり堀底へ降りてゆく国丸を追って、直孝も斜面を滑り降りた。井伊の妾腹の名代より、越前松平家の若君の命のほうが重い。忠直はそれを承知して直孝を呼びつけたのだろう。

「十匁筒（じゅうもんめづつ）！」

井伊が持つ大振りの火縄銃五挺（ちょう）すべて、堀際から撃ちこませる。塀に大きな穴があき、敵の射撃が止む。国丸が歓声をあげた。

「一気に押しまする。国丸さまは決して前に出ませぬよう」

言うや、たーん、と音がし、前を進んでいた侍大将が後ろ向きに倒れ、直孝は思わず体を抱きとめた。あたたかい血が鞢（ゆがけ）に染み入ってくる。古くから井伊に仕えた遠江（とおとうみ）の士（さむらい）で、直孝にも分け隔（へだ）てなく接してくれた男だった。目を見開いたまま、もう事切れていた。

「死んだのか？」

国丸の問いに頷く。はじめての戦場を、なぜか懐かしく感じる。

「死に申した」

屍を盾（たて）代わりに兵に担がせ、直孝は泥坂（どろざか）を登った。壁際までたった五間。その五間が、遠い。味方が火縄銃で撃つといったんのけぞるが、敵の銃兵はまた火縄銃を構え直す。

弾が効かぬなど、ありえるのか。

「真田の兵は死なぬ……」

一瞬の停滞をつき、味方の静止も聞かず国丸が飛びだした。直孝は泥を掻いた。

「下の毛も生（は）えそろわぬ餓鬼（がき）のくせにッ」

死体を押しのけ、踏みつけ、這うようにして坂を登る。夢の光景そのものだ、と思ったとき、国丸のがらがら声が坂の上で響いた。

「真田丸土居、松平直政が破ったり！」

味方が息を吹き返す。熊手をひっかけ引き倒した木塀へ、井伊勢と越前勢が殺到する。しかし内側は三方を塀で囲まれた狭い空間があるだけだった。枡形虎口（ますがたこぐち）だ、と直孝は直感した。三方の塀から無数の弓矢と筒先がこちらを向いている。

「罠（わな）だ、若君を御守りしろっ」

直孝は少年の前に立ちふさがる。

正面の塀の上に、日輪前立（にちりんまえだて）の若い将が現れた。

「我は秀頼（ひでより）さまの御乳母子（おんめのとご）、木村長門守（ながとのかみ）。名のみ覚えよ」

割れんばかりの轟音（ごうおん）。焼け焦（こ）げる臭気で息もできない。残響がやみ、黒煙が薄くなったとき、先へ進んだ兵はみな倒れ伏していた。その数五十以上、流れだす血に糞尿（ふんにょう）の臭いがまじった。

後ろ手で探ると、震える国丸の声が返る。

「無事じゃ」

ばさ、と旗が翻る音がして、二人は隅櫓を見あげた。

人影が身を乗り出している。はじめ、直孝は化け物かと思った。

角（つの）が生えている。人面ではない。目を見開いた猿の顔だ。

「懐かしいなあ、井伊の赤備え。御先代には世話になり申した」

高いよく通る声。場に不似合いな軽妙な語り口で、ようやく黒い頭形兜に鹿角（かづの）の脇立、猿面（さるめん）をつけた人だとわかった。胴は素懸縅の質素な黒漆塗五枚胴。

「先代が次男、井伊直孝と申す」

直孝に先を越され、悔しそうに国丸も声を張った。

「越前松平直政じゃ。何奴（なにやつ）、名乗れ」

「これはこれは。御隠居さまの御孫さまとは、畏（おそ）れ多い。某（それがし）は真田左衛門佐信繁」

猿面の男は帯に差した金扇（きんせん）を開き、中空に投げた。

「いずれも見事な御働き。感服申し候」

ひらひら光を返し、それは直孝の足元に落ちてきた。田舎武士の持ち物とは思えぬほど、精緻（せいち）な紅葉（もみじ）と竜田（たつた）川の絵が描かれ、柄には金の蒔絵（まきえ）が施されていた。懐紙（かいし）で拾い、国丸に捧（ささ）げ渡すと少年の顔が輝く。

直孝がじっと隅櫓の男を見あげると、猿面の下でくぐもった笑い声がした。

「井伊どの。貴殿らも左様に恐れ、苦しむ必要はなくなるさ」

「わたしが恐れていると」

猿面の男が背を返し、櫓の向こう側へ降りてゆく。ちりん、と鈴の音が響いた。低い音と高い音、二つの鈴がどうじに鳴るような、不思議な音だった。

「徳川勢の将はみなそう見える」

かっと全身が熱くなる。直孝は拳（こぶし）を握りしめ、人影の消えた隅櫓の黒四方旗のはためきを睨みつけた。

二

真田丸での戦いは昼すぎまでつづいた。

戦いというより、一方的な殺戮だった。井伊が中心となり撤退するも、前田、井伊、松平合わせてどれほどの死者を出したか、誰もわからなかった。

陣に戻り具足を脱ぐ暇もなく、将は家康の布陣する茶臼山本陣に呼ばれた。すでに日は落ちはじめていた。

上座の床几に座した家康は、右手に軍配、左手を膝について前のめりで諸将の弁明を聞いた。七十三という高齢で、小姓が厚手の羽織を手にしても、不要と制す。

まず前田利常が土下座し、抜け駆けをした小姓には切腹を申しつけたと詫びた。井伊直孝もおなじく土下座した。最後、松平忠直だけは弁明する家老を制した。

「我が弟・国丸は土居を破り、真田に『よき働き』とて軍扇を与えられ申した。是抜群の働き也」

家康はたわけと怒鳴り、忠直の額を軍配で打った。忠直の額が割れ、白い顔に血の筋が落ちる。

外で兵の骸を啄む烏の声よりもおおきい金切り声を、家康はあげた。

「さがれ！　武士の腐った奴めが」

慌てて退出する前田、松平の将と家臣のなかで、忠直だけは血まみれの顔を最後まで祖父に向けていた。ただ一人、額ずく井伊直孝だけが残った。

荒い息で家康が怒鳴る。

「ぬしの奮戦は聞いた。井伊は不問じゃ。さがれと言うた」

直孝は平伏したまま、静かに言った。

「敵方の不可思議な事柄、注進したく」

家康の白眉（はくび）が動いた。

「申せ」

頭をあげ、直孝は気を滾（みなぎ）らせる老人を見た。

「真田の兵は不死（しなず）身にて候」

気味の悪い沈黙が暮れ方の闇に沁みる。直孝の声だけが淡々と流れゆく。

「真田兵は露頭（ろとう）や顔（つら）に弾（たま）があたれば死にまするが、ほかは弾を通すこと能（あた）わず。具足が堅牢であると某は考えました」

「仔細、色目（いろめ）など見たか」

家康の問いに、直孝は首を振った。

「面目（めんぼく）ございませぬ。狭間からちらと目にしたのみで。ただ……我が井伊の赤備えとはまた異なる赤と見申した」

家康は背後の篝火（かがりび）へ問いかける。そこではじめて、直孝は岩井与左衛門が座していたのを知った。

「初代与左衛門、堅牢な具足をどう思う。ぬしは真田の生まれだのう」

「元の名は赤児(あかじ)と申し、慶長五年、二十六まで信州上田におりました。井伊さまのために、すこし昔話をよろしいでしょうか」

「許す」

徳川から初代・岩井与左衛門と呼ばれる男は、話しはじめる。

関ヶ原合戦に連動した二度目の上田合戦で、赤児は父に逃がされるも、真田の柿渋(かきしぶ)の忍びに捕らえられ、徳川に引き渡された。九月のはじめ、赤児は関ヶ原へと急ぐ家康と浜松で対面した。

そのとき家康はこう命じた。

「新しき具足が気に入らぬ。ぬしが手直しせよ」

なんでも出陣前に大黒天(だいこくてん)の吉夢(きちむ)を見た家康が、具足師に大黒天のふくよかな腹を模した丸胴を作らせたが、短すぎる作製期間であったため出来が気に入らぬという。赤児は仕立方十人を連れ、彼らの命を預かっていた。断る術(すべ)はなかった。

大黒頭巾形(ずきんなり)兜のおおきさに比し、肩幅が広くない家康が具足を着ると、ひどく頭でっかちで腹が出、不格好(ぶかっこう)に見える。赤児は兜の庇(ひさし)を朱に塗り、錣(しころ)を大きく開いた笠錣(かさ)に替え、頭から肩への一体感を出した。縁起物の歯朶(しだ)を円にした前立を、新たに作って立たせれば目線が上に集中する。これで馬上での見目(みめ)がよくなった。

関ヶ原へと移動しながら作業し、決戦間際に納めた。

死戦に臨む家康は頬がこけ、目の下に真っ黒の隈が刻まれて大黒天どころか、餓鬼のようだった。

「ぬしの師も、小牧(こまき)・長久手(ながくて)合戦のおり歯朶の前立を作った。やはり師弟じゃな。これよりぬしが岩井与左衛門の初代となれ。ぬしの師は、裏切者ゆえ名を残させぬ」

関ヶ原の大戦さは、東軍の大勝で終わった。赤児こと岩井与左衛門は縁起のいいこの具足を、新たに何領か作る仕事を与えられ、徳川幕府御抱えの具足師となった。

直孝はいまも家康の脇に煌めく具足を見遣った。

伊予札黒糸縅胴丸具足。通称、歯朶具足。

黒好みの家康らしく威糸に至るまで八幡黒で統一し鈍重な形だが、金の歯朶の彫りが繊細で美しく、異なる取り合わせが調和して見えた。関ヶ原のころから大分痩せた体を貧相に見せぬため、胴裏に綿を詰めてあるらしい。そういう細やかな仕事が、岩井与左衛門の優れたところなのだろう。

家康は足を組みなおし、星の瞬きはじめた夜空を見あげる。

「わしは恐いものがたくさんある。『家康が最も恐れた者』は、両手の指でも足りぬほど」

本人は冗談のつもりだったのだろうが、誰も笑わなかった。

「真田安房もその一人だった。だが、安房守は三年前に流罪先の九度山で死んだ。大坂城に入ったのは息子と聞いたとき、寿命が二十年延びた気がしたわ。ぬし、真田の次男をなんと見る」

「わたしなどより、兄君の伊豆守さまがお詳しいのでは」

「あれはしたたかで、本音を言わぬ。弟など足軽大将の戦さしかできぬ小者、捨て置かれよとわしに気を遣う。だが小者相手にこのざまじゃ」

信幸は関ヶ原後、父にゆかりのある幸の一字を憚って「信之」と名を変えた。父の遺領を引き継ぎ、いまや九万五千石の大名である。此度の合戦も参陣予定だったが、病が重く、息子二人が名代として参陣している。

　赤児は観念したように、微笑のまま話す。直孝にはだんだん、この男の微笑が彼の別の感情を覆い隠す鎧に見えてきた。

「その御方は真田左衛門佐信繁と申されます。御隠居さまは北条征伐の折、小田原で一度左衛門佐さまに御会いになっておられるはず」

　家康は被せるように即答した。

「覚えておらぬ」

「真田の兵は死なぬ。ならば左衛門佐さまの御傍（おそば）に、ある男がおるやもしれぬ。そう申すほかございませぬ」

　見る間に不機嫌になり、家康は話を打ち切った。

「そんな者はおらぬ。与左衛門、『蛇（へび）』を出せ。作り主として、越前、井伊の陣で指南せよ」

　蛇とは、徳川譜代でも噂になっている大筒（おおづつ）のことだ。どうやら家康は、特別な大筒をこの戦さに投入するらしい。だがどのようなものであるかは、判然としなかった。

　さがり際、家康の誰に聞かせるでもない呟きが聞こえてきた。

「上様。殿下。柴田どの。信玄坊主。北条の御隠居。恐かった者どもはみいんな、わしを置いて逝（い）った」

　あえて直孝は振り返って問うた。

「御寂しゅうございますか」

家康は、顔を歪めた。見たことがない鬼のような形相だった。

「ああはならぬ。わしは天下を統べる」

大坂城本丸より五町（約五百四十五メートル）北、淀川と天満川の合流地点に備前島という大きな中州がある。

中州に七尺（約二・一メートル）ほど土を盛ったところへ、牛が荷車に載せられた大筒を引いてゆく。

真田丸での敗退のあと、石火矢による砲撃に注力するよう家康の命がくだった。散発的に討って出る大坂方の挑発に乗るな、というのである。

諸将は、百匁玉を放つ抱え大筒を摺台に据えて撃つ。

いっぽう、徳川家がイギリスより買いつけたカルヴァリン砲四門、セーカー砲一門の砲身はおよそ二間（約三・六メートル）弱、玉はおよそ四貫（約十五キログラム）。

直孝は据え付けが完了した「蛇」と呼ばれる大筒を見て、言葉を失した。

「南蛮の石火矢がまるで子供じゃ」

蛇は、長さ三間。玉は南蛮砲の倍、八貫。砲身の表面は錆ひとつなく、渦巻くように赤黒い斑が入っている。直孝は一瞬、真田丸で真田兵が着ていた具足に似た色だと思った。

それがなにを意味するのか。額に傷が残る松平忠直の大声で、思索が中断する。

「カルヴァリンとは南蛮語で蛇の意だそうだが、これは槌の子。かように大きくて、はたして玉が飛ぶのか」

赤児は砲兵に目線で指示を出してゆく。火縄銃製作で知れた近江国友（おうみくにとも）の函人（かんじん）たちで、火薬の扱いに慣れている。この大筒は赤児とともに彼らが作った。カルヴァリン砲とおなじく、砲弾と火薬を詰めた「函（はこ）」を筒後方の孔（あな）に装塡（そうてん）し、火縄で点火する仕掛けだ。

よく見ようと近寄る忠直と直孝へ、赤児は真面目な顔で言った。

「濡らした綿を耳に詰め、できれば伏せておられますよう。下手（へた）をすれば爆風で目が飛びだしますぞ」

黒い天守を中心に三層からなり、おおくの曲輪（くるわ）、内堀外堀を従える大坂城。ほかの石火矢は城の外壁に撃ちこまれてはいるが、崩すには至らない。飛距離が足りず、威力もない。

槌の子とからかわれた鉄塊（てっかい）に、赤児は指先で触れた。

眠る大蛇は、咆哮（ほうこう）のときを待ちわびている。

忠直が軍配を振るった。

「点火せい」

火縄に火がつけられた。みな走ってその場を離れ伏す。地が揺れた。熱風で髪が焦げ、耳の奥がかき混ぜられるように痛んだ。直孝が揺れに吐きそうになっていると、歓声が聞こえた。

「惣構が破れた！」

猫間（ねこま）川を越えた京橋口あたりで土煙が立ちこめ、屋敷の一部に着弾したらしく火の手があがっていた。赤児が首を振った。

「海風が強く、射程が伸び切りませなんだ」

より遠くへ、と忠直も命じた。

「本丸へ当てよ」

「次射用意」

大筒は装塡に時間がかかる。一度撃てば砲身を冷ます必要があり、一日に二発が限度といわれていた。しかしわずか半刻後、蛇は二つ目の玉を撃った。通常の鉄の砲身では考えられないことだった。

さらに半刻後、三射。本丸を囲む石垣に当たり、巨大な穴を穿(うが)った。

「四射用意」

計十八発。三日三晩、赤児は撃ちつづけた。すでに他陣の砲は沈黙して、イギリスから買いつけたカルヴァリン砲も一門が大破、イギリス人の砲兵二人が爆発で大怪我を負い、翌朝死んだ。残る三門も砲身にひびが入り、使えなくなった。

四日目の朝、戦場に残るのは蛇一門となった。

直孝はずっと考えていたことを赤児に問うてみた。

「あなたは初代では、ありませんね。あなたの御父上(おちちうえ)か、御師匠かがおられ、その人はいま、大坂城の真田左衛門佐どののもとにおられる。違いますか」

南都の見世(みせ)の表間口は具足屋最大の十四間五尺（約二十七メートル）、将軍御抱え由来の屋号は江戸屋。名実ともに、赤児こと岩井与左衛門は日の本一の具足屋主人だ。岩井の具足を仕立ててほしい大名が列をなし、さまざまな金品を贈ってくる。

　赤児は首を振った。

「もうその人は、死んだはず。その人の教えに背（そむ）き、わたしは正道を踏み外しました」

　忠直が湯漬けを啜（すす）りながら来て、呆れ果てた。

「みなそうじゃ。徳川の天下にふさわしい武士か、無用の長物（ちょうぶつ）か試されるがゆえに」

「無用と見なされれば？」

　忠直は手刀を首に当て、世にも怖ろしい声をあげた。

「わしが真田丸の戦いに国丸を出したのも、功を挙げさせたかったからじゃ。人はなにに長じておるか、やってみねばわからぬ。武芸に秀でた者、学問に秀でた者、歌舞音曲（かぶおんぎょく）に優（すぐ）るる者、勤勉な者、惰弱（だじゃく）な者。乱世では出し抜く機会もあった。これからは、のうなる。長子が総どりし、次男以下は人でなく、木偶（でく）じゃ。この戦さは木偶を壊す戦さぞ」

　直孝の脳裏に、父との対面が蘇（よみがえ）った。無数の刀傷、鉄炮痕が残る腕を陽（ひ）に透かし、父は言った。

「戦場は楽しい。おれはあすこでこそ息ができる」父は言い淀み、目を閉じた。「一度だけ、後悔がある。人を壊すことを止められなかった。あれはもはや、戦さではない」

　冷たい海風が止み、雀（すずめ）が一羽もがくように中空で羽を動かしている。

　無風。待ったときが来た。

　忠直が軍配を振り、赤児が声を張る。

「撃て」

玉は、真っ直ぐに飛んだ。

大坂のどの建物より空に近い、五層八重の天守のなかほどに玉は吸いこまれた。木片が散り、遅れてめりめり、と砕ける音が聞こえた。空気が震え、兵が大坂城を指しどよめいている。

ふと直孝は考える。穴に投げこまれる夢で、自分を投げこむのは誰なのだろう。

三人は、じっと大坂城を見つづけた。忠直の呟きが聞こえる。

「替えのために産ませておきながら、今更要らぬとは言わせぬ」

寒風が、また吹きはじめた。

十二月十六日、天守を直撃した砲撃は、秀頼の生母淀殿の命こそ奪わなかったものの、侍女が数人、彼女の目の前で肉塊と成り果てた。自らも甲冑を着こんで兵を鼓舞し、百年この城で籠城してみせると意気ごんでいた彼女の動揺はすさまじく、水面下で進められていた和睦交渉が一気に現実味を帯びた。

十八日、徳川方京極忠高の陣。

まだ堀際では火縄銃や大筒の音が響きわたり、急ごしらえの陣屋で、男女が相対した。

徳川方は最側近本多正信の子・正純、家康が内向きのことで信を置く側室・阿茶局。

豊臣方は淀殿の実妹常高院（初）、そして淀殿の乳母・大蔵卿局。

丸一日を交渉に費やし、前々から徳川が要求していた淀殿の江戸送りは見送られ、大坂城を開城すれば秀頼の命を保証し、望みの替地を与えること。条件は大坂城の惣構、二の丸、三の丸の堀埋め立てとされた。

後ろで筆を執っていた五十がらみの右筆(ゆうひつ)が立ちあがり、巻物を両者のあいだにさっと広げた。交渉での要点がまとめられていた。巻物を注視する交渉方四人を見おろし、右筆は咳払いした。

「誓詞取り交わしは明日にして、徳川はんにはすぐにも砲撃停止(ちょうじ)を御願いしましょか」

典型的な上方言葉。だが京の格式ばったものとも、堺の速い喋りかたとも違う。男はどこか場違いなのんびりした語り口で、おお、と手を打った。

「堀埋め立てやけど、惣構はそちらの囲む大名方の持ち場としてよろしいな」

徳川方の阿茶局は、急に喋りだしたこの男は何者だ、と胡乱(うろん)な目で見あげた。豊臣方の二人がとくになにも言わぬのも不審だ。やり手と聞こえる大蔵卿局が黙っているはずがない。とすると、大蔵卿局の「仕掛け」か。

阿茶局の視線に気づき、男が愛想よく笑う。

「二の丸、三の丸は此方(こちら)がやりますわ」

見れば見るほどおかしな男だ。背がひょろりと高く、白髪(しらが)交じりの惣髪(そうはつ)を後ろで結っている。右目を眼帯で覆い、右頬には火傷(やけど)の痕(あと)がある。戦さで負った怪我だろうか、右手の動きもぎこちない。よく見れば中指と薬指が癒着していた。

手指が不自由で右筆が務まるはずがない。いや、と阿茶局は考えを巡らせた。先ほどまで右筆の席について筆を動かしていたのは、別の男だったはずだ。

——こやつ、何者。

男が笑むと、左目が細くなり、瞳の奥に妖しい色が蠢いた。

「大御所さまに、よろしゅう御伝えくだされ。息子が世話になっとるそうで」

「息子……？」

意味を糺す前に、男は巻物を文箱に納め、陣屋から出て行ってしまった。だらりとさがった右肩にかかる黒い二重の羽織が揺れた。


陣に戻った阿茶局が怪しい右筆のことを報告すると、家康の頰の肉が引きつった。額に脂汗が浮かんでいる。

「安房守に殺されたかと思うたが、生きておったか」

家康の声が裏返る。ついにはくすくすと笑いだした。

「ああ、わしはあの男が恐ろしい。我が命もこれまでか」

夫でもあり主でもある老人が、戦慄きながらほくそ笑むのを、阿茶局は知らぬ生き物を見るかのように凝視した。

「此度こそわしは勝つ。誰かがやらねば。わし以外に誰がやれる。人でのうなってもいい」

「……あの男とは、誰に」

老人は、阿茶局の問いにもはや答えなかった。

三

「真田丸は、もともとおれの持ち場だったのだぞ」

冬の陣の和睦から年が変わり、また春が来た。

大坂天満川にうらうらと薄日が照り、土塀の脇で桜がひとひら、またひとひら散る。

屋敷というより即席の小屋掛けをした庇に、男が五人、座って酒盛りをしていた。かわらけの濁酒（にごりざけ）を舐めた壮年の男が、酒臭い息で不平を漏らす。無精ひげに白毛が目立ち、太い腕には古傷がいくつも刻まれていた。

真田左衛門佐信繁は肩を竦（すく）めた。相手より一回りほど年下だが、口調はぞんざいだ。髪の白さでは自分のほうが老人じみているし、口を開けば前歯が一本欠けている。

「またその話ですか後藤どの。殿下の御命（おめい）による配置換えなのだから、妬（や）くのは筋違いです」

「唐入（からい）りのときの恩を返さんかい、だぼ」

「あれは後藤どのの功ではなく、御主君・黒田長政（ながまさ）どのの御差配。感謝しておりますよ。あれで真田はもったといっても過言ではない」

「へえ、あんな草紙（そうし）一冊でもつ御家とはな」

気が昂（たかぶ）ると荒い播州訛（ばんしゅうなま）りが口をつく男は、後藤基次（もとつぐ）（又兵衛（またびょうえ））という。明（みん）の炒鋼法（しょうこうほう）が書かれた『天工開物（てんこうかいぶつ）』を朝鮮で押収し、真田と砦衆（とりでしゅう）に売ったのは、基次の主、筑前（ちくぜん）領主黒田長政だった。黒田家きっての猛将で唐入りでも功を挙げたが、主の長政とそりが合わず、出奔して各地を渡り歩いたのち、流れついた。

　ここ大坂城へと。

　食いさがる基次に、信繁はしぶしぶ応じる。

「つぎは手柄を譲りますったら」

「いつだよそれは」

　二人の口喧嘩(くちげんか)を見て、日に焼けた男が笑う。信繁より十(とお)ちかく年下で、元は近江国衆、土佐山内家の臣だった毛利(もうり)（森）吉政(よしまさ)だ。大坂に入ってからは勝永(かつなが)と名を改めている。

「焦るな後藤どの。つぎの戦さはすぐだろうよ」

　口を尖らせる基次のかわらけに信繁は酒を注いでやる。とうぜん、という顔で基次は酒を受けた。

「戦さはねえ。豊家(ほうけ)は和睦をした。じきに大和郡山(やまとこおりやま)へ国替えになる」

「えっ、もう仕舞(しまい)なのか」

　庭から桜を一枝折り取ってきた髭面(ひげづら)の大柄な男が、残念そうな声を出す。土佐の旧主、長曾我部(ちょうそかべ)元親(もとちか)の四男・盛親(もりちか)。達磨(だるま)のようなおおきな目に太い眉と厳(いか)めしい顔だが、人懐こく気のいい男だ。盛親は大蔵卿局の次男で、城内主戦派の大野主馬治房(しゅめはるふさ)の名をあげた。

「主馬どのはやる気じゃぞ。兵糧(ひょうろう)をどんどん蔵に買い入れておる」

「それがいけねえって言うんです」基次も大名家の盛親にはいちおう、丁寧な口をきく。「真田丸の一戦はよかったが、つぎは必敗。宣教師(パードレ)どもが豊家の大勝とか吹聴するから、上の奴らは引き際もわからず、秀頼さまをおだてあげる。そうだろう、掃部」

後藤基次が水を向けると、庇の奥にちんまりと座った男が目を瞬かせた。膝の前のかわらけは酒が満ちているが、口をつけていない。首に掛けた古びた木製のロザリオから、切支丹とわかる。関ヶ原本戦で西軍最大兵力を率いた五大老の一人、宇喜多秀家の家宰を務めた男で、明石掃部といった。

「宣教師は豊家の存続を願っています。徳川家は新教国と誼が深いゆえ、先年旧教国締め出しを謀り、高名な高山ジュスト（右近）どのすら追放された」

信繁はへえ、と声をあげた。

「さすが掃部どの。わたしは外つ国のことはとんと知らず。豊家と徳川だけの戦さではないのか。おなじ耶蘇教で争っておるのですか」

「天文法華一揆しかり、おなじものほど争わずにはおれぬのです。信心というのは命をかけたものですから」

「なるほどなあ」

感心しとる場合か、と基次が外を窺う。

「牢人が増えすぎだ。追い払っても勝手に来やがる」

外の通りは天満川の土手に花見へ向かう人々でごったがえし、団子売りや酒売りの口上、喧噪がここまで聞こえてくる。そのうち酔っ払いの牢人が喧嘩をはじめた。

甕に桜の枝を生け、盛親が眉をさげた。

「我らとて大差ない。どの大名にも仕官できぬ。そういう武士が天下に溢れかえっておる。旧恩ある豊家におすがりし、つぎの戦さで功名を挙げよう。こう思うのに不思議はない。又兵衛どのとて武功が欲しかろう」

「いらねえですよ。死んだあとに有難がって語られても、おれはなんにも嬉しくねえ。かかあと息子には、おれを忘れろと言うてきた」

毛利勝永が腕を組んで唸った。

「瀬田（せた）、堺、大和郡山、いずれか押さえることができれば、好転するかもしれんが。なにせ織田常真（信雄（のぶかつ））どのも有楽斎（うらくさい）どのも大坂城を出た。御二人とも徳川との交渉役だっただけに、二度目の和睦はない」

戦端が開かれれば、死すまで戦うしかない。

勝機はあるのか。誰もその先を言おうとはせず、微妙な沈黙が降りた。冷たい風が吹きこんで花弁（はなびら）が庇に舞い、信繁の膝の前に落ちる。

瞼（まぶた）を落とせば、かつての上田合戦を思い出した。唇から、歌が流れだす。

〽ごもんのわきのこんざくら
ごんがねばながさいたとな
まよりきてこれのをむまやなかむれば
いつもたえせぬかまがせんびき

しいなけかつけよ
しいつもにかつかにいさやおろせよ

ゆったりとした調子で、抑揚がすくなく、どこか祝詞のような響きがある。

あのとき、隣には源三郎がいた。いま目を開けば、生まれも育ちも、生きて来た道もちがう武士が四人いる。

「なんの歌だ」

後藤基次の問いかけに、信繁は真の意味は教えなかった。

「金の桜が咲いたよ、という古い歌です。歌詞はあってたかしら。なにせ婆さまに教わったのは三十年もむかしだから」

そのとき門が開いて、明るい声が飛んだ。

「遅くなってえろうすんまへん！」

右目に眼帯をした壮年の男が駆けこんでくる。黒羽織に、野袴、脚絆姿。塩引き鮭を縄に吊るしさげている。男は五人を順繰りに見、頭をさげた。

「与左衛門と申します。真田の坊に長いことつかせていただいとります。坊見てや、沼田の義姉上さまより鮭が届きましたで。すぐ焼きますんで」

土間へ向かう与左衛門に、あっと毛利勝永が声をあげた。

「あんた、真田丸の具足師か。一人も死なせなかったという」

「一人もは、言い過ぎでっせ。五人ばかり荼毘にふしました。みんな坊を慕って来たええ奴やった」

「与左、白髪に歯欠けの男を『坊』は、いい加減おやめよ」

信繁が居心地悪そうに酒を舐める。二度目の上田合戦後、与左衛門は源次郎信繁を坊と呼ぶようになった。信繁にはそれが面白くなく、またこそばゆい。

「へえへえ」

土間から薪が爆ぜる音がしてくる。盛親が待てぬ、と座を立った。「戦さより煮炊きが得意な大名はわしじゃ」と言って、手早く米を研ぎ、竈にかける。

半刻もせず、はやい夕餉の支度が整った。

炊き立ての玄米を椀に盛り、椀からはみ出すほどの鮭を乗せて掻きこんだ。

誰かが言う。

「これだけで、生きて儲けものだわな」

腹がくちくなると燈火を灯し、軍議となった。

「戦るなら一にも二にも大将首だ。家康の首を獲れば、大名はこぞって豊家に転ぶ」

後藤がこう言えば、明石と長曾我部も同意する。

「宣教師もおなじ見立て。秀忠どのでは諸大名を従えられぬと」

「家康はきっとまた大坂城の南面に本陣を敷く。大軍を置けるのはそこしかない。ならば着陣前に伏兵で討つべしじゃ」

中空に絵図を描くように、毛利が指を動かした。

「奈良街道は誉田（こんだ）。八尾道（やおみち）は八尾・若江（わかえ）。まずこの二点を押さえるべきだ」

冬の戦さで軍議を重ねるうちに戦場が視（み）えている牢人が誰か、しだいに明らかになった。勇ましいことをぶちあげ、己を高く売ろうとする牢人があまたいるなか、信繁を含めた五人だけが、違った。

「針穴ほどの勝機はあるのです」

信繁の言葉に、四人が頷く。

なぜ、我らは戦う。その針穴を通したいと本能が疼（うず）くからだ。みな口には出さないが、目の奥に腹の内に、どす黒いものを飼い慣らしている。ここに至るまでそれぞれの地獄を潜り抜け、得たものだ。

ぱん、と手拭を鳴らし、頬を紅潮させた与左衛門が土間から戻ってきた。

「勝機がある、それが聞きたかった！　なら戦支度をせな。わしは商人（あきんど）。真田丸がなぜ前田、井伊、越前松平を退けたのか。そらぁ、うちの不死身（しなず）の具足のおかげですわ」

与左衛門が手を叩くと、男が鎧櫃を担いで入ってきた。留（とめ）、と呼ばれたその男は鎧櫃の蓋（ふた）を開け、具足を取りだす。男たちの目の色が変わった。頼りない灯りだけでも、戦さ慣れした者にはわかる。

恬淡（てんたん）として信繁は言った。

「これぞ真田の不死身の具足、巻焔（まきほむら）。父は家財一式売り払っても、九度山（くどやま）に隠したこの具足百五十領だけは決して手放さなかった」

「……てえしたもんだ、真田安房」

基次が素直にそう言い、与左衛門は頬を緩める。

「決戦が差し迫っとるゆえ、兵すべてに不死身の具足を与えるのは無理や。大将のあんさんらの見目を、わしに請け負わせてほしい。味方を鼓舞し、敵を畏怖(いふ)させる戦装束を見繕う。安心してや、儲けなしの出世払いやさかい」

聞くや盛親はおお、と膝を叩いた。

「某(それがし)、乗った。冬の陣では支度金もすくなく、碌(ろく)な具足ものうて、悔しい思いをした。後藤どのも欠けた前立を替えてもらえ」

勝永がくすくす笑った。

「後藤どのはあれを気に入ってるんだ。唐入りで功を挙げた縁起物ゆえ」

「だぼ。縁起なぞ担ぐ性質(たち)じゃねえぞ、おれは」

ひとしきり盛りあがり、与左衛門が各自の具足の見立てをする約束を取りつけて、お開きとなった。最後に後藤基次が静かに言った。

「結局おれたちは、戦さをせにゃ救われねえ」

昼の名残(なごり)の熱を、夜風が払う。客の帰った小屋で、信繁と与左衛門は向かい合い、最後の酒をひとつのかわらけに注ぎ、互いに舐めた。

「鮭以外にも、義姉上さまからいろいろ送っていただきました」

義姉とは沼田にいる信之の妻、清音(きよね)である。ひそかに信繁に馳せ参じた弟の与右衛門(よえもん)に軍資金や兵糧を託し、送ってくれた。

別添に信繁宛ての文（ふみ）があり、中を確かめた信繁は懐（ふところ）にしまった。文には、古歌の正しい歌詞と「次第」のみが簡潔に記され、見たのちは焼いて捨てよ、と清音の自筆で書かれていた。

待ち望んだものが手に入った。信繁の胸が満ちる。

「なに隠しはったんです」

「内証（ないしょう）。与右衛門にも礼を言わなきゃな」

与右衛門は昌幸の兄信綱（のぶつな）の息子で、信繁の従兄弟（いとこ）にあたる。信綱が長篠で戦死したのち、武田の屋形（やかた）の命で昌幸が真田を継いだが、本来であれば真田の嫡流は与右衛門のはずだった。いまは真田を出奔（しゅっぽん）し、大坂に参陣している。与右衛門だけでない。堀田作兵衛（さくべえ）や、九度山でずっと昌幸、信繁に仕えた高梨父子（たかなしおやこ）、さまざまな真田の旧臣が信繁のもとに馳せ参じた。

真田の家が生き残るために、切り捨てた者はたくさんいる。

「義姉上たちには頭があがらぬ。先日訪ねてきてくれた信尹（のぶただ）叔父上も徳川方ではあるけど、大層心配してこっそり銭をくださった。四十も半ばを過ぎて、小遣いを貰うとは思わなかったよ」

信繁は、しばし黙した。

「いまになれば、家のため、ほかすべてをかなぐり捨てざるをえなかった兄上の苦悩もわかる。だからこそおれは、切り捨てられた者を決して見放さぬ」

元気づけるように、与左衛門が明るい声を出した。

「なあに勝てばすべて丸く収まりまっせ」

信繁は曖昧に笑って口を閉ざした。与左衛門は話頭を転じた。

「ほか四人の戦装束は、坊の言う通りに仕立てを進めとります。四人が乗ってくれてよかった。揃えばさぞ戦場で映えましょうや」

大坂五人衆と呼ばれる五人の戦装束をなぜ誂えるのか、そこには信繁の企みがある。与左衛門には彼らの武威を示すためと説明してあるし、嘘ではない。だが真の企みは、懐にしまった文とともに隠し通さねばならぬ。

盃に残った酒の最後を譲ると、与左衛門は干して上気した頬をあげた。

「坊の具足もいよいよ仕上げ。せやけど、ほんまにわしの仕立てでよかったんですか」

「与左の具足で、戦場に出て勝つのさ。もう一度岩井屋をやろう」

信繁は惑う。これだけは、本心からだと願いたい。

◇

夜半、与左衛門は留田間とともに、石垣の細い道を進んだ。

「留はん。あんた逃げてもええねんで。九度山に妻子を置いて来たやろ」

提灯を翳す留田間は、足音を立てない。上田合戦後、九度山に流されたのちも与左衛門と行動をともにする、数すくない男だ。

「ここまで来たなら、地獄までも」

「留はんがおったら、地獄も怖(こわ)ないわ」

割符(わりふ)を見せ、いくつもの門を潜(くぐ)ったのち、ある門で女が待っていた。四十半ばで綸子地(りんずじ)に朱と黒の雲取文様(くもとりもんよう)を染めわけた打掛(うちかけ)を羽織り、垂髪(たれがみ)を後ろでゆるく結っている。大きな目に通った鼻筋、薄く塗った白粉(おしろい)は上臈(じょうろう)（上級女房）と知れた。

与左衛門は手を腿(もも)に置き、深く頭をさげた。

「こんばんは吉野局(よしののつぼね)さま。与左衛門、罷(まか)り越しましてございます」

ふっと頬を緩めた吉野局は、町娘のような親しみやすい表情だった。

「吉野でかまいませんよ。与左(よざ)さん」

吉野局は、淀殿の乳母・大蔵卿局に仕える女房である。もとは南都の女郎屋の最上位の太夫(たゆう)で、堺の大店(おおだな)の後妻に入ったが、数年で夫に先立たれた。その後、堺に移って和歌と舞(まい)を教えるうちに評判を呼び、女房衆の教育係として大坂城に召し出された。

南都を追いだされた与左衛門を、涙ながらに見送ってくれた娘が、天下の城の女房となったことを思うと、数奇な縁を感じざるをえない。

「さ、こちらへ。大蔵卿局さまが御待ちです」

細い手が与左衛門の手を取る。与左衛門は丁寧にその手を取って外した。

「女房がおるさかい、堪忍(かんにん)な」

まあ、と吉野局は小首(こくび)を傾(かし)げた。

「残念。きっと、いい女(ひと)でしょうね」

「わしにはもったいない女や」

打掛の裾を捌いて吉野局が歩きだす。

「なら、許します」

磨きあげられた廊下を折れ進み、急な階段を昇ると、ひやりと夜気が降りてくる。昇った先の廊下は、白木の板張りがされていた。冬の合戦で砲弾が直撃した場所だ。見あげれば梁も接ぎ木がされ、残った天井板の隅に、赤茶けたしみがべったりと広がっていた。血の跡だ。

「あの板だけは替えるな、と御方さまが。御自分のせいで死んだ侍女を忘れまいと」

合戦直後に与左衛門が見たとき、砲弾が直撃し胴と足がばらばらになった女の皮膚は、天井にこびりついて垂れさがっていた。崩れた梁を取り除きたくとも、心柱への影響を恐れて動かせない。大工もすぐには呼べぬ。そこで、真田丸にいた工兵方である自分と函人が呼ばれ、吉野局と再会した。その縁で、冬の合戦時、交渉の場で家康へ牽制をせよと大蔵卿局に命じられた。

「御方さまは、だいぶ堪えてはるんか」

「あの方はけっして、負けませぬ」

長い廊下の端の、控えの間についた。留田間は廊下で待つ。

吉野局が告げると、花鳥画が描かれた襖が引かれ、伽羅の香が流れだす。与左衛門は平伏した。

「与左衛門参りました」

二間先に御簾がさがり、御簾の前にごま塩髪の大蔵卿局が座している。

五七桐の家紋が金で描かれた鎧櫃を、吉野局ともう一人の局が与左衛門の前に置いた。

「話したものはこちら。夜になると呻き声がするのです」

「拝見」

鎧櫃の蓋を開ける。女物の紫裾濃縅胴丸が入っていた。大袖や小具足はない。胸元から裾にしたがって、白、薄紫、紫と威色目を変えた優美な仕立てで、胸板の絵韋には銀の梅があしらわれ、金具廻はすべて鍍金。

こんな金のかかる具足を誂える女は日の本で一人しかいない。

大坂城の主豊臣秀頼の生母・淀殿。彼女は冬の合戦のときもこの胴丸を着こみ、薙刀を持って各曲輪を回り兵を鼓舞した。それが、夜になると呻き声をあげるからどうにかせよ、と吉野局の伝手で命じられたのだ。

与左は鎧にやさしく話しかけた。

「綺麗な仕立てやなあ。春田かな、左近士やろか。刀匠は銘を切るけど、具足師が銘を刻むのは稀です。そうやけどこういう綺麗な具足を見ると、函人の名が知りとうなる」

御簾の向こうから、苛立った声がした。

「太刀は武士の魂ぞ」

「太刀が魂なら、具足とは武士のなんでっしゃろ」

答えを待たず、与左衛門は鎧に話しかけた。

「可哀想やけど、ばらしてしまおうなあ。御苦労さんやったなあ。御方さまの御心を代弁したんやもの」

大蔵卿局が白い眉を吊りあげ、吉野局が慌てた。与左衛門は構わずつづけた。

「目の前で人死にを見て、戦さが怖(こわ)なりましたか」

甲高(かんだか)い笑い声が響いた。女房たちが怯えるように御簾の向こうを窺う。

「わしは、一族が絶ゆるのを幾度(いくたび)も見た。今更臆病風に吹かれるはずがない」

浅井小谷(あざいおだに)城、北ノ庄(きたのしょう)城、父、継父、母。そして伯父である信長。彼らが時の覇者(はしゃ)に敗れ、滅ぼされるのをこの女は見届けた。

そして天下人秀吉の妻となり、豊家の母となった。

与左衛門は平伏した。

「無礼を申しました。具足はほかの者の手に渡らぬよう、始末いたします。御安心を」

「待て——ばらしてはならぬ」

この女は本心が言えぬのだ、と与左衛門は思った。滅びを恐れる気持ちと、己を奮い立たせようとする勇気のあいだで揺れ動いている。総大将の母となれば心の内をやすやす見せてはならぬ。

ならば、汲んでやることもまた商人の務めだ。

「では数日こちらを御借りして、仕立てをすこし変えまする。さすれば御方さまの御心にかないましょう。如何(いかが)」

大蔵卿局が不安げな眼差(まなざ)しを御簾へ送る。しばらく沈黙があり、女は諾(だく)と言った。

「わしの心とやら、推(お)し量(はか)ってみよ」

本丸から帰る道で、与左衛門は吉野局へ小声で忠告した。

「厳しい戦さになるのは間違いない。早う城を出たほうがええ」

吉野局は白い顔を向け、眉をさげた。

「男ばかりと思わないで。女もここ以外へゆけぬ者がおるのです。江戸では女郎屋は幕府の言いなりで、女は苦界から一生出られぬ木偶となる。女郎だけじゃない。これまでがいいとは言いませんが、これからの女の世はもっと酷い」

「すまんかった」

与左衛門は素直に詫びた。勝手口を出ると、星が散らばり、紫雲がひと筋、東から西へゆっくりと流れている。雲の中でなにか、細かい粒が光っている。

与左衛門と吉野局は黙って、雲が大坂城にかかるのを眺めた。細かく光を帯びた粒が霧雨のように降りそそぐ。大戦さの前にはこういう「兆し」があると教えてくれたのは昌幸だった、と与左衛門は思う。

吉野局が天を見上げ、ぽつりと言った。

「人でないなにかも、乱世最後の大戦さに沸き、見物にいらしたのでしょうか」

四

五月五日、夜四ツ（午後十時ごろ）。

ほとんど月明りのない奈良街道沿いの誉田丘陵で、後藤基次は石に腰掛け、耳を澄ませていた。率いる兵は牢人・薄田兼相（すすきだかねすけ）ら合わせて二千。

午後に、敵方の忍びを捕らえた。奈良街道を進むのは伊達（だて）、本多、松平らおそらく三万か四万。肝心の徳川家康・秀忠は河内筋（かわちすじ）から北上するという。奈良街道を使うと思っていたが、読みが外れた。八尾・若江筋には長曾我部盛親と秀頼側近の木村重成（しげなり）が向かった。

相備（あいぞな）えの薄田兼相は、後詰の真田、毛利の陣まで退くべきではないかと顔を曇らせた。古めかしい筋兜を被った基次は、首を振る。

「おれは行くぞ。半里以内に敵がいるのはわかってんだ。闇夜に乗じて先手を打つ」

兜は二十年ちかく、黒田家に仕えたころからのものだ。弾で凹（へこ）むたびに打ち直し、受張（うけばり）のたわみはすっかり自分の頭の形に馴染んで、被ると落ち着く。いま、その筋兜に、黄に塗った日輪の前立がある。具足師与左衛門が用意したものだ。金でなくあえて黄に塗る意味はわからないが、日輪の下の雲の透かし彫りが洒落（しゃれ）ている。ほかの仕立てもと与左衛門は水を向けたが、これだけでいいと基次は断った。

「前に出る。平野（ひらの）川沿いを進んで、小松山（こまつやま）に陣を敷く」

鑓（やり）の穂先に泥を塗って照り返しを抑え、手燭（てしょく）に布覆いをかけて、二千の兵は慎重に街道を南下した。ある地点を過ぎたとき、基次の腕の毛が逆立（さかだ）った。

先に無数の気配がある。

「音を殺しても、いるのはわかる」

真夜中、小松山に着陣した。もぬけの殻だった。一町二町南方に藪の茂った湿地があり、気配はそこから立ち昇っている。五百か。千はいないと読んだ。

兵の配置を待つあいだ、基次は物思いにふけった。

真田信繁の奴は、なにか隠している。

徳川に通じているというわけではなさそうだ。二股をかけている牢人があまたいるのは、基次も承知している。けれども信繁の目には、ときおり怨念めいたものが宿る。内通とかちいさな企みではない。その情念に乗った。畜生道に落とされようが許す。地獄の閻魔に自慢話をしてやろうと思う。

「てめえの腹の内をぶちまけろ。真田左衛門佐」

日の出を待たず基次は動いた。火縄銃六十挺を左右に振りわけ、藪中へ交差して撃ちこむ。烏か鷺か、いっせいに飛び鳴いて、遅れて人の汚い悲鳴が聞こえてきた。

すぐに銃兵を離脱させ、ひとところに留まらない。敵が放った筒の火花を目印に、撃ち返す。丸見えだ、と基次はほくそ笑んだ。

「若兵にはついてゆけまい」

東の空が白んできた。後詰の真田、毛利は先走った基次を追ってくる。たどり着くまで二刻ほどかかるか。それまで持たせばこちらの勝ちだ。

敵も動きだす。旗印は水野、伊達、奥は松平か。ここからは耐える戦さだ。夜のうちに据えさせた竹束で敵の弾を防ぎ、隙をついて寡兵で横腹を突く。単純だがこれが一番効く。

ひとつ気がかりは、敵が大筒を使うかどうかだ。使われれば、竹束など紙にひとしい。

麓(ふもと)に近い、左翼の防衛線が崩れかけた。

「出る」

愛用の鑓を担ぎ、地面を蹴った。朝日が基次の足元に道を作る。むせかえるような青葉の匂いに体が目覚め、血が巡りはじめた。筋が張り、肉が動く。火縄銃の弾が兜の䩊(しころ)に当たって跳ねた。弾の熱を頬で感じた。

「らあぁぁっ」

草叢(くさむら)から跳ぶ。敵兵の口蓋(こうがい)へ鑓の穂先を押し入れ、横に薙(な)ぐ。頬骨ごと裂いて歯が何本か散った。手を返し、横の敵の脇、鎖帷子(くさりかたびら)の継ぎ目を突く。腹に力を入れて斬りあげれば、腕が断ち切れた。そのまま振りおろし、後ろの兵の頭を柄(え)で叩き潰す。一挙動で三人殺した。

基次は穂先の血を振るい落とした。

「深追いはよせ。戻る」

山の頂(いただ)きへ戻る。街道は無数の敵の背旗(せばた)で埋めつくされていた。

「これは、これは」

苦笑いが漏れた。たったひと暴れで、鎧下着(よろいしたぎ)が汗でぐしょぐしょだ。むかしはこれくらい汗ひとつかかなかったものを。

「飢え死にどうぜんの牢人に、死に場所を呉(く)れて嬉しく思うぞ。地獄へ落ちたい奴から登って来い」

闇雲(やみくも)に攻めては、犠牲を増やすと敵も悟ったらしい、横列三段に組み、最前列に竹束を据えて、撃ちかけてきた。たちまち右方が破られる。黒煙がたちこめ、竹と肉が焦げる臭いが渦巻く。視界を遮（さえぎ）られ、中央も崩れた。敵が山を駆け登ってくる。

基次は自ら鑓を取り、一刻、耐えた。

街道の奥で母衣（ほろ）をつけた使番（つかいばん）が行き交って、敵が組み方を変えた。伊達あたりの策か。余計なことを、と基次は舌打ちした。

「でかいのが来る。気張（きば）れよ」

敵の押し太鼓が鳴る。犇（ひし）めく人の頭にまぎれ、二十間（約三十六メートル）先で太い筒先がちらと見えた。抱え大筒だ。基次の古くからの従兵がこう叫び、竹束から飛び出した。

「撃たせちゃいけねえ」

「莫迦（ばか）――」

基次は従兵の腕を掴んだ。ぱん、と乾いた破裂音とともに掴んだ腕が軽くなった。従兵の上半身が弾け飛んだのだ。肉片を浴び、皮膚が基次の頬に張りついた。基次の手に従兵の肘下（ひじした）だけが残った。

肉体を壊し、跡形もなく消し去る。これが、徳川の戦さか。

戦うことで救われる。そんなものは、もはやない。

「糞があッ」

佩楯（はいだて）を貫通し、基次の左腿（ひだりもも）に小弾がめりこんだ。火掻（ひか）き棒を押しこまれたような熱と、どっと血が溢れだす感覚があった。怒りで痛みは感じなかった。

死後の武功も名声も要らぬ。いずれ忘れられるものだ。

妻子に楽をさせる？　家を残す？

「手前えでなんとかしろ。おれは、いま抗うぞ」

もう一門の抱え大筒が玉を吐き、味方が弾けた。血肉の雨が降る。

もう小松山は捨てるしかない。

ひと筋残った冷静さで命じた。

「退け」

隊列を整える暇もない。鑓を引きずり、基次も無我夢中で走った。

混戦となった。肩に銃弾がめりこみ、熱さに唸る。手あたり次第に敵を突き殺した。柄ごしに血が伝い流れて、どれが返り血で、どれが自分の血かもわからなかった。

叫喚で聞こえないはずが、藤井寺布陣の薄田が討死した、という報が耳に届いた。

「殿、後詰が」

振り返ると、黒地に十字を染め抜いた軍旗がかすかに見えた。

先頭に白い天鵞絨の外衣をかけた将がいて、采配を振る。与左衛門が見繕った、明石掃部の軍装だ。彼らは白い戦直垂に身を包んでいた。不思議と死出の白装束には見えなかった。

基次の口元に笑みが浮かぶ。

「御利益がありそうじゃねえか」

長く連れ添った臣の屍が山と転がっている。敵の太刀を鑓で受ければ、左足の力が抜け、膝をついた。横合いから脇腹を突かれてなお、敵の鑓を渾身の力でへし折り、吼える。

　敵が慄き、一歩退いた。

「鬼じゃ」

「後詰が来る前に、はよ殺せ」

　三人がかりで掴みかかられ、首の筋がぶつと断たれる感覚があった。体が冷たくなった。仰向けに引き倒され、乗りかかられた。兜が引き剝がされる。全身の感覚はもはやなく、手指の一本すら動かない。ぼやけた夏空だけが見えていた。

　なにかが舞いおちてくる。輝くひとひらの花弁だ。

「桜……」

　掴みたいと思った瞬間、基次の意識は途絶えた。


　明石掃部は敵中に馬ごと突っこんだ。後藤基次の首は敵に持ち去られたあとで、なお「歴戦の又兵衛」にあやかろうと敵兵が群がり、胴の札や指を切り落としている。股座の一物を切り取ろうとする者までいた。頭に血がのぼり、絶叫が喉を食い破った。

「痴れ者ッ」

　馬で踏み潰し、鑓を振るって敵を散らす。

「後藤どの」

　馬から降り血だまりへ駆け寄った。首の断面から血を流し尽くし、右腕の拳が握られている。まだ温かい節くれだった手をこじ開けると、金色の花弁が一つこぼれ落ちた。

明石は銃兵を前に出した。いったん退いた敵が戻ってくる。生き残った後藤の家臣が申し出た。

「後詰 忝 う。我らは命を懸けて主人の首を取り返し申す」

「承知した。胴は我らが」

明石は木盾に後藤基次の胴を乗せ、銃を撃たせた。

「後藤勢の援護をせよ」

平地の混戦で退くのは容易ではない。敵の十匁筒で、胸に十字のロザリオを掛けた味方がつぎつぎ倒れた。

退きつつ明石は自ら馬上で火縄銃を構えた。

「神よ照覧あれ」

風が吹き、弾が敵の十匁筒に当たり、爆発が射手ごと飲みこむ。神射だ、と味方から快哉があがった。一発分の火薬を小筒に詰めた早合と弾を筒に装塡し、明石は自身に問いかける。我が主は軍神ではない。このような加護はせぬ。

――いずこの神か知らねど、見ているな。

引き金を引いた。また敵の十匁筒を射抜き、暴発で地面が抉れた。

「退け、いまのうちに」

後藤の残兵をまとめ、明石は馬の腹を蹴った。木盾に乗せられた胴をちらと横目で見る。太い胴に短く太い手足。古兵らしい体だ。愛おしいとすら感じた。

基督教(キリスト)の教えでは、肉体を離れた魂(たましい)は神の御元(みもと)へゆく。魂こそが人の本(ほん)である。肉体は器(うつわ)にすぎぬ。だが日の本は違う。後藤の家臣が命を抛(なげう)ち取り返そうとするのは、主(あるじ)の首だ。

明石はずっと考えている。

人とは、なにが本なのか。

目に見えぬ魂か、首なのか、それとも。

半里も走らずして、真田、毛利の別働隊に行き当たった。二人は木盾の上の首なき胴を見て、すべてを理解した。すでに蠅(はえ)が数匹、骸(むくろ)にたかりはじめている。

毛利勝永が項垂(うなだ)れた。

「後詰の遅れ、言い訳はせぬ」

「八尾・若江に布陣した長曾我部どのと木村どのは」

勝永は無言で首を振る。死んだか。

右手を流れる平野川はうつ伏せの屍で埋まり、流れでる血の色が濃い。

「殿下の黄母衣衆(きほろしゅう)から触れがありました。今日の決戦はない。大坂城へ退きましょう」

信繁の言葉で平野川沿いを北上し、大坂城を目指す。

明石掃部は真田信繁にそれとなく馬を寄せ囁いた。彼の企みを質(ただ)すために。

「なにかを呼び寄せる歌ですね『ごんがねさま』の歌は。不思議と宣教師の歌う讃美歌に似た文言(もんごん)だと思いました。祝詞といえばよいか」

信繁がさっと目だけを動かす。明石はつづけた。

「『しいなけかつけよ』は難しいが……科木(しなのき)掲げよ、ですかな。幣(へい)に使われ、信濃の語源となったという話もありますね。五色(ごしき)の幣は祓(はら)い清め、神を勧請(かんじょう)する陰陽(おんみょう)五行の色。すなわち青赤黄白黒。あなたの具足師が見立てた戦装束の色と、おなじだ」

後藤基次の日輪前立は黄。長曾我部盛親の鉄錆(てつさび)漆塗素懸縅鎧の威糸と揺糸(ゆるぎのいと)は緑青(ろくしょう)。自分は白い外套(がいとう)。あとの二人は、赤と黒。五色の幣と対応する。信繁だけは間に合わず、冬の陣とおなじ黒漆塗藍糸素懸縅胴のままだ。仕立てが間に合わなかったらしいが、ほんとうかどうか。

「戦勝を祈念する神頼みなれば秀頼さまに奏上し、大がかりな加持でもすれば士気もあがりましょう。そうせぬのは、表だってできぬ類(たぐい)のもの」

――たとえば、呪(まじな)いの類。

信繁は苦笑いし、帯の短刀に手を置いた。

「まいったな。すべておれ一人の企みで、与左は言う通りに誂えただけ、なにも知らぬ。恨むならおれを」

敵は追撃を諦めたらしく、後方が静かになった。真黒く日を浴びる大坂城には、薄い紫雲がかかっている。明石は信繁を手で制した。

「殺気を収められよ。むしろ安心いたした」

「どういう意味です」

「貴君は、九度山から嫡男大助(だいすけ)どののみならず、細君、姫君までみな連れてきた。わたしも洗礼を受けた武士をあまた連れています。徳川が勝てば彼らの命――誰かが始末をつけてやらねばなりますまい」

目を伏せ、信繁はぽつりと言った。

「明日がその日でしょうな」

明石掃部は安堵していた。自分に巣食う憤怒と孤独が、この男にもある。後藤基次もきっと、信繁の企みに感づいていただろう。毛利勝永はどうだろう。気のいい長曾我部盛親は気づいていなかったかもしれない。すこし哀れに思った。

「南蛮のある国では、病に冒された子供を、笛吹きの道化が美味しいお菓子と笛で誘って墓穴まで連れていった話があるそうですよ」

「はは！　そいつはまさにおれだ」

信繁は笑い、それから後方を振り返った。

「これからの世に、真の武士は一人もおらぬべく候」

五

真田信繁は大坂城へ退き、残る牢人たちとともに明日の作戦を告げられた。

ほぼ無傷の真田、毛利らが主力となって城南面へ押しだし、家康本陣天王寺口を狙う。損害を受けた明石方も城西側船場から海沿いを大迂回し、天王寺口へ横鑓を入れる。

秀頼自らが出陣する、と告げられ、満身創痍の牢人たちは生気を取り戻した。

信繁は割り当てられた部屋の壁に凭れて一刻半ばかり眠り、それから支度にかかった。部屋には与左衛門以外誰も入れるな、と告げた。

鎧櫃を押し出し、与左衛門が口を尖らせる。

「後藤どのは討死、長曾我部どのも行方がわからぬ。ほんまに三人で勝てますか」

「おれはいつも勝つために戦っているよ」

昌幸が残したものは、百五十領の不死身の具足のほかに、もう一つあった。

炒鋼法でできた鍱（板金）、一領分。

利き手が満足に動かぬ与左衛門はたった一人、昌幸の死後三年かけ、信繁のために具足を作った。鍱を打ち延ばして切付札にし、犬革で綴じ、透き漆を塗り重ね、白糸で丁寧に威した。脛当、籠手も、佩楯もすべて、一人で。朱の羅紗地で白糸の房飾りのついた陣羽織も、与左衛門が手縫いしたものだ。

九度山の真田屋敷近く、丹生川の川べりの小屋で日の出から日暮れまで、背を丸めて座り、両足の指で札板を押さえ、左手と口を使って威す姿を見に行くと、追い返されたことを思い出す。

真新しい具足を身につけてゆく。脛当、籠手、佩楯にいたるまですべておなじ、燃えるような濃赤。鉄の地鉄を見せるために磨きあげて透き漆を塗る、磨き白檀塗という手間のかかる技法だそうだ。動きづらいと篠籠手を嫌う信繁のために、軽い指貫籠手を拵えてくれたのも嬉しかった。

「つぎは胴でっせ」

「重いんだよなあ。昨日一日二枚胴を着ただけで、肩と腰ががちがちだ」

胴をつける。体に炎（ほのお）が纏（まと）わりつくような感覚に、顔を顰（しか）めた。重さがこたえると思ったのだろう、与左衛門が笑った。

「御父上の真似して、軽い具足ばっかり着てはるから。大将の具足は八貫、十貫あるのが当たり前でっせ」

「袖はいらなかったな。動きづらい」

「大将が袖なしなんて、敵味方から笑われますわ」

前後の引き合わせの緒をきつく縛（しば）ると、緒がだいぶ余った。

「痩せはったわ」

金紗（きんしゃ）の上帯を締めていつものように六文銭の鉄鈴（てつれい）をさげ、陣羽織に袖を通す。脇差と短刀を差せば、あとは兜のみだ。着るだけでじわりと汗ばむ、蒸した夜である。

与左衛門は腕組みをして離れ、信繁の着姿を見定める。

昌幸が、亡き武田の屋形が、源三郎が願った「不死身（しなず）の具足」。その最後の一領を作り、徳川に勝つ。九度山に流されて十四年、冬は行火（あんか）を足で奪い合い、夏は縁側にだらしなく半裸で寝転がって、大望を語りあった。

「やっぱり形（なり）が悪いズクやな。具足師の腕のせいや」

与左衛門の悔しげな呟きに、信繁はむきになって言い返す。

「そんなことはない」

具足師ではない信繁にもわかる。威糸の張りは均一で、一つの裏返りもない。十数度塗り重ねたであろうむらのない透き漆から浮かびあがる炎のような斑は、組みあげたときもっとも鮮烈になるよう計算されている。

「大殿に感謝なされよ」

二度目の上田合戦のおり、昌幸は与左衛門に秘かに命じた。「あと一領分、鍱（いたがね）を残しておけ」と。最後の巻焰（まきほむら）のための鍱は百五十領とともに九度山に持ちこまれ、蟄居（ちっきょ）先の屋敷近くの古墳墓の地下に隠された。

信繁は肩を竦めた。

「父上はいつも恩着せがましい。だが見通していたのだろうな、おれがいつか戦場に征（ゆ）くことを」

昌幸は息子に、古びた腹巻でもつければよい、と言った。

――大将が傷を負う戦さなど、もはや負けよ。

本来、大将に不死身の具足は必要ない。それでも大将がこれを身に着けるべき戦さが、ひとつだけ、ある。

夜明け前、出陣の命がきた。すでに嫡男大助や真田与右衛門、高梨父子、堀田作兵衛といった家臣たちは巻焰を着用し、外庭で信繁が出てくるのを待っている。

襖に手をかけ、信繁は振り返った。

「やるぞ、与左」

与左衛門は左目一杯に涙をためていた。

「坊あんた。勝つつもりなんて、はじめからなかったんや」

染みの浮いたがさついた手で、与左衛門は顔を覆う。

こういうとき、信繁は笑って誤魔化（ごまか）すことしか知らない。だがそれがなんになる。

信繁は数度呻（うめ）き、頭を振った。

「まいったなあ、与左には最期まで黙っていたかったのに」

「言え糞坊。ここまできて隠しごとはなしや」

「そうだな。もっともだ」

啜（すす）り泣きの声を聞き、ぽつぽつと信繁は自身の企みを打ち明けはじめる。

「『ごんがねさま』は、別の名を金神（こんじん）という」

「金神……？　仏か？　八百万（やおよろず）の神か？」

「さあ。どちらとも違うと思う。鎌倉に幕府があったころ、海野惣家（うんのそうけ）から別れ真田を興した御先祖のころから、真田の女が祀（まつ）りはじめたらしいが、詳しくは誰も知らない。与左はごんがねさまを、なんだと思う？」

「岩井堂砦の隠し穴で、獣（けもの）に乗った武人の彫像を見た。摩利支天（まりしてん）のような軍神かと……」

「当たらずとも遠からずだが」信繁は目を宙（ちゅう）に彷徨（さまよ）わせた。「金神というのは、天空を遊行（ゆぎょう）する凶神（まががみ）。行く先にいる者を、親係累のみならず悉（ことごと）く殺し尽くすそうだ」

「なぜ、そないなものを崇（あが）める」

「戦乱の世に、真田が滅ぼされそうになったとき、一族の命を懸け、敵をも道連れにするためだ。

たとえば一度目の上田合戦のとき、真田は滅亡を覚悟した。だから婆さまはおれに、ごんがねさまの歌を歌えと仰った。あのとき、二の曲輪に紫雲が立ちこめ、金の花片が降ったんだ。夢かと思ったよ。でも、真田は徳川に勝った。百に一もない勝ちを得た。もちろん、父上の知略と、源三郎兄の作った具足のお陰だと、いまも信じてる」

清音は「いよいよとなれば、ごんがねさまに縋りなさい。ごんがねさまは、滅ぼしてくださる」と言った。あのとき与左衛門は、誰を滅ぼすのかと問うた。

答えは――我らもろともに、敵を、だ。

与左衛門は絶句している。荒唐無稽な与太話だと呆れているかもしれない。

それが悲しかった。信繁は、ほとんど動かぬ与左衛門の右腕に縋った。

「与左にだけはわかってほしい。この戦さは、『泰平の世』に不要な武士を、すべてめちゃめちゃにし、身体を破壊しつくし、跡形もなく消す。おれを慕っていま外で待っている者たちを。大坂城に集まった牢人たちを。秀頼さまを」

目を瞑れば瞼の裏で、上半身が消し飛んだ源三郎の身体が、いまなお血泥に浸かっている。

「そんなことってあるか！　誰が家康に否と言える。誰が怒りを示せる」体が燃えるように熱い。

「おれがやるのだ。五行に応じた五色の具足と祝詞で、金神を呼んだ。おれはかならず敵本陣までたどり着く」

囁くように言って、身を離す。

「できるのはもう、終わらせることだけだ」

背伸びして、手甲を嵌めた両の手で男の頬を包み、額を合わせた。

「頼む。『やろう、坊』と言って送りだしておくれ」

「阿呆……」

囁き、別れがたく額を離す。

「天下無双、見事な仕事である。岩井与左衛門」

襖を開け放てば蒸した風が吹き、家臣たちが頭を垂れる。

真田左衛門佐信繁は、もう振り返らなかった。


五月七日の朝、空は恨めしいほど晴れあがっていた。

家康は、動かない。大坂城より約一里南、岡山・天王寺口に布陣した真田、毛利は、待ちつづけた。敵陣の使番が東西に行き交う。昨日の屍の腐臭が、風向きによって小松山から流れてくる。

こちらも秀頼の出陣を待っている。

日差しに焼かれ、汗が噴きだす。信繁は敵の旗を見、頭の中の絵図へ陣容を落としこんでいった。本多忠朝、井伊直孝、前田利常、松平忠直。最前は若い者ばかり。真田丸の戦いに敗れ、八尾・若江、道明寺・誉田でもおおきな功はなく、今日を死戦と定めているだろう。

「若き者の屍の上に成る国、か」

こめかみが痛む。長く息を吐いて気を静めた。

午の上刻（午前十一時ごろ）、敵が動いた。動いたのは松平忠直の越前勢で、なにか言葉合戦を仕掛けつつ、火縄銃を撃ちかけてきた。馬上で信繁は手を叩いた。

「あんたみたいな男は好きだよ」

越前勢は撃ちながら距離をじりじり詰めてくる。三町、二町。こちらも散発的に撃ち返すと、毛利勝永から伝令が来た。

「一町切れば動く」

総大将秀頼はまだ出陣してこない。後方がざわついて、淀殿の乳兄弟で副将格の大野修理亮治長が城に引き返したと聞こえたが、信繁も勝永も気にしていなかった。後藤基次が生きていれば「はなから期待なぞしてねえよ」と笑い飛ばしたろう。

弾が届く距離になれば、戦う。それだけだ。

平野は黒煙で覆われていく。

陽が中天を過ぎ、鉦が高らかに鳴った。

それが合図だった。地鳴りがし、毛利と松平が動く。

信繁も叫び、馬鞭を振るった。

「前へ！」

はじめから全速だ。泥がはね、風が頬を切る。銃兵を左右にわけ、越前勢を挟撃し、前衛を崩す。間髪入れず真正面からぶち当たった。笑ってしまうほど敵は脆い。隊列を組むことも忘れて逃げ、後方の兵とぶつかり同士討ちがはじまる。

昨日の伊達や水野はさすが、戦さ慣れしていただけあった、と信繁は思った。

「駆け抜けよ」

殺すまでもない。蹴散らし奥へ。

毛利の陣で、本多忠朝の首が高々と鑓に掲げられる。篠曲輪で源三郎を撃ち、徳川四天王の武名をほしいままにした本多忠勝の子。それでも次男であれば、捨て駒同然に最前に配置される。

「悔しいよな。無念よな」

黒烏帽子形兜の毛利勝永が、騎兵を引いてあがってくる。信繁はそのまま行け、と右手を振った。奥には小笠原、榊原、そして真田がいる。将は兄信幸の息子信吉、つまり信繁の甥だ。兄に仕える矢沢三十郎頼幸もいようか。討っていいのか、と言いたげに勝永が見返した。

信繁は喉を嗄らして叫んだ。

「行け！　横合いから援護する」

勝永は兜の庇をさげ、全速で駆けだした。黒い津波が、後備えの榊原目がけて突っこんでゆく。

真田は銃兵を動かし、狼狽える敵の横合いへ撃ちかけた。

炎天に轟音が渦巻き、黒煙で先が見えない。

馬脚を緩めざるをえなかった。汗が顎からしたたり落ちる。家康の本陣旗はどこだ。

奴の眼前に行かねばならぬ。

見せてやらねば。

この姿を。

そのとき足軽具足の男が走ってきた。馬廻りに阻まれながら、男は叫んだ。

「与左さんの下男の留です」

信繁が手招きすると、留田間は走って来て膝をついた。

「本陣はこの半里先。金扇の馬印（うまじるし）を見ました。備えは本多、土井ら旗本衆、寡兵ゆえ破るは易（やす）し」

信繁は舌なめずりをしていた。

「秀忠のほうに兵を厚くしたか。泣かせるじゃねえか狸爺（たぬきじじい）。大助ェ！」

まだ十四歳の嫡男を呼ぶ。自分のような半端者（はんぱもの）から、どうしてこんな綺麗な目をした武士が生まれたのかと不思議に思うほど、純な子だ。この日のために前髪を落とし、髷（まげ）を結った息子は真っ直ぐ父を見返した。

「御命（おめい）承ります」

「一度しか言わぬ。お主（ぬし）は大坂城へ戻り、秀頼公の御出馬を重ねて願え。御出馬が取りやめならば御傍（おそば）に侍（はべ）れ」

驚愕に目を見開き、抗弁しようとする我が子を、信繁は怒鳴りつけた。

「ここよりは死地。お主が来るところではない。留田間、お主も大助とともに城へ。途中、浮手（うきて）の七手組（しちてぐみ）に横鑓入れを頼む」

小者（こもの）牢人の遊撃隊である七手組は動かないだろう。それでも言うだけは言った。

「我が主（あるじ）に言伝（ことづて）は」

帯から鉄鈴を外し、留田間の手に渡す。

胡坐（あぐら）をかいたあの男が、背を丸めて仕事をしている姿が、好きだ。

「おれと見たすべてを、忘れないでおくれ、と」

鈴を押し戴(いただ)き、留田間は目を伏せた。

「確かに。御武運を」

大助が涙をこらえて去るのを見届けると、信繁は猿面を出し、つけた。

「おれは人を捨てる」

徳川方はみな叫んでいた。

越前少将・松平忠直は「死んで閻魔(えんま)によう戦ったと自慢しようぞ」と絶叫し、弾が切れるまで撃てと命じた。弾が当たっても真田兵は、誰一人倒れない。馬を撃てば脚は止まる。だが兵は走りつづける。

越前勢の五町東方で、井伊直孝は絶望の声をあげた。

「やはりわたしの目は間違っていなかった」

六文銭の背旗を差したどす黒い炎が、ぎらつく青野を駆けあがってくる。朱漆塗の自分たちとは違う焔(ほむら)が、とぐろを巻き、うねり、兵を散らしてゆく。首などいちいちあげはしない。ただ撃ち殺し、射殺し、突き殺し、踏み潰す。

野は、壊れた身体で覆われてゆく。

本陣に控えた赤児は、真田の先陣を凝視し声を震わせた。

「父上、おられるのですね」

家康は、近習（きんじゅう）を振り払って、本陣旗に縋（すが）って赤い津波を見ている。金切り声をあげた。

「そうとも。左衛門佐、岩井屋。ぬしらはわかっておる」

すべての武士に手綱をかけ、組み敷き、天下泰平を成すのが家康の望み。

先頭に立つ将が鑓を向けた。

鹿角の脇立。猿の総面。全身に炎を纏（まと）った――化け物。

震えるほどの歓喜と恐怖が、家康を突き動かす。

「蛇を引け。あれを粉微塵（こなみじん）にせよ」

「なりませぬ」

静かな声に、家康は、具足師を振り返る。赤児が氷のような目で見ていた。

「なりませぬ。こののち人があなたを神（かみ）の君（きみ）と呼ぶことがあろうと、わたしだけは抗（あらが）いましょう。衰えゆくあなたの体を竹ひご尺で測り、寸法を記し、具足を作りましょう。そして我が銘を刻み、将軍家の御廟（ごびょう）へ納めましょう」

「――貴様（きさま）」

赤児は身じろぎひとつ、しなかった。

「徳川家康は形なき神の君に非ず、ただの人であったと岩井の具足が証す。正道を踏み外した初代与左衛門、最後の矜持にて」

太刀を抜いて斬り捨てようとした瞬間、近習が左右から家康の腕を「御免」と摑み、引きずった。暴れる家康の体が金扇の馬印の柄に当たり、倒れかかる。

「大御所さまを御守りせよ」

望むと望まぬとにかかわらず、家康は守られ、馬上に引きあげられる。

「真田信繁、お主の名を決して忘れまい。しかし後世に残しはせぬ」

炎から飛びだした一匹の化け物を、家康は悔しげに睨みつけた。

遠のいてゆく金扇へ三度、信繁は追い縋り、死に物狂いの抵抗に阻まれた。

陽が傾きはじめたころ、大坂城から火の手があがったのを見て、味方の脚が止まった。動揺で崩れた別働隊は、後方からあがってきた水野、藤堂の手にかかった。大迂回した明石掃部の部隊が着到しても、敵の反撃は刻一刻と強まっていた。

「ここまでか」

外つ国の笛吹き道化のように、みなを地獄へ連れてゆく。自分ができぬときは毛利か、明石が、または生きていれば後藤か長曾我部か、誰かがその役目をするだろう。

「退く」

馬首を返すと、みなが目を真っ赤にして信繁を見ていた。

最期まで彼らを騙したまま、死なせてやりたい。

「勝ちを諦めるな。それこそが兵ぞ」

愛馬の首を撫で、野を走る。横合いから駆けあがってくるのは井伊勢の赤備えだ。ちらと直孝の本陣旗も見えた。越前勢も狂ったように追撃してくる。茶臼山の北で追いつかれ、乱戦となった。不思議なことに誰も火縄銃を撃ちかけてこなかった。仕立てのよい最上胴具足を身に着けた将が馬ごと体当たりしてきて、信繁は馬から落とされた。背を打ち一瞬息が止まる。

敵が名を問うた。

「よき将と見ゆる。御名は」

「名はない」

鑓の一閃が首を狙うが、喉輪が穂先を弾く。反動で敵将が顔を歪め、信繁は猿面の下でせせら笑った。

「堅き具足であろう。死なぬぞ、おれは」

雑兵がいっせいに飛び掛かってきた。刀を抜いたが息が切れ、振り回す前に組み敷かれる。どこに刀を刺せばいいか惑う兵を、信繁は嘲笑った。

いつか、源三郎が教えてくれた。

「ほれ、籠手の切れ目、脇から腕を落とせ。抵抗が止む。利き腕は右ぞ」

言う通りに刃（やいば）が差しこまれ、右腕の肩の骨を外し、腕を切り取られた。左腕は骨を断つのに難儀し、信繁の体は魚のごとく跳ねた。切り捨てられた腕を他人のもののように見、言葉をつづける。

「佩楯を撥（は）ねあげ、腿を切れ……血が噴きだすぞ」

両腿を切られる。ぶつ、と筋が切れる音が腹まで伝わった。血が抜け、絶叫する。息が苦しい。気を失いそうになるのを堪え、信繁は青天を見あげた。憎いほどの夏空にひとすじ霞がかかり、金の花片が降ってくる。

ごんがねばなが、咲いている。

おおきく息を吸えば喉が奇妙に鳴る。

「面はそのまま、喉輪を外し喉を突け。首はうち捨てよ」

ようやく信繁は気づいた。この具足は、自らの身体を焼き葬る劫火（ごうか）だ。

◇

燃えさかる大坂城の天守で、熱にあぶられながら毛利勝永は介錯（かいしゃく）の刀を振りあげた。すでに大野修理亮治長、大蔵卿局、あまたの家臣の首を落とし、腕がだるい。真田大助の介錯のときは胸が痛んだ。具足を脱いだ若者はすこし微笑み、腹に短刀を当てた。

「父上が大坂城へ戻れと仰った意味が、わかった気がします。貴殿を見届けよ、との考えやもしれません」

真田左衛門佐は、変な奴だった。誰かが勝つとき、おなじだけ敗れる者がいる。その介錯を誰がする？　信繁は、やろうとした。だから勝永は彼の企みに乗った。順番が変わって、自分が戻っただけだ。どちらがこの役目でもよかった。

大助の白い頸を斬り、残るは、淀殿と豊臣秀頼の二人だけだ。

秀頼は唇を噛んで短刀を握りしめ、微動だにしない。まだ若い君主に数年の猶予がなかったことを哀れに思う。

「御覚悟を」

淀殿は具足を着ていた。真っ黒な八幡黒威の具足だった。貴人の甲冑にしては質素で実戦的に見えた。もしかしたら、この人は秀頼の代わりに出陣するつもりだったのかもしれない、と勝永は思った。

合掌し淀殿が言う。

「義父上のように、天守から敵へ、腸をぶちまけてやりたかったわ」

淀殿の義父、柴田勝家の最期である。女である淀殿が腹をかっ捌き、臓物を引きずり出し、敵陣へ投げつける――なんと苛烈な死にぶりか。刀を振りかぶった勝永も思わず笑い声が漏れ、煙を吸って咳きこんだ。

「徳川の隠居も『武士の手本とすべし』と称えましょうや」

淀殿も苦しげに顔を歪め、不敵に笑う。

「徳川幕府の武士は、法度で縛られ、咎あれば改易切腹、戦さのない世に帯刀しその分限を誇る。

身体を奪われるもおなじ。哀れじゃ」

ああ、この女は。黒い具足で、泰平の世へ往(ゆ)けぬ者の喪主を務めているのだ。

「見事也」

秀頼と淀殿が腹に刀を押しこみ、勝永は刀を二度、振りおろした。

炎は一昼夜消えず、すべてのものを焼き尽くした。焼け落ちる城から、吉野局が泣き叫ぶ女房を連れ逃げてゆく。

「御方さまの最期の望みを、無下(むげ)にすな。生きて、生き抜くのです」

乱取り目当ての狂奔(きようほん)する足軽を自ら火縄銃で撃ち、逃げる民衆でごったがえす辻で、吉野局は足を止めた。見あげれば、熱で吹きあがった白い灰が降りそそいでくる。

「散華(さんげ)のような……」

散るを惜しむ桜の花弁のようにも、見えた。

終章

島原(しまばら)の士(さむらい)二人が危険をおして、その廃屋(はいおく)にたどり着いたのは、大坂の陣で豊臣が滅び、徳川の下で天下泰平となってから二十二年が過ぎた寛永(かんえい)十四年（一六三七）、日照りの厳しい夏だった。別府湾に突き出した半島の、獣道(けものみち)すらない山奥。草が萎(しお)れた茅葺(かやぶき)屋根には白い蝶(ちょう)が二匹、陽に照らされてひらひらと飛んでいる。涸(か)れ井戸を虚(むな)しく覗きこんだ汗だくの若い男が、壮年の男に声をかける。

「噂は誠だったのですね」

小屋にはかつて、越前少将と呼ばれた松平の御隠居が拾った具足師が棲(す)んでいたという。具足師亡きあと、あらかた具足は持ち出されたが、たった一つ、ある具足を見た御隠居は身震いし、こう言ったそうだ。

「これを欲する者はおれのほかにいよう」

それ以来、小屋に残された具足を我が物にしようと、恐いもの知らずの男たちが小屋を目指した。が、行方(ゆくえ)知れずになったり、熱病にかかり「あれは恐ろしい」と言い残して死んだなど、噂に尾ひれがつき、やがて忘れられていった。

戸板を外し、壮年の男が言う。

「曰くつきでも、持ち帰らねばならぬ」

男は、かの大坂の陣で島原領主・松倉重政に従って足軽大将として参陣し、遠目に後藤基次の奮戦や、真白な戦装束の明石掃部を見たという。戦さののち、京近くに潜んで家康を暗殺しようとした長曾我部盛親の処刑も見に行き、立派な最期だった、と話す。ほんとうかどうかは知らない。

二人の住む天草島原は、厳しい年貢の取り立てにより草の根をかじるほどに民は虐げられ、禁教徒と発覚した隠れ信者の首が毎月晒される。もはや民草は限界で、賢い少年を大将に決起することが決まった。しかし刀も満足に揃えられぬ御時世、少年に大将として恥ずかしくない具足を用意しようともできぬ。そこで曰くの具足に目星をつけた。

用心深く、二人は中に踏みこむ。土間と六畳半の板間は土埃の臭いがし、残された道具には埃があつく積もっていた。

鎧櫃の上の立台に飾られ、一領、具足がある。二人はそろそろと近寄った。

「ぼろい具足じゃ。どこが恐ろしいのでしょう」

「兜は筋兜か。小具足も皆具じゃが、使えるかどうか」

埃を払う二人の手が、止まりがちになる。

胴の形があらわれたとき、二人は棒立ちになった。

素肌に見せる鉄打ち出しの赤い肋骨胴。本来は逞しい体をかたどるものだが、これは肋骨が浮き腹が極端に膨(ふく)れ、まるで餓鬼(がき)だ。島原の飢(う)えた民の体そのものだ。草摺(くさずり)の腿(もも)のあたりから腹にかけて、のたうち、とぐろを巻くような濃赤(こきあか)の斑(ふ)が浮かびあがる。

基督教(キリスト)の教える地獄を二人は慄然(りつぜん)と思い描き、救いを求めるように目線を胴の上部へと向けた。

濃い焔(ほむら)は腹で途切れ、胸から首元にかけて、細かいなにかが散っていた。目を凝(こ)らすと、無数の粒が鏨(たがね)で刻まれ金が象嵌(ぞうがん)されていた。光線のような筋も刻まれている。

天から降る花片(はなびら)に、見えた。

「天国(ぱらいそ)じゃ……」

男たちは自然と膝(ひざ)をつき、常の習いで周囲に人の気配(けはい)がないのを確かめ、胸の前で十字を切った。これを作ったであろう、老いた具足師の丸めた背中を、二人は思い浮かべた。

「これぞ我らの御大将にふさわしき具足。ありがたく頂戴(ちょうだい)してまいる、具足師どの」

応(いら)えのように、鈴のかすかな音がする。

彼(か)の人の本(ほん)たる無銘の具足は、天地のすべてを纏(まと)って鎮座していた。

《了》

戦国時代の具足師および具足製作について、西岡甲房の甲冑師・西岡文夫氏、組師・西岡千鶴氏、そして笠井洋介氏、大野思惟人氏、立花家史料館館長・植野かおり氏に多大な御教授、御助言を頂きました。この場を借りて心よりの御礼を申しあげます。

【主要参考文献】

信濃史料刊行会編『新編信濃史料叢書』十五〜十八巻（真田家御事蹟稿）信濃史料刊行会、一九七八
河原綱徳編輯、柴辻俊六ほか翻刻・校訂、丸島和洋校注・解題『校注 本藩名士小伝 真田昌幸・信之の家臣録』高志書院、二〇一七
『論集 戦国大名と国衆』岩田書院 13信濃真田氏、二〇一四／14真田氏一門と家臣、二〇一四／20織田氏一門、二〇一六／21真田信之・信繁、二〇一八
平山優著『真田信繁 幸村と呼ばれた男の真実』角川選書、二〇一五
同『真田四代と信繁』平凡社新書、二〇一五
丸島和洋著『真田一族と家臣団のすべて』KADOKAWA、二〇一六
本多隆成著『定本 徳川家康』吉川弘文館、二〇一〇年
同『徳川家康の決断 桶狭間から関ヶ原、大坂の陣まで10の選択』中公新書、二〇二二
松原佐久著『鎧話』、一八八五
森田朝二郎筆「鎧話解」甲冑武具研究34号 日本甲冑武具研究保存会、一九七五
山岸素夫著『増補日本甲冑の実証的研究』つくばね舎、一九九七
山岸素夫・宮崎眞澄著『新装版 日本甲冑の基礎知識』雄山閣、二〇〇六
宮崎隆旨著『奈良甲冑師の研究』吉川弘文館、二〇一〇
伊澤昭二監修『決定版 図説・戦国甲冑集』学研プラス 1、二〇〇三／2、二〇〇五
渡辺信吾（ウエイド）著、日本甲冑武具研究保存会監修『イラストでわかる 日本の甲冑』マール社、二〇二二
福田豊彦筆「中世東国の鉄文化解明の前提――和鉄生産における『常識』の点検を中心に」国立歴史民俗博物館研究報告第84集

装丁……芦澤泰偉
装画……影山　徹

本書は、書き下ろし作品です。

〈著者略歴〉
武川 佑（たけかわ　ゆう）
1981年、神奈川県生まれ。立教大学文学研究科博士課程前期課程(ドイツ文学専攻)修了。書店員、専門紙記者を経て、2016年、「鬼惑い」で第1回「決戦！　小説大賞」奨励賞を受賞。17年、甲斐武田氏を描いた書き下ろし長編『虎の牙』でデビュー。同作で、第7回歴史時代作家クラブ賞新人賞を、そして21年、『千里をゆけ　くじ引き将軍と隻腕女』で、第10回日本歴史時代作家協会賞作品賞を受賞。その他の作品に、『落梅の賦』『かすてぼうろ　越前台所衆於くらの覚書』がある。

真田の具足師（ぐそくし）

2023年10月5日　第1版第1刷発行

著者　武川 佑
発行者　永田貴之
発行所　株式会社PHP研究所
東京本部　〒135-8137　江東区豊洲5-6-52
文化事業部　☎03-3520-9620（編集）
普及部　☎03-3520-9630（販売）
京都本部　〒601-8411　京都市南区西九条北ノ内町11
PHP INTERFACE　https://www.php.co.jp/
組版　有限会社エヴリ・シンク
印刷所・製本所　大日本印刷株式会社

ISBN978-4-569-85563-9